JN083660

妹ばかり可愛がられた伯爵令嬢、妹の身代わりにされ残虐非道な冷血公爵の嫁となる1

赤村咲

Saki Akamura

Regina

RB

レジーナ文庫

ヴォルフ
「訪れて無事に帰った者はいない」
と噂されるビスハイル公爵家の主。
膨大な魔力を抑える道具として、
仮面は手放さない。
戦時は英雄と称えられていたが、
平和な今では悪魔と
恐れられている。
アネッサ
リヴィエール伯爵家の長女。
魔力がなく、家族から冷遇されている。
幼い頃は妹のアーシャに嫉妬したことも
あったが、今ではアーシャを溺愛している。
妹のために、公爵家へ
嫁ぐことを決意した。

シメオン
公爵家の執事で、エルフ。
誰に対しても慇懃な態度を取り、
他人には無関心。
ヴォルフ至上主義。
ロロ
公爵家のメイドで、
黒い耳と長い尻尾を
もつ黒猫の獣人。
抜けている部分は
あるが、よく働く。
登場人物紹介
アーシャ
アネッサの妹。
強い魔力を持っており、
そのために体が弱く、
床に臥せがち。
アネッサのことを
慕っている。

目次

妹ばかり可愛がられた伯爵令嬢、妹の身代わりにされ残虐非道な冷血公爵の嫁となる 1

第一章　冷血公爵の求婚

「ああ、アーシャ、とても可愛いよ。お前は私たちのなによりも大切な宝だ」

「お父様の言う通りよ、アーシャ。あなたがわたしたちの娘だなんて、こんなに幸せなことはないわ」

「アーシャ姉さま、おきれいです。姉さまは僕の一番の自慢です」

口々の称賛に、大きな緑の瞳が瞬《またた》く。

燭台《しょくだい》の光を受け、柔らかくきらめくのは金の髪。白く滑《なめ》らかな頬に、つんとした小さな鼻。華奢《きゃしゃ》な体に似合いの、ピンクのドレスを着た私の妹――アーシャは本当に可愛かった。

だというのに、肝心の表情だけが暗い。アーシャは物憂げに目を伏せると、そっと部屋の片隅に目を向けた。

「ありがとう。でも……」

そう言ってアーシャは口元に手を当てる。彼女の視線の先にいるのは、壁際に立つ私だった。

ここは、リヴィエール伯爵家本邸、大広間に隣接した控え室。

これから、大広間でアーシャの十六歳の誕生日を祝うパーティがはじまる。晴れの舞台を前に、しかしアーシャの顔に喜びは見られない。

「お姉さまの準備はまだですの？　お召し物を替えていらっしゃらないみたいですけれど……」

彼女やその傍に立つ父と母、それに弟は、みんなパーティの主催者に相応しい、華麗なドレスとタキシードに着替えている。今日、この日のために新調したとりわけ豪華な衣装だ。

一方、私はと言えば、いつも通りの普段着だ。

さらに言うなら、すっかり着古してほつれも出はじめたワンピースで、質も、屋敷のメイドが着るものとさほど変わりない。

仮にも伯爵家令嬢の普段着としては、とうてい相応しくない古着である。

「ああ、アネッサのことなら気にしなくていい。今日のパーティは欠席だ」

父は私に見向きもせず、アーシャに大きく笑ってみせた。

納得いかなそうに「でも……」と言うアーシャの手を取り、控え室から連れ出そうと彼は強引に促す。

「今日はお前の十六歳――結婚できる年齢になったことを祝うパーティだ。お前のために、国中から立派な貴族やその子息が集まっているんだぞ。そんな場で、わざわざみっともない姿を晒《さら》す必要はあるまい」

ははは、と豪快に声を上げると、父はアーシャのためらいも聞かずに控え室を出ていった。

「アネッサ、わたしたちも行きます。あとをよろしく頼みますよ」

父が出るのを見送ってから、母が私に声をかける。

「パーティに出られなくて不服かもしれませんが、あなたは長女なのですから、当然我慢できますね？　わたしたちが大広間にいる間、お客様の対応と使用人たちの差配をお願いしますよ」

念を押すようにそう言うと、母は私の返事を聞きもせず父のあとを追いかけた。母が部屋を出ると、今度は弟の番だ。

「みっともないってさ。みすぼらしいブスのアネッサ」

まだ十歳の弟は、言葉を飾ることもしない。私を馬鹿にしたように眺めると、彼はわざとらしくため息を吐いた。

「アーシャ姉さまの晴れの日に、アネッサみたいなブスがいたら恥ずかしいもんな。あーあ、なんでこんなのまで、僕の姉なんだろう。アーシャ姉さま一人で十分なのに」

言いたいことだけ言うと、弟もまた、両親とアーシャのあとを追って駆けていく。

控え室に取り残されたのは、私一人だ。

――本当に。

私は無言のまま両手をぐっと握りしめ、家族たちの出ていった扉を睨み付ける。頭に浮かぶのは、弟が言い残した言葉だ。なんで私が姉なのかと言ったけれど、私だって言いたい。

――なんであんなのが、私とアーシャの家族なのよ！

もう誰もいない部屋の中、私は心の中でそう叫んだ。

思えば昔からこうだった。

長女の私と、二つ下の次女アーシャ。同じ父と母から生まれたのに、可愛がられるのはいつもアーシャの方。

病弱で臥《ふ》せがちなアーシャに両親も使用人たちもかかりきりで、頑丈さだけが取り柄の私は、顧《かえり》みられることもなかった。

両親に構ってほしくて、小さな頃はなにかと悪いことをしたものだ。父や母にわがままを言ったり、駄々をこねたり、アーシャを羨《うらや》み、熱があるふりをして倒れてみたこともある。

だけどそれは、かえって両親に疎《うと》まれる結果を招いた。アーシャが成長し、愛らしさが増すにつれて、ますます私は煙たがられていった。

両親の愛情の差が決定的になったのは、アーシャに魔法の才能があるとわかってからだろう。

病弱なのは、扱いきれない魔力のせい。体に不調をきたすほどに豊富な魔力を持っていることが、アーシャが五歳のときに判明したのだ。

この国で、魔力を持つ人間は多くない。それも体調に影響が出るほどの大きな魔力となればなおさらだ。

アーシャほどの力があれば、国の要職にといくらでも声がかかる。あるいは、魔力は低確率ながら遺伝することが知られているので、結婚相手として求める者も多い。

父と母はこれを知って、ますますアーシャに愛情を傾けるようになった。アーシャに万が一のないよう身辺を整え、医者や使用人を大量に付けた。

結婚相手を高望みして、家庭教師も山ほど雇った。教養、礼儀作法、踊りに音楽、歌、その他数限りない。どんな身分の相手に嫁いでも恥ずかしくないくらいに磨き上げようと躍起《やっき》になった。

アーシャは多くの貴族の家に呼ばれ、父も母もそれに付いていった。そのたびに毎回新しいドレスを作り、宝石を買い、靴を新調した。

それを、横目で見るのが私だった。

アーシャにお金をかけるから、私にかけるお金はない。ドレスはずっと同じものを着回して、靴はサイズの合わないものを履き続け、宝石なんて触ることも許されなかった。

アーシャが出かけるときは、私はいつも留守番だ。礼儀作法を習っていないから、恥ずかしくて連れていけないのだという。本当はアーシャの勉強に交ぜてもらい、一緒に習っていることなんて、父も母も知らないし、知ろうともしない。

両親とともに着飾って出かけるアーシャを見送ったあと、私はいつも弟のお守りをしていた。

「長女だから」という言葉を守り、ほとんど家にいない母に代わって付きっきりで育てたのに、弟はすっかり私を馬鹿にするようになった。父の真似をして私を「みっともない」と言い、母の真似をして「長女だから我慢しろよ」と言い、アーシャが私をかばうと「姉さまを煩《わずら》わせるな」と不満を言う。そんな弟にも、いつしか慣れてしまった。

この家に、私の居場所はなかった。父も母も弟も、アーシャばかりを気にかけた。同じ姉妹なのに、たった二つしか歳も違わないのに。アーシャさえいなければ——そう思っても、無理はなかっただろう。

だけど、そうはならなかった。

なぜならば、アーシャは本当に——本当に、可愛くて良い子なのだ。

『お姉さま、嬉しい！　わたし、本物のカエルなんて見たことなかったのよ』

そう言われたのは、私が七歳のとき。体調を崩して臥《ふ》せっているアーシャに両親も使用人たちもみんな付きっきりで、私の誕生日さえも忘れられていた日のことだ。

あの日、一人きりの誕生日があまりにも悲しくて悔しくてたまらず、私は人が出払った隙を見て、驚かせてやろうとアーシャの部屋にカエルを放り込んだのだ。だけど彼女は驚くどころか目を輝かせ、小さなカエルを手のひらにのせてこう言った。

『カエルってこんなに可愛らしいのね。ありがとう、お姉さま。本当に嬉しいわ！』

病弱な白い頬が赤く染まり、手の中のカエルが跳ねるたびに声を上げる。言葉以上に嬉しそうなアーシャの笑顔が、幼い私は忘れられなかった。

それ以来、私はたびたび両親の目を盗んで、アーシャの部屋に忍び込むようになった。

体に毒だからとアーシャには触れることさえ許されないお土産を持っていけば、その一つ一つに彼女は喜んでくれた。

『お姉さま、知らなかったわ。お花ってこんなにきれいなのね』

『お姉さま、葉っぱって本当に緑の香りがするのね』

『お姉さま！　虫は！　気持ち悪いです‼』

ベッドの上で、アーシャは様々な表情を見せてくれた。私が訪ねるといつも顔をパッと明るくさせ、私の話を楽しそうに聞き、部屋を出るときはいつも寂しそうだった。

『お姉さまだけだわ。わたしに外の世界を教えてくれるのは』

そんな言葉を聞いたとき、私の中のアーシャへの恨みや妬《ねた》みは消えていった。

代わりに抱くようになったのは――両親への疑問だ。

父はいつも、私のことを「みっともない」と言った。

たしかに、私は美人とは言えない。緑の瞳はアーシャと同じだけれど、髪は父によく似た赤茶けた癖っ毛だ。背は高くないのに、貧相な細い体は妙にのっぽな印象を与えてしまう。

服は新しいものを買ってもらえず、古着ばかり。礼儀作法もアーシャが学ぶ横で一緒に学ばせてもらっただけなので、正式に身に付けたわけではない。

きっと父にとって、私は外に出すのも恥ずかしい、みっともない娘なのだ。

母はいつも、私に「長女なのだから」と言った。

長女だから、母の代わりに弟の子守をするのは当然。母に代わって女主人として客をもてなし、使用人の差配をし、屋敷を取りまとめるのも当然。なぜなら長女とは、母を手伝うものなのだから——と、母はそう信じて疑わない。

それらが手伝いの範囲を超えているなんて、母は考えたこともないのだろう。

迂闊《うかつ》に不満を口にすれば、こんなに大切に育てたのに、親不孝者だと泣き出す始末だ。

『アーシャは病弱だから気にかけているだけで、あなたを蔑《ないがし》ろにしているわけではありませんよ』

いつか聞いた母の言葉を思い出し、私は一人、控え室で首を振った。

昔は両親の愛情が欲しかったけれど、今はもうすっかり諦め気味だ。

今日だって「私もアーシャを祝いたい」と訴えたのに、結局ドレスもなく裏方として働かされている。

招待客に手紙を出し、パーティの手配をし、滞《とどこお》りのないように人を配置したのも私。なのに、アーシャの晴れの姿を見ることはできない。裏でお客様の到着やお帰りの知らせを聞いて、出迎えと見送りに立つよう使用人たちに指示するばっかりだ。

——だけど、一目くらいはアーシャの姿を見たいわ。せっかくのあの子の誕生日なのだもの。

表に出るのではなく、陰から様子を窺《うかが》うだけ。それくらいは、きっと許されるはずだ。

控え室を抜け出したのは、少しだけ忙しさの波が引き、時間に余裕ができた頃のことだ。

――遠くから様子を見るだけだから。

そう自分に言い聞かせ、廊下に飛び出した私はすっかり油断していた。

パーティも半ば。新たな参加者もほとんどない。客人はみんな大広間にいるはずだと、前も確認せずに廊下に踏み出した瞬間――私は大広間に向かって歩く誰かと、思いっきりぶつかってしまった。

驚く私の目に、かすかに青みがかった銀の髪が映る。

同時に、カランとなにかが落ちる音がした。反射的に目で追いかけ――思わず眉をひそめる。

――仮面？

目元を隠す銀色の仮面だ。今日のパーティは仮面舞踏会でもないのに、どうしてこんなものを、と訝《いぶか》しみつつ顔を上げた先。慌てて目元を隠す誰かの姿が目に入る。

「見るな……！」

低く、冷たい声が廊下に響き渡る。声質自体は美しいのに、なぜだか寒気がするような、奇妙な凄みがあった。

私の正面に立つのは、青銀の長い髪を一つにまとめ、真っ黒い礼服を着た若い男性だ。背は高く、細身だけれど軟弱には感じない。目元は手で隠されて見えないものの、その輪郭や鼻筋から、相当な美形だろうと予想できた。

この男性を、私は知っている。招待状を出したから、というだけではない。

彼はこの国で、おそらく一番有名な貴族の男性だ。

「ヴォルフガング・ビスハイル公爵……」

私が口にしたのは、王家の血を汲《く》むビスハイル家の当主にして、魔族の血を引く公爵の名前だ。

魔族とは、高い魔力を持つ、人ならざる生き物のことである。魔力によって人の姿に変じ、人のようにふるまうが、その本質は異形《いぎょう》。一見魅惑的な容姿である彼らの真の姿は、見るもおぞましい化け物なのだという。

ビスハイル公爵もまた、魔族の名に相応しい比類なき魔力の持ち主だった。

強すぎる魔力を抑制するため常に仮面を身に着けているが、仮面を外したときの彼は恐怖の存在として知られている。

町一つを焼き尽くせるだけの魔法を軽々と操り、数多《あまた》の戦争を勝利に導いた英雄にして、平和な今では悪魔と恐れられる男。残虐非道な、冷血公爵の異名を持つ彼を前に、私は息を呑む。

――来ていたんだ……

魔族の血のせいか人との関わりを好まず、めったに領地から出ないという公爵が、アーシャの誕生日にやってきたのだ。驚きと彼への恐怖で、私はしばらく声も出なかった。

それから、少しの間を置いて、はっと我に返る。

――お、お客様！

怖がっている場合ではない。相手が誰であろうと、お客様ならばきちんともてなすのが、ホストの役目だ。

私は慌てて仮面を拾うと、目元を隠したままの公爵に差し出した。

「すみません、いきなり飛び出して失礼しました。これを……」

おずおずと呼びかけると、公爵は驚いたようにこちらに顔を向ける。目元を手で隠していても、私の手のあたりを見ているのがわかった。そのまましばらく、公爵は固まったように動かない。

「……礼を言う」

そう短く口にしたのは、ずいぶんと経ってからだ。

「君は」

彼は私の手から仮面を取ると、身に着けるよりも先にそう言った。

同時に、彼の視線が持ち上がる。まるで射貫くような目に、私はぎくりとした。

公爵の瞳は深い藍色をしていた。はっとするほど美しいけれど、長く見ていると吸い込まれそうな怖さがある。それでいて、目を離せない。

瞳に誘われるように、私はおずおずと口を開いていた。

「え、ええと、私はリヴィエール伯爵家の……」

娘、と言いかけて、しかし私は口をつぐんだ。

無意識にうつむいてしまったのは、父の「みっともない」という言葉が頭に残っていたからだ。伯爵家として、外に出すのも恥ずかしい娘。名乗ればきっと、アーシャに恥をかかせてしまう。

「……いえ」

私は目を伏せ、首を横に振った。

「な、名乗るほどの者ではありません」

それだけ言うと、私は公爵に一礼して、走るように逃げ去った。

――だから、私は気が付かなかった。

公爵が仮面を着け直し、しっかり私の顔を確認しようと振り向いていたことも、そのときにはすでに私の姿がなく、公爵が悔やむような息を吐いたことも――

そのあとで、彼が獲物でも見つけたかのように、舌なめずりをしていたことも。


事件は数日後に起きた。

「ビスハイル公爵から、アーシャに結婚の申し込みですって⁉」

リヴィエール伯爵家の居間に、母の甲高い悲鳴が響き渡った。

父は居間に揃った家族の顔を見回し、青ざめた顔で今朝送られてきたばかりの手紙を握りしめる。

「リヴィエール伯爵家の『美しい緑の瞳をした令嬢』に宛てた結婚の申し込みだ！　アーシャに間違いない！　ああ……なんてことだ！　あの化け物がアーシャに目を付けるなんて！」

父はそう言って、絶望したように首を振った。いつも自信に満ちている恰幅《かっぷく》の良い体も、今は小さくしぼんで見える。

「あの男、戦争中に気に食わない相手を敵味方関係なくひねり潰したそうではないか！　笑いながら女子どもまで皆殺しにする男に、どうして私たちの可愛いアーシャをやらねばならん！」

「あなた、あなた、お断りすることはできないのですか……⁉」

怒りに震える父に、母がすすり泣きながら呼びかけた。しかし、父は悔しそうに首を振る。

「相手は公爵だ。断ったらどんな目に遭《あ》うかわからん。公爵の手にかかれば、伯爵家を取り潰すことなどわけないのだぞ！」

「で、ですが、まさかアーシャをお嫁に出したりはしませんわよね？　だ、だってビスハイル公爵の屋敷に行った人間は……！」

続く言葉を口に出せず、母は怯《おび》えたようにうつむいた。だが、なにを言おうとしたのかは、この場にいる誰もがわかっていた。

それくらい、ビスハイル公爵家の『怪談』は有名な話だ。

一度公爵家に足を踏み入れたら二度と無事に出ることはできない、という噂が流れ出したのは、ここ数年のことだ。

公爵は今年で二十二歳。ちょうど結婚を考える年頃ということもあり、彼から結婚や婚約の話をもらった令嬢は少なくない。

魔族の血を引くとは言え、身分が高く、戦時の英雄でもある彼の申し込みを、最初は多くの者たちが喜んだ。親は喜び勇んで娘を公爵家の屋敷に送り込み、結婚の話が成就するのを期待したものだ。

だが、彼との結婚を成立させた者は一人もいなかった。

結婚前の顔合わせで屋敷に行った令嬢は、みんな行方不明になるか、少し頭がおかしくなって家に帰されるからだ。

もちろん、単なる噂に過ぎない。真相を確かめた人間は一人もいないが——いつしか、公爵から届く結婚の申し込みは、喜びではなく恐怖に変わっていた。

「アーシャを化け物のもとにやるわけにはいかん」

父の声は毅然《きぜん》としていた。母は安堵に崩れ落ち、横に座るアーシャを強く抱きしめる。

不安で涙目になっていた弟も、反対側からアーシャにしがみついた。

母と弟に囲まれ、アーシャもほっと息を吐く。そんな三人の様子を、父は愛おしげに見つめた。

それから、愛おしさのすべてを消し去り、一人で座る私に目を向ける。

「とは言え、公爵の話を断ることもできん。ならば代わりをやる必要があるだろう。……美しくはないが、緑の瞳はもう一人いる。心苦しいが、わかってくれるな、アネッサ」

父のとんでもない発言に、私はぎょっと腰を浮かせた。わかるはずがない。

拒もうとする私を制するように、父は言葉を続けた。

「そもそもは、お前がビスハイル公爵に手紙を出したのが悪いのだ。その責任を負わず、アーシャだけに辛い思いをさせようとは思うまいな？」

「た、たしかに手紙を出したのは私ですが！」

非難がましい父の視線に、私は首を横に振る。

手紙を出したのは事実。だけど、父にそれを責められるいわれはない。

「ですが、『国中の貴族に出すように』とおっしゃったのはお父様ではないですか！　ビスハイル公爵への招待状も、出す前に確認していただいたはずです！」

そのとき、『本当に公爵に出していいのか』と、私はしっかり父に尋ねていた。公爵の悪い噂は多く、アーシャが結婚できる年齢になったこともあり、さすがに不安だったのだ。

「なのに、お父様が『国中の貴族全員だ。例外はない』とおっしゃったのでしょう！」

「言い訳をするな！　例外がないと言っても、ビスハイル公爵は別に決まっているだろう！」

そんなこと、言われずともわかれと言う方が無茶だろう。

あまりに理不尽な話に言い返そうと口を開くが、それよりも早く父がたたみかけてくる。

「ビスハイル公爵がアーシャを見初《みそ》めたのは、お前の責任だ、アネッサ！　自分の責任を妹に押し付け、自分だけのうのうと生き残ろうなど、父として許せん！」

生き残る――という発言はつまり、公爵家に行けば死ぬと、父はそう思っているのだ。

その上で、私を代わりに差し出すつもりなのだ。

「私とて、娘のお前を辛い目に遭《あ》わせたいわけではない。お前もまた、私たちの愛する娘なのだ」

だが、と父は悲しむように首を振る。

態度だけは身を切るように辛そうだが、言っていることは悪魔となんら変わりない。

「お前は自分の失敗の責任を取らねばならない。アネッサ、いいな？　これは父としての命令だ。お前はアーシャとして、ビスハイル公爵のもとに行きなさい」

「ま……！」

待って、と言おうとして、私は一人用の椅子から立ち上がった。

だけど私がなにか言うよりも先に、別の声が割って入る。

「だ、駄目です！　お姉さまがそんな怖い人のところにお嫁に行くなんて！」

アーシャだ。彼女は母と弟を振り払ってソファから立ち上がり、か細い声を上げた。

「嫌です、駄目です！　見初《みそ》められたのがわたしなら、わたしがお嫁に行きますから！」

「アーシャ、下がっていなさい。アネッサは納得していることだ」

納得なんてしていない！

「お前が化け物と結婚する必要なんてないんだ。そういうことは、アネッサのすることだ」

「ひどいことをおっしゃらないで！　お姉《ねえ》さまがいなくなったら、わたし……！」

声を上げるアーシャの白い顔が、熱を帯びてみるみる赤くなる。手紙にも『美しい』とあった緑の瞳は潤み、大粒の涙がこぼれ落ちた。両手は強く握りすぎて白くなっている。

「わたし……！　わ、わたし……は………」

赤くなったアーシャの顔が、今度はすぐに青くなっていく。言葉を続けることもできず、彼女はその場にふらふらと倒れた。

体の弱い彼女は、頭に血が上るだけでもすぐに気を失ってしまうのだ。

「アーシャ！」

私は倒れたアーシャに駆け寄り、細い体を抱き上げた。が、少し遅れて立ち上がった母と弟によって、すぐに腕の中のアーシャを奪われてしまう。

「アーシャ、わたしの可愛いアーシャ、ああ……かわいそうに……」

「アーシャ姉さま、あんなやつかばう必要なんかないのに！」

母と弟が口々にアーシャに呼びかける中、父だけは苦々しい表情で私を睨み付けた。

「アネッサ、お前がわがままを言うから、アーシャが苦しむことになるんだ。お前がビスハイル公爵のもとにさえ行けば、すべてが解決するんだぞ！」

父の言葉に、ぐっと唇を噛む。

決して納得したわけではないが、目の前で倒れたアーシャを前に、反論の言葉は出なかった。

——この状態のアーシャを、ビスハイル公爵と結婚させるわけにはいかないわ。

相手は悪魔と恐れられる公爵だ。彼との結婚生活は、毎日が怖くて仕方がないはず。

アーシャはきっと心細さに震え、怯《おび》え、何度もこうして倒れてしまうだろう。

——でも、私なら。

体は健康そのもので、心も弱い方ではない。この家族に囲まれて、辛い思いにも慣れている。アーシャよりはずっと、公爵家で上手くやっていけるだろう。

「わかったな、アネッサ。お前がアーシャの代わりに、ビスハイル公爵と結婚するんだ」

念を押す父の言葉に、私はぎゅっと手のひらを握りしめる。

納得はいかないけれど、不満はあるけれど——本当は、すごく怖いけれど。

——だけど、アーシャのためなら！

「わかりました。私が行きます……！」

私は恐怖を呑み込んで、父の言葉に頷いた。

……それからは忙しかった。

ビスハイル公爵へ返事を書き、最低限の身なりを整えるために久しぶりに新しい服を作って、公爵領までの馬車の手配をして――

十日後、私は少しの従者とともに、ビスハイル公爵の屋敷へ向かうことになった。


出立の日。

春の暖かな気候の中、私は数年ぶりに伯爵令嬢らしい格好をして、屋敷の前に立っていた。

ここで交わすのは、出立前に家族とする最後の会話だ。

「いいな、アネッサ。お前はこれから、アーシャとして公爵に会うんだ。お前とアーシャでは比較にならんが、どうせ化け物にはわからん。文句を言うようだったら、手紙に『緑の瞳をした令嬢』としか書かなかった方が悪いと言ってやれ」

父が険しい顔をして私に言った。

「仮にもアーシャを名乗るのだ。みっともない真似はするな。もし公爵が怒って伯爵家になにかしようとしたときには、『すべて自分だけの意思でやった』とちゃんと答えるんだぞ。お前がやると言い出したんだからな」

言い出してない。が、それを指摘すると面倒なので黙っている。

「ああ、アネッサ、かわいそうに。娘をこういう形で送り出すなんて、母としてこんなに悲しいことはありません。……でも、仕方のないことです。あなたは長女なのだから」

母がハンカチで目元を押さえながら言う。

「アーシャはまだ十六歳ですもの。姉のあなたが助けるのは当然ですよね。弟妹の面倒を見てこその姉です。特に長女のあなたには、年下の者を守ってあげる義務があります」

母は嗚咽《おえつ》を交えつつ話し、しばらくして耐えきれなくなったように両手で顔を覆った。

しくしく泣く母の横には、弟が腕を組んで立っている。

「みすぼらしいブスのアネッサ。お前死ぬってほんと？　あの仮面の公爵に細切れにされたり、魔法で吹っ飛ばされたり、腕とか足とかもがれるってほんと？」

弟は嬉々とした目を向けてきた。血とか死ぬとか、そういうのが好きな年頃だ。だけど、実の姉に向ける言葉ではない。

「あー、見たいなー！　楽しそー！　あ、でもこの屋敷にアネッサがいなくなるのはいいな。やっと、アーシャ姉さまだけが僕の姉さまになる」

弟は夢見るように手を握り合わせ、幸せな未来を見つめている。

その三人から少し離れたところで、アーシャは私を見ていた。三人の話が終わると、おぼつかない足取りで駆け寄ってきて、私の両手をぎゅっと握る。

「お姉さま……わたし……ごめんなさい……わたし……」

「アーシャ」

今にも倒れそうなアーシャに、私は呼びかけた。

ビスハイル公爵から手紙をもらって以来、アーシャはずっと臥《ふ》せっていた。本当は一度回復しかけたのだけど、私が身代わりをすることに決まったと知って、また倒れてしまったのだ。

今だって、外を歩けるような体調ではない。顔は青白く、歩き方もふらふらだ。それでも別れの挨拶をするために、アーシャは寝間着姿のまま駆け付けてくれた。

そういうアーシャのためだから、私は身代わりを引き受けたのだ。

「大丈夫、ちょっと行ってくるだけだから」

「お姉さま……」

アーシャは一度言葉に詰まると、私の手にそっと小さなブローチを握らせた。

「お守りです。お姉さまが無事でいらっしゃるようにって、たくさん祈ったから……」

言いながら、アーシャはぽろぽろと泣き出してしまう。

アーシャの祈りは、魔法の祈りだ。きっと、本当に身を守ってくれるのだろう。

「ありがとう。大切にするわ」

心からそう言って、私は彼女の体をぎゅっと抱きしめた。

◆◆◆

深く暗い森に閉ざされた、ビスハイル公爵邸。

昼でもどこか薄暗いその屋敷で、主人であるビスハイル公爵は窓の外を眺めていた。

近々、この屋敷に新たに人が来る。

――次は、どれだけ『持つ』だろうか。

窓越しに森を見下ろし、彼はかすかに目を細めた。

「今度こそ、壊さないでくださいよ」

公爵の背後で、窘《たしな》めるような従者の声がする。

「魔族の血のせいなのはわかりますが、いい加減妙な噂も立ってきています。せめて、もう少し大事に扱っていただかないと。あとの処理も楽じゃないんですから」

「噂ではなく、真実だろう？」

ふん、と公爵は笑うように息を吐いた。

世間では『残虐非道な冷血公爵』と言われているらしいが、否定の余地はない。彼は事実そういう人物であり、彼自身も認めている。

戦争をしていた頃は良かった。どれほど非道なことをしても、戦火の中で誤魔化せた。だが、戦争が終わり平和になった今、世界は公爵にとって不自由になった。

切り刻みたい、血を見たい、凌辱《りょうじょく》したい、有り余る魔力を放ちたい――それも、できれば残酷に。

この欲求は、魔族の血と公爵自身の魔力の大きさから来るものだ。戦時は戦場で晴らしていた欲求を、彼は現在、定期的に犠牲者を得ることで晴らしている。

そのほとんどは、国から送られてくる罪人ばかりだが――

たまに、別のものが食べたくなる。そんな彼の気まぐれによって、この屋敷にはしばしば人が訪れるのだ。

「……それに」

公爵は眼下の森の緑に目を細めた。リヴィエール伯爵家で見た、緑の瞳が思い出される。

「次の相手は、俺が直接見繕《みつくろ》ってきた。悪くない相手だ」

手で隠していたとは言え正面から目が合ったのに、魅了できずに逃げられたのは初めてだ。彼にまつわる散々な噂を知らないはずはないだろうに、怖《お》じずに声をかけてきたのも好ましい。

おまけに、かすかだが質の良い魔力の気配も感じた。おそらくは、魔力に抵抗があるのだろう。それなら、なおさら好都合だ。

多少の魔法では、壊れないということなのだから。

「……大切にしてやるさ」

仮面の下で、公爵は酷薄そうに目を細める。

長く持つのと、持たないのと——どちらが本人にとって幸福なのかは、彼には関係のないことだ。

第二章　化け物屋敷の意外な生活

ビスハイル公爵の屋敷は、深い森の中にあった。

ここまで付いてきてくれた従者とは、屋敷の前で別れている。こんな怖い場所にはいられないと、馬車を引いて早々に帰ってしまったのだ。

だから、私は荷物一つで公爵家を訪ねることになってしまった。

伯爵令嬢の嫁入りとしては、だいぶ惨めな具合だ。もっとも今回は正式な嫁入りではなく、結婚前の顔合わせに過ぎないのだけれど。それにしたって侍女一人いないのは恥ずかしかった。

――いいえ、大丈夫！　アーシャのためだもの！

胸元のブローチに触れ、私は息を吸い込む。

それから覚悟を決め、公爵家の鉄の門を開いた。

「――ようこそいらっしゃいました。アーシャ様。お部屋のご用意はできています。まずはお荷物をこちらへ」

そう言ったのは、屋敷のメイドらしき女性——女の子だった。

彼女は私の手から荷物を取って、にこにこ笑いながら先導してくれる。

「ご主人様は、あとでお部屋まで挨拶にまいります。ちょーっと気難しい方ですけど、いきなり噛みついたりはしないと思うので、がんばってくださいにゃ」

——にゃ。

気安い調子のメイドの語尾を心の中で繰り返す。その間も視線はずっと、彼女の頭の上にあった。

——耳、付いてる。

黒くて短い猫っ毛の上に、本当に猫の耳がある。ときどき左右に動いたり、ぴくぴく震えたりしている。おまけに尻尾も付いている。メイド服のお尻のあたりで、黒く長い尾がふらふらとのんびり揺れていた。

——本物？　いえいえ、まさか……でもビスハイル公爵のお屋敷ならあり得なくも……

「どうされましたにゃ？」

「にゃっ⁉」

急に声をかけられて、私は悲鳴を上げてしまった。

変な声だったからか、メイドがころころと笑う。その様子が、また妙に猫っぽい。

「ご、ごめんなさい、変な声出して。その、失礼かもしれないけど、あなたの耳が気になって……」

「これですか？」

私のぶしつけな言葉に、メイドは腹を立てるでもなく耳を動かした。横に倒したり、片方だけを動かしたり、本物の猫のような動きだ。

「あたしは獣人の血がちょっと混ざっているんです。この国じゃ珍しいですけど」

「獣人……へえ……」

獣人というと、ずっと北方に住んでいる少数種族だ。普通はもっと毛むくじゃらで、人というよりも獣に近い。知能も獣より少し高いくらいで、人間を襲う凶暴な化け物と言われている。

でも、彼女は凶暴そうにはとても見えなかった。どちらかというと、懐いた猫みたいに見える。

「アーシャ様、全然怖がらにゃいんですね」

「えっ」

「みんな、獣人って言うと不気味がったり嫌がったりするのに」

「不気味って……だってあなた、少しも不気味に見えないわ」

獣人なのは驚いたけど、怖くもないし、愛想もいい。家の近くにいた野良猫を思い出して、懐かしい気持ちにさえなった。

「んにゃ……好感度上がっちゃう……。かわいそうになっちゃうにゃー……」

——かわいそう？

と首を傾げる私の前で、メイドの彼女は足を止める。

立ち止まった場所には、白い扉が一つ。彼女は扉を開けて、私を中に促した。

「ここがアーシャ様のお部屋です。のちほどご主人様がいらっしゃいますので、それまでごゆっくりお過ごしください。なにか用があれば、そこらへんの使用人に声をかけてください」

「ありがとう。ええと、あなたは、お名前は？」

「あたしはロロって言います。これからしばらく、アーシャ様の身の回りのお世話をするので、よろしくお願いしますにゃ」

そう言うと、ロロは私と荷物を残して部屋を出ていった。

かわいそう、の意味を聞きそびれてしまったけれど、それ以上に、ロロの耳の方が頭に残っていた。触ったら……やっぱり怒られるだろうか。

少ない荷物を開けて、慣れない部屋をあれこれと見ていると、不意に部屋の扉が開いた。

「失礼する」

同時に聞こえてきた声に、反射的に身を強張らせる。

きれいなのに、底冷えするような怖さのあるこの声に、覚えがあった。

――ビスハイル公爵！

強張りつつも、私は慌てて振り返る。ちょうど、青銀の髪の男性――ビスハイル公爵が部屋に入ってくるところだった。

仮面で隠された端整な顔には、うっすらと笑みが浮かんでいる。仮面の下、こちらを見つめる細められた藍色の目に、なぜだか寒気がした。

蛇に睨まれたカエルのような気分だ。体が竦《すく》んでしまう。

――い、いえ！　でも竦《すく》んでいる場合じゃないわ！

私はここに、結婚前の挨拶をするために来たのだ。公爵の姿を見ただけで怖がるなんて、あまりに失礼すぎる。

ぐっと両手を握ると、私は公爵に向けて深々と頭を下げた。

「ご、ごきげんよう、ビスハイル公爵。私はリヴィエール伯爵の娘で……アーシャ・リヴィエールです」

アーシャと一緒に家庭教師から習った通りに、ドレスの裾をつまんで礼をする。その姿勢のまま、私はそっと公爵の様子を窺《うかが》った。

——大丈夫？　バレてないかしら……？

正直なところ、騙しおおせる自信はなかった。私とアーシャでは、そもそも髪色が違うのだ。顔も、見ればすぐに別人とわかる。元より無理のある入れ替わりなのだ。

ただ、誕生日のパーティでは、アーシャはビスハイル公爵と言葉を交わしていないと言っていた。ならば顔かたちをはっきりと覚えていないか、そもそも見てもいない可能性はある。

それに期待しつつ、私は震えを隠して言葉を続けた。

「こ、このたびは大変光栄なお話で……あの、これからよろしくお願いします」

「ああ」

——ああ、って！

公爵の返事は短かった。短すぎだ。単に無口な方なのだろうか、とも思うが、それにしても反応が薄すぎる。仮にも、結婚予定の相手だというのに。

——で、でも、疑われている様子はない……のかしら？

怒られる気配がないことに安堵しつつも、一方で罪悪感を覚えてしまう。公爵が見初《みそ》めたのはアーシャなのに、私は今、彼を騙しているのだ。

思わず視線を落とす私に、公爵はゆっくりと歩み寄ってきた。

私の真正面で立ち止まると、彼は頭を下げたままの私の肩に触れ、顔を上げさせる。

「名前はいい。……実は、少し飢えていて、味見をしに来たんだ」

「……えっ」

おもむろに私の顎に触れた公爵にぎょっとする。

だけど彼は、驚く私など気にも留めず、そのまま私の顎を持ち上げて自分の顔の正面に向けさせた。

「いい匂いがするな」

どういう意味だろう——と考える私の思考が、端から溶けていく。驚きも戸惑いも、頭から抜け落ちてしまったかのようだ。私の思考は、仮面の下で揺れる、彼の藍色の瞳に奪われる。

冷たくて、底知れなくて、怖いのに目が離せない。ずっと見ていたくなる。

「一口、齧《かじ》っても？」

——きれい。

瞳に心が蕩《とろ》かされていく。

公爵の言うことはよくわからないけれど、彼がそうしたいなら、好きにしていい。

そう頷きそうになったとき——

胸のブローチが、じんわりと熱を持った。

——って！　熱っ！　あっつ!!

じんわりどころではない！　火傷《やけど》しそうなほどの熱に、私は反射的にのけぞった。

——なに!?　なになに!?　……あ、あれ？　私、今なにをしていたんだっけ……？

たしか、公爵から空腹だという話を聞かされていたはずだ。それに、味見がどうとか、いい匂いがするとか——

「あ！」

私は思わず声を上げた。匂いの原因に思い当たる節がある。

「お、お腹減っていらっしゃるんですね？　ええと、ちょっと待ってください！」

そう言うと、私は慌てて公爵から離れた。

あまりに近すぎる距離に、今さら心臓が跳ねている。これから結婚の話をするとは言え、肩や頬に触れるのはさすがに気が早い。

——て、手が早い方だわ！　手慣れすぎていらっしゃる……！

できれば、もっとゆっくり距離を詰めていただきたい……と思いながら、私は赤い顔を隠して解きかけの荷物に近付く。

離れていく私を、公爵は引き留めようとはしなかった。ただ、無言でこちらを見ているだけだ。

——お、怒らせてはいないかしら……

表情のわかりにくい公爵にハラハラしつつも、私は荷物の中から包みを一つ取り出す。それを手のひらに載せ、おずおずと公爵に差し出した。

「すみません、そんなに匂いが漏れているとは思わず……。ええと、これ、差し上げます」

包みに入っているのは、ほのかに甘い香りの漂うチョコレート菓子、ガトーショコラだ。さらに言えば、このお菓子は私の手作りでもある。多少不格好だが、味には少し自信があった。

どうしてこんなものを持っているのかと言えば、悪い癖としか言いようがない。

昔から、私には甘いものを持ち歩く悪癖《あくへき》があった。自分で作ったものはもちろん、店で売っている飴《あめ》やキャラメルを、ついつい袖や鞄《かばん》に忍ばせてしまうのだ。

もともとは、アーシャのためにこっそりお菓子を運んでいたのがはじまりだ。

父と母が食事にまで口を出すため、アーシャはあまり好きなものを食べられない。特に、『庶民の味』と『手作り』は厳禁で、彼女は一流料理人の作る料理しか口にすることができなかった。

だけど、アーシャは手作りのお菓子も、庶民の店で売っているようなお菓子も大好きなのだ。

アーシャの喜ぶ顔が見たくてお菓子を運ぶうち、いつしかなんでもないときにも持ち歩くのが癖になってしまっていた。

貴族令嬢としては品のない、恥ずかしい癖だ。いきなりお菓子を渡されて、公爵も戸惑っているに違いない。私の手を見つめたまま、ずっと口をつぐんでいる。

――あ、呆れられた……？

長すぎる沈黙にひやりとする。なにを考えているのか、仮面に隠れた顔から窺《うかが》い知ることはできない。あまりの居心地の悪さに、いっそ怒られた方が気が楽だとさえ思えてくる。

「こ、公爵……？　ええと、や、やっぱりいりませんよね！　すみません、しまいます！」

ついに耐えきれず、私は早口にそう言って手を引っ込めようとした。

公爵が口を開いたのは、そのときだ。

「……もらう」

短くそうつぶやくと、公爵は私の手から包みを取り上げた。

それ以上、公爵はなにも言わない。

そのまま用は済んだとでも言うように私に背を向け、すたすたと部屋を出ていってしまった。

――き、嫌われた……。絶対に嫌われたわ……！

公爵の出ていった扉を見やり、私は部屋の中で一人、へなへなとへたり込んだ。

◆◆◆

部屋の扉を閉めると、公爵は呆然とその場に立ち尽くした。

――振られた。

今起こったことが信じられず、公爵はただただ瞬《またた》いた。

パーティで会ったときとは違って、今度は至近距離からしっかりと魅了を仕掛けたのだ。意思の全部が溶けて消えてもおかしくないくらい、強い魔力を込めた。

大切にする、と自分で言っておきながら、公爵には獲物を大切にするつもりなどまるでなかった。頑丈さを基準に見繕《みつくろ》ったのだから、むしろ多少の無茶など想定内だ。

最近は、魔力の発散も凌辱《りょうじょく》もしていない。いい加減、我慢も限界だった。

ちょっとした味見とは言ったものの、味見で済むかどうかは彼自身にもわからない。気の赴《おもむ》くままに弄《もてあそ》び、それで壊れるならそれまで。いつものように家へ送り返すか、『処理』をさせるかと思っていた。だというのに——振られた。

たとえ魅了がなくとも、自身の容姿と態度が人を惹き付けるものであると、公爵は自覚していた。

人に恐れられる仮面も、使い方によってはいい武器だ。むしろ恐ろしいからこそ、態度次第で相手の心を操れる。

そうやって、彼は散々悪いことをしてきた。人間の価値観では、紛れもなく非道なことも。

「……アーシャ」

公爵は無意識に、娘の名乗った名前を口にした。

所詮は玩具《おもちゃ》。覚えるどころか興味もなかったのに、あまりの衝撃で頭に残ってしまった。

おまけに、手の中には、かすかに甘い香りの漂う菓子の包みがある。振られた上に、菓子まで渡された。しかもそれを受け取った。その行為が、公爵自身にも理解できない。

——きっと、驚きすぎて理性を失っていたんだ。

そして、その包みを開いている今も、冷静ではないのだろう。普段だったら、こんな粗末な菓子など迷わず捨てていたはずだ。

なのに、公爵はなぜか、包みの中にあった黒い小さな塊《かたまり》を口に放り込んでいた。

口の中に広がるのは、素朴な甘さとほろ苦さ。公爵にとって、食べたことのない味だった。

「アーシャ……！」

この味が、あの赤茶けた髪の娘を思い出させる。聞いたばかりの名を口にし、公爵は甘い苦みを飲み込んだ。

ふつふつと湧いてくるのは悔しさだ。

――いつ壊れてもいいと思っていたが、気が変わった。

呆けていた公爵の目に、強い光が宿る。

こんな屈辱を与えておいて、ただでは済まさない。すぐに壊してなるものか。次は、必ず――

――二度と菓子など渡せないくらい、誘惑してやる……！

夢中にさせて、骨抜きにして、それからじっくりと絶望を与えてやろう。あの場で菓子なんか渡したことを、あの小娘に後悔させてやる。そうでもなければ、公爵の気が済まない。

これは、アネッサが公爵にとって、単なる『獲物』ではなくなった瞬間だった。

◆　◆　◆

「にゃにゃ！　五体満足！　欠損なし！　お元気そうですね！」

翌朝。ロロは私の部屋に訪ねてくるなり、明るい声でそう言った。

「安心しました。一日で帰られちゃう方も多いんですよ」

にこにこ笑うロロは、本当に嬉しそうだ。表情もだけれど、耳と尻尾がピンと立っている。

屋敷にいた野良猫も、よく尻尾を立ててすり寄ってきたのを思い出し、ついつい笑みを浮かべてしまう。

「ご主人様の態度から、良くにゃいことが起きたのかと思いましたが、良かった良かった。なにかお部屋で過ごすときに、不都合なこととかありませんでしたか？」

「大丈夫。過ごしやすかったわ……けど」

良くないことというと、思い当たる節は一つしかなかった。

――やっぱり！　ビスハイル公爵は昨日のことで怒っていらっしゃるんだわ……！

もしくは呆れているだろうか。なにせ伯爵家の令嬢のくせに、お菓子なんて持ち歩いているのだ。こんな品のないことをするなんて、本当にアーシャなのかと思われたかもしれない。

――う、疑われたらどうしよう……

公爵が私に疑問を抱き、本当のことを知ったらどうなるだろうか。

間違いなく伯爵家は公爵の怒りを買うはずだ。

王家の血を引く公爵を騙したとあっては、処罰は免《まぬか》れない。伯爵家は取り潰され、家族は行き場を失い、使用人たちも路頭に迷うだろう。

そこまで想像し、顔から血の気が引いていく。

父と母……はともかく、アーシャと伯爵家の使用人たちを放り出すわけにはいかない。

「び、ビスハイル公爵は、どんなご様子だったの……？」

びくびくしながらロロに聞けば、彼女は猫のような仕草で首を傾げる。

「……妙に不機嫌な感じ？　逆に、ある意味楽しそうな感じ？　見たことない雰囲気でしたにゃ」

――不機嫌って、見たことない雰囲気って……それだけ怒っているってこと⁉

ある意味楽しそう、というのも怖い。なにか恐ろしい罰でも考えているのだろうか。

「ああ、あとですねえ。なんだか悪そうな顔で、アーシャ様の朝の支度が済んだら、すぐに連れてくるようにっておっしゃっていましたよ」

——あっ、終わったわ。

悪そうな顔。すぐに連れてくるように。その言葉に、私のわずかな期待は完全に消え失せる。

せいぜい言い訳でも考えておこう……とため息を吐く私を、ロロが不思議そうに見つめていた。

とにかくお着替えを、とロロに身支度を整えられたあと、私はそのまま部屋の外に連れ出された。

これから、公爵のいる部屋を訪ねるのだ。公爵家の長い廊下を歩きながらも、頭の中を言い訳がぐるぐるとめぐる。

——わ、私一人で考えたことにすれば、アーシャのことは見逃してもらえないかしら？

アーシャ宛の手紙を勝手に読んで、アーシャに秘密でここに来たことにすれば……

いや、一人でというのは無理があるだろうか。何度も公爵と手紙のやり取りをしたのに、伯爵家が関わっていないはずがない。少なくとも、父には連帯責任がある。

良い言い訳が思い浮かばず、私は小さく首を振った。

気分を切り替えるように顔を上げ、周囲を見回すと、長い公爵邸の廊下が目に入る。もうずいぶんと歩いた気がするが、公爵の部屋にはまだ着かない。

公爵邸は広く、森の奥にあるとは思えないほど優美な石造りの屋敷だった。ただ、少し日当たりが悪いのか、朝でも邸内は薄暗い。空気は冷たく、春なのに肌寒かった。

そんな暗く冷たい屋敷の中を、様々な使用人が行き来していた。この『様々』というのはまさしく言葉通りで、使用人たちは見た目からして多種多様であった。

――普通の人間の方が少ないのね。

すれ違う使用人の背中の羽を、つい目で追いかける。尻尾や獣の耳は、この屋敷では珍しくもないらしい。人の形をしていない者や、明らかに魔物の特徴を持っている者、亜人なのか混血なのかわからない人々を、公爵の部屋に行くまでの間に何人も見かけた。

「……いろんな人がいるのね」

思わず一人つぶやくと、前を行くロロが耳をピンと立てて振り返った。

「驚きました？　このお屋敷、亜人との混血がすっごく多いんですよ。普通のお屋敷じゃ雇ってもらえないから、みんな集まってくるんです」

へえ、と私は相槌を打つ。

たしかに、人間の多いこの国で、亜人が仕事を見つけるのは難しいだろう。人は、自分と異なる存在を拒みがちだ。亜人はこの国では、差別や嫌悪の対象だった。

「その点、ご主人様は他人の見た目なんて気にしないですからねえ。この国で雇われたかったら、混血はここに来るしかないんですよ」

「そうだったの……。ビスハイル公爵って優しい方なのね」

意外にも、と言ったら失礼なのだろう。でも心底意外だった。

――冷血な方だと聞いていたのに。行く当てのない人を雇い入れたりもするのね……

「んにゃ……誤解が進んでいるにゃ……。ご主人様は全っ然優しくはないですにゃー。ほんと、ほんっとに他人に興味がないだけで」

ロロが渋い顔で首を振る。あまりにも断固とした否定だ。

「ご主人様は誰でもいいから雇っているだけです。だから、使用人の中にもガラの悪いのが交ざっていたりするので、気を付けてくださいにゃ」

「ガラの悪い？」

「はいにゃ。そういうのに絡まれたときは、執事のシメオン様に言うといいですよ。ご主人様は当てになりませんからねえ」

執事、シメオン。まだ会ったことのない人だ。どんな人なのだろう――と思っている間に、ロロは一つの扉の前で足を止めた。

「ここがご主人様のお部屋です。あたしはここまで。外でご無事をお祈りしています」

不吉なことを言って、ロロは一歩下がってしまう。ここから先は、一人で行けということだろう。

背後にロロを残し、私は恐る恐る扉を開けた。

中に入ると、窓際に立つ公爵が目に入る。こちらを見つめる公爵に、内心で怯《おび》えながらも一礼した。

「お、おはようございます。ビスハイル公爵」

今の公爵に、昨日の底知れない恐ろしさはない。だけど、人を威圧するような雰囲気は相変わらずだ。形の良い唇が笑みを浮かべていても、妙に緊張してしまう。

「あの、なにか私にご用でしょうか……？」

「ああ、昨日の非礼を詫《わ》びようと」

「昨日の……非礼ですか？」

非礼を働いたのは、私の方だったはず。

首を傾げる私に、公爵がゆっくりと歩み寄る。

「そちらに名乗らせておきながら、俺が名乗るのを失念していた。改めて名乗ろう、アーシャ嬢。俺の名前は、ヴォルフガング・ビスハイル。このビスハイル公爵家の当主だ」

言いながら、公爵は私の目の前に立ち、こちらに向けて手を伸ばす。え、と驚く間もない。そのまま彼はさっと私の手を取って、その指先に口付けた。

――って……えっ⁉　く、口付けた⁉

あまりのさりげなさに、私は手を取られたまま凍り付く。

昨日も思ったが、この方、本当に女性に慣れている！

「会いたかった、アーシャ嬢。昨日は喜びのあまり、気の利《き》いた言葉も言えずにすまない」

「いえ！　いえいえ……！」

公爵の唇が離れても、私の手は彼の手の中だ。ぎゅっと握られて、離してもらえそうにない。

――ど、ど、どうすれば……⁉

怒られるとばかり思っていたから、この状況は想定していなかった。かえって混乱してしまう。

「こうして言葉を交わせて嬉しい。初めてアーシャ嬢と会ったときは、ほとんど言葉も交わせなかったからな」

「え、ええ……と、そうですね」

どうにか頷くと、深呼吸を一つする。どうやら、正体がバレたわけではないらしい。

「顔もしっかりと見ることができなかった。だけど俺は、君の緑の瞳を見た瞬間に恋に落ちていた」

――なるほど……？

公爵の言葉に、安堵半分で納得する。

彼はアーシャときちんと顔を合わせたわけではなかったのだ。だから私とアーシャとの違いがわからず、今も私をアーシャと思ってくれている。

――顔立ちでバレることはないみたい。それは安心、だけど……

「ずっと忘れられなかった。その瞳の色と――その奥にかすかに見える魔力。甘くかぐわしい魔力の気配に、あれからずっと頭を蕩《とろ》かされてしまった」

魔力、という言葉に、私は内心で苦さを呑む。

かすかな魔力と言うが、きっとそれは膨大な魔力を持つ公爵にとってのこと。魔力を持っているのは私でなくアーシャだ。ならば、彼が心惹かれたのはアーシャで間違いない。

「早くもう一度会いたかった。こんな気持ちは初めてだ。今、君が目の前にいるのが嘘のように思えてくる」

公爵はさらに一歩、私の方へ足を踏み出した。びくりとする私の肩を掴んで、彼はためらわず顔を寄せてくる。

「……ああ、この香りだ。もう一度感じたかった。――俺の心を奪った魔性の力」

私の耳元で公爵は囁《ささや》いた。

公爵の長い青銀の髪が、首筋をくすぐる。声は低く、かすかに掠《かす》れていた。

言葉とともに吐息が漏れて、妙に背筋がぞわぞわする。

蕩《とろ》かされた、と公爵は言ったけど、私の頭の方が蕩《とろ》かされそうだった。

だけど一方で、頭の奥はスッと冷えている。魔性の力――魔力の源に、心当たりがあるのだ。

私は無意識に、胸元のブローチに手を当てる。アーシャが祈りを捧げたこのお守りが、きっと公爵を惑わす魔力の原因だ。

「アーシャ嬢――アーシャ。君に俺の思いを教えてやりたい。このまま――」

誘うような手が、私の肩から腰に移動する。そのまま私を抱きすくめようとする、寸前。

「ごめんなさい‼」

私はそう叫んで、公爵の体を押し返した。

「そそそ、そういうのは、け、結婚してからで……！」

公爵の体から離れると、私はどうにか言い訳を口にした。

心臓が、壊れるんじゃないかと思うほどドキドキしている。

このドキドキの原因は、男の人に抱きしめられそうになった驚きが一割。残りの九割は、恐怖だ。

——またやってしまったわ……！

怒られる。嫌われる。それだけならいいけれど、昨日に引き続いてこれで二度目だ。私のあまりに失礼な態度に、公爵もいい加減、我慢の限界を迎えてしまうかもしれない。そうなると、今度こそ伯爵家取り潰しの危機である。

——で、でも！　私はアーシャじゃないもの！

偽者の私が、彼を騙したまま抱きしめられるわけにはいかない。その方がずっと公爵に失礼だ。

——だって、公爵はきっと、本当にアーシャのことが好きなのよ。

先の熱のある態度は、彼がアーシャに恋をした、なによりの証拠だろう。

ロロは公爵のことを、「ほんっとに他人に興味がない」と言っていたが、アーシャを語る彼にそんな様子は見られない。パーティで一度会ったきりのアーシャを忘れられず、言葉を尽くして身代わりの私に語りかけていた。

つまり、それだけ彼は本気ということだ。

——冷血な方だと聞いていたのに。

悪い噂が絶えず、屋敷に入った人間はみんな失踪《しっそう》するか、頭がおかしくなるなんて怪談じみた話もあったくらいなのに。

私自身もそれを信じて、半ば生贄くらいのつもりで屋敷に来たのに……

——身代わりなんて、失礼なことをしてしまったわ。

それが、どれほど公爵の心を踏みにじる行為なのか、私は考えていなかったのだ。

「ごめんなさい……。体調が優れないので、今日はもう下がらせていただきます……」

今さら抱いた罪悪感に、私は力なくそう告げた。

心ばかりの詫《わ》びのつもりで深く頭を下げると、そのあとは振り返ることもできないまま、逃げるように部屋を去る。

このとき——

引き留めもせず、別れの言葉さえも口にしない彼が、どんな表情をしていたか。

彼の顔を見ることができず、ずっと目を伏せていた私が気付くことはなかった。

◆　◆　◆

公爵は呆けていた。

アーシャと名乗る娘に拒絶されてからしばらく、彼は瞬《まばた》きと呼吸以外、なにもできずにいた。

――なぜだ。

今回の公爵の行動は、実に周到なもののはずだった。

若い娘に好まれるような声音と態度を使い分け、心くすぐるような言葉を選んだ。恐ろしい風貌も、こうなるとかえって武器になる。恐ろしいはずの男が、自分にだけ優しい――そういうものを喜ぶ娘は多いのだ。

言葉の端々に、魅了の魔法も忍ばせた。公爵の魔力を込めた言葉に、彼女程度の魔力では抵抗できるはずもない。実際、彼女の反応は悪くなかった――途中までは。

――なぜ逃げられた。

彼女が出ていった扉を見やり、公爵は呆然と立ち尽くす。体調が優れないなど、嘘であることはわかりきっていた。

――自身の魔力を過信していたのか？

あるいは、彼女の魔力抵抗を甘く見ていたのだろうか。

ならばなおさら、公爵はこの失敗を認めることはできない。彼女が魅了にかからず、公爵自身を見てのあの態度というのなら、正真正銘、公爵は振られたことになってしまうのだ。

――……いいだろう。

屈辱を噛みしめ、公爵は内心でつぶやいた。

――魅了なんぞには頼らん。魅了で心を奪ったところで、所詮は偽りの感情だ。

ぐ、と公爵は拳を握りしめた。知らず、口元が笑みの形に歪《ゆが》む。

――そんなもの使わなくても、アーシャ自身を俺に夢中にさせてやる……！

そして、後悔させてやる。

本心から惚れさせ、その後にボロ切れのように捨ててやろう。もしくは本来の予定通り、彼の残虐な嗜好《しこう》のはけ口にしてもいい。邪悪な未来を思い浮かべ、公爵は酷薄そうに目を細めた。

傍に誰かがいたら、悲鳴を上げそうなほど悪魔じみた表情だが――

その表情の中に、これまでにない情熱と関心が浮かんでいることに、公爵自身も気が付いてはいなかった。

――次こそは、絶対に落とす！

自身に惚れ込んだアーシャ――アネッサを想像し、公爵は実に悪い笑みを浮かべた。

部屋に戻ってから、私はロロや他の使用人たちにあれこれと気を回してもらってしまった。

具合が悪いと言ったからか、公爵からそれ以上の呼び出しはなく、食事も部屋に運んでもらった。ロロも心配そうに部屋を訪ねては、水やら果物やらを差し入れてくれる。

「ご無事で良かったにゃー……普通なら体調不良なんかじゃ済まないですから」

と、ほっとした様子で部屋を出ていくロロを見送ったあと、日が暮れはじめた部屋の中で、私は一人悶々《もんもん》と考えていた。

――公爵は、やっぱり本気でアーシャが好きだったんだわ……！

あの熱っぽい言葉。熱っぽい視線。アーシャを語るときの声の調子に、ひやりとした手のひらの感触。ドキドキしたけど、あれらはすべて私ではなく、アーシャに向けられたものだった。

――冷血なんかじゃないわ。

世間の噂よりもずっと、公爵は情熱的な人だ。少しばかり手が早すぎるけれど、無理《むり》強《じ》いをすることはない。断ればきちんと離してくれる。

屋敷に勤める使用人も、見た目が変わっているだけで、親切な人ばかりだ。ロロが言っていた『ガラの悪い使用人』も見かけない。

食事も美味しいし、ベッドも柔らかで、部屋もきれいだ。どんなに恐ろしい場所かと散々聞かされてきただけに、拍子抜けしてしまうくらいだった。

――これなら、私が身代わりにならなくても良かったんじゃないかしら。

噂を鵜《う》呑《の》みにして身代わりになったのは、軽率だったかもしれない。公爵は悪い噂こそあるけど、結婚相手としては申し分ないのだ。

年齢は二十二と若く、仮面越しでもわかるくらいに顔立ちも整っている。家柄も素晴らしく、公爵の身分はもちろんのこと、彼は現国王陛下の甥《おい》にあたる。紛れもない王家の一員なのだ。

その上、戦争の英雄として武勲《ぶくん》も山ほど立てている。報奨金もあるからお金の心配もない。

高い魔力を持っているのも、アーシャの結婚相手として魅力的だ。きっと彼ならばアーシャの魔力をよく理解し、気遣ってくれるだろう。

それになにより、公爵が情熱的にアーシャを求めているのだ。

政略結婚の多い貴族だからこそ、相手に好きだと思ってもらえるならこれほど幸せなことはない。もちろん、アーシャ自身の気持ちもあるので無理強《むりじ》いはできないが、実際の公爵を知ると、上手くいったのではないかと思えてくる。

――伯爵家よりも、ここにいる方がアーシャにとっては幸せかもしれないわ。

伯爵家でのアーシャは、両親に溺愛されるあまり、かえって自由がなかった。

体が弱くていつ倒れるかわからないからと、なにをするにも両親が付きっきり。一人の時間はほとんどなく、部屋にいるときでさえ、日中は家族の誰かが必ず傍にいる。

疲れていても無理をして笑うアーシャに、見ている私の方が息苦しさを感じるくらいだ。

できれば早く良い人を見つけて、家を出ていくべきだと常々思っていた。その相手として、公爵は最適だと改めて思う。

――と、なると……

今さら公爵に、『偽者でした』とは言えない。確実に公爵の怒りを買い、今度こそ伯爵家は取り潰しになるだろう。特に、身代わり実行犯の私は、首と体がつながっている自信がない。

ならば穏便にアーシャと公爵が結婚する方法は――

——もう一度入れ替わって、アーシャに『アネッサ』として来てもらうしかないわ！

私とアーシャなら、どちらを好きになるかは明らかだ。可愛くて性格も良いアーシャと、私とでは比べるべくもない。『アネッサ』としてのアーシャを公爵に好きになってもらって、そのまま結婚相手を変えれば、すべては円満に解決できるはず。

もっとも、さすがに二人揃ってしまえば、私が偽者であるとバレる可能性はある。

——でも、そのときはそのとき！

今から心配しても仕方がないと、両手を握りしめる。もともと、邪魔者の私がここにいることこそが間違っていて、本当は公爵とアーシャが結婚するべきだったのだ。それを本来の形に正すことに、なんの問題があるだろう。いや、問題だらけだけど。

——アーシャの幸せのためにも、できる限りのことはやらなくっちゃ。

覚悟を決め、私は顔を上げた。そうと決まれば、この先やることは一つだ。

——アーシャに興味を持ってもらうために、公爵にアーシャを売り込むのよ！

そしてアーシャを公爵邸に呼んでさえもらえれば、あとは魅力的な二人のこと。きっと互いに恋に落ち、幸せな未来に向かうはずだ！

翌日のお昼前、私の体調を気遣って、公爵が見舞いに来てくれた。

慌ててベッドから起き上がり椅子を勧めようとするが、公爵は私を押し留めてベッドサイドの適当な椅子に腰かける。

「アーシャ嬢、もう大丈夫なのか」

「ええ、まあ……」

言い淀んでしまうのは、内心の罪悪感のせいだ。

本当は仮病なのに、わざわざ部屋まで来てくれた彼に申し訳ない。

「……ご心配をおかけしました、ビスハイル公爵。もうすっかり元気になりました」

ごめんなさい！　と心の中で謝罪しつつ、私は彼に笑みを向けた。

そんな私に、彼は不快そうに眉をひそめる。一瞬、仮病がバレたかとぎくりとしたが、どうやら違うらしい。

「公爵」

彼は短く、私の呼び方を咎《とが》めた。

「これから結婚するのに、その呼び名は他人行儀ではないか？」

――言われてみれば……たしかに。

嫁入りするなら、自分も『ビスハイル』になるのだ。名前で呼んだ方が自然だろう。

――でも、公爵の名前って言うと……

「ヴォルフガング様……？」

いささか厳《いか》つい名前である。彼の雰囲気にはよく似合っているのだけど、ビスハイルの方がまだ柔らかみがあるだろう。

同じことを思ったのか、公爵も少し渋い顔をした。

「それでは長いだろう？　アーシャ嬢には、できれば愛称で呼んでもらいたい」

「愛称、ですか」

「そう。ヴォルフでもいいし――」

そう言って、彼は椅子から腰を浮かし、ベッドの上の私に身を乗り出す。今度はなにかと身を強張らせる私に、彼は手を伸ばし――

「ヴィー、なんてどうだろう。誰にも呼ばせたことのない、特別な呼び名だ」

私の肩に手を触れて、耳元で低く囁《ささや》いた。

先ほどの淡白さが嘘みたいに、艶っぽく色気に満ちた声音だ。背筋がぞくりとする。

「君だけの名前で呼んでほしいんだ、アーシャ」

溶けるような言葉に、頭がくらりとする。どうにか踏みとどまったのは、彼が呼んだ『アーシャ』という名前のおかげだろう。

――こ、公爵が好きなのは私じゃないわ！

内心で自分に言い聞かせると、私は酔ったように熱い頭を振る。

特別な呼び名なら、私が呼ぶわけにいかないのだ。だけど、この流れで公爵と呼び続けるのは不自然だから……

「で、では……ヴォルフ様とお呼びします……！」

私の言葉に、公爵――ではなく、ヴォルフ様は少しばかり不機嫌そうな顔をした。

この屋敷に来てから、どうにも私は、彼を苛立たせてばかりいる気がする。

――い、いいえ！　逆に考えれば、偽者の私が嫌われることで本物のアーシャを好きになってもらうチャンスにつながるわ……！

大切なのは、本物のアーシャが彼に気に入られることだ。アーシャに興味を持ってもらい、屋敷に呼び寄せてもらおうと、昨日決意したばかりである。

ならば、あとは実行に移すだけだ。私は勇気を振り絞って口を開く。

「ヴォルフ様！　と、ところで私、いもう――いえ、姉妹がいるんです！」

名前の話題から離れたいこともあり、私は強引に話を切り替えた。

ヴォルフ様は表情を一切変えない。なのに、先ほどよりも機嫌が悪くなったとわかるのが不思議だ。内心で「ひええ……」と青ざめる私に、彼は冷たく告げた。

「姉妹がどうした」

淡々とした声が、いつもよりもさらに冷ややかに響く。私は内心で、恐怖に震え上がった。

冷血ではないとわかった今でも、ヴォルフ様の纏《まと》う空気は恐ろしい。

威圧感とでも言うのだろうか。捕食者を前にした獲物のような気分になる。きっと彼の手にかかれば、私なんて蟻《あり》を潰すようなもの。絶対に怒らせてはいけない相手だと、本能が感じていた。

それでも、アーシャのために引くわけにはいかないと、私は震える口を開く。

「ええと……ヴォルフ様に知っていただきたくて……」

「なんのために」

売り込みのために！　――とは言えない。

「……な、仲良くなれるのではないかと思いまして！　お話が合うのでは、と！」

「興味ない」

一刀両断。

――と、取り付く島もないわ……！

「俺は姉妹よりも、君のことが知りたいんだ」

恐ろしい雰囲気のまま、ヴォルフ様は私の腕を掴んだ。腕に込められた力は強くない。

でも、優しいとも言えない。妙に強引で、心まで掴まれてしまいそうな気がした。

「俺に君を教えてくれ、アーシャ」

そのアーシャの話をしようとしていたんです！　――とも言えない。

なにも言えずに口をつぐむ私を少しの間見据えてから、ヴォルフ様は腕を引いた。

思わず体勢を崩した私に、ヴォルフ様が顔を近付けてくる。鼻先が触れそうな、ぎょっとするほどの距離感だ。

「君の持つ甘さを教えてくれ。舌で味わいたいんだ」

「あ、甘さ……？」

「そう。チョコレートよりももっと甘い味」

とろりとした瞳が、私を捕らえる。思わず惚けてしまいそう、だけど。

「俺を満たしてくれ、アーシャ――」

――この態度は、アーシャに向けられたものだから！

「あ、あ、甘い味！　あります！」

雰囲気に流されまいと、私は慌てて声を張り上げた。例の癖で、今日も袖に忍ばせていた包みを大急ぎで取り出すと、ヴォルフ様に押し付ける。

「キャラメルです！　ま、前のチョコよりも甘いはずですよ……！」

もちろん、さすがの私でも、ヴォルフ様の言う『甘い味』がこれでないことはわかっている。

だけどあのままだと、変な流れになりかねない。どうにかこうにか誤魔化さなければ、と思い付いたのが、このキャラメルなのだ。

私が押し付けたキャラメルを、ヴォルフ様は面食らった様子で受け取った。

瞬《まばた》きを繰り返し、しばらく無言でそれを見つめてから、彼は一つ息を吐く。

「……興が削《そ》がれた」

そう一言だけ言うと、彼はそれ以上なにも言わずに部屋を出ていった。

ぱたん、と閉まる扉に、安堵と恐怖の混ざった息が漏れる。姿が見えなくなっても、心臓はドキドキしたままだ。

――もしかして明日、森に私の死体が転がっているんじゃないかしら……

あり得なくもない想像をして、私は一人震えた。

◆　◆　◆

――なんでだ!!

キャラメルを片手に、公爵――ヴォルフの内心は荒れていた。生まれてこの方、これほど心が荒れたことがあるだろうか、というほどに荒れ果てていた。

——あの雰囲気から、どうしてキャラメルなんて寄越せるんだ!!

現在のヴォルフに、日頃の冷静さは影も形も見えない。足早に自室に戻ろうとするヴォルフの姿を見て、すれ違う使用人たちがぎょっと振り返る。

だが、ヴォルフの目には、使用人たちの姿は映らない。頭の中を、ずっとあの赤茶けた髪の娘が埋め尽くしているからだ。

——そんなに俺に触れられるのは嫌なのか⁉

まさか自分に魅力がないのだろうか？　と自問して、すぐに首を振る。これまで、彼が狙って落とせない女性はいなかった。

それに、彼女の反応も悪くはないのだ。見つめれば初心《うぶ》に照れるし、囁《ささや》きかければ声に酔い、触れれば胸を高鳴らせている。嫌がっている様子もなく、手応えのようなものも感じると言うのに！

——俺のなにが悪かった？　俺が悪かったのか⁉

キャラメルを握る手がわなわなと震える。受け取ってしまった自分自身にも怒りが湧いた。どうして、『こんなものはいらない』とその場で叩き落とさなかったのかわからない。叩き落としたら怖がるだろうな、などと躊躇《ちゅうちょ》した自分が、なおさら理解できなかった。

――い、いや、口説き落とすためだ！　怖がらせたらやりにくくなる！　それはいい！

それよりも問題は彼女の方だ。

ヴォルフは余計な考えを追い払い、赤毛の娘に怒りを向ける。

あんないかにも平凡な、男慣れしていない小娘一人に、どうしてこうも手こずってしまうのか。

――しかも、姉妹の話だと？　俺と話をしているのはお前だろうが、アーシャ！

彼女自身の話ならヴォルフも素直に聞いただろう。他人に一切興味のない彼だが、口説き落とすと決めた今、相手を知ることは重要だ。好きなことでも嫌いなことでも、聞くつもりがあったのに。

――話すなら、アーシャの話をしろよ!!

という思いが誤解を生んでいることに、彼は気が付かない。

怒りに奥歯を噛みしめて、彼は荒々しく息を吐いた。

――つ、次だ！　次こそ菓子なんぞで誤魔化すことは許さん!!

次こそ甘い雰囲気に――いや、この『甘い』という単語が悪いのか。

ならば、次ははっきりと言ってやろう――甘いものはいらない、と！

その翌日。

ヴォルフは意気込んで彼女の部屋を訪ね、出てきたときにはチョコ掛けのコーヒー豆を持っていた。

――調子狂う……

自室に戻り、彼はもらった菓子をぼんやりと食べていた。

甘いものはいらない、と言った通り、たしかにこの菓子は甘くはない。噛めば、口の中にコーヒー豆の苦みが走る。チョコのコーティングのおかげで苦すぎることもなく、一粒一粒が小さいこともあり、いくつも食べられた。

――って！　なにを食べているんだ俺は!!

何個めかわからないチョコレートを口に含んだとき、ヴォルフははっと我に返った。呑まれかけていた自分に気が付き、彼は慌てて頭を振る。

――なんなんだあの娘！　なんであんなに菓子ばっかり持っているんだ!!

いや、理由は今日の訪問時に聞いていた。彼女は自分の姉妹のために、菓子を持ち歩く癖があるのだそうだ。少し気恥ずかしそうにしていた彼女の顔が、ヴォルフの頭の中に残っている。

それからずっと、彼女は自分の姉妹の話をし続けた。

姉妹の名前は――『アネッサ』と言っただろうか。興味がないので、それ以上のことをヴォルフは覚えていない。それ以前に、ヴォルフは彼女の家族構成も知らない。父であるリヴィエール伯爵についてのみ、貴族として名を聞いたことがあるという程度だ。

――俺はアーシャと話をしに行ったんだ。

『アネッサ』の話ばかりする『アーシャ』に、ヴォルフは苛立っていた。

彼女が楽しそうに話をするのが、また妙に気に食わない。ずいぶんと自慢の姉妹のよう

うで、その話をする間中、彼女は嬉しそうだった。

――アーシャ自身の話を聞こうと思っていたのに……

自分よりも『アネッサ』の話をするものだから、ヴォルフもつい腹が立った。それで、『アネッサはどうでもいい。俺はアーシャにしか興味がない』と会話を断ち切って部屋を出てしまったのだ。

――大人げなかった。怖がっていないだろうか。

かなり険のある声音になっていた自覚はある。これでは彼女に、嫌われて――

――だから！　なにを考えているんだ俺は!!

今自分が考えていたことを、ヴォルフは慌てて追い払う。

――嫌われたところでどうした。どうせあとで捨てる女だ！

彼女はもともと、彼の『獲物』に過ぎない。魔族の血と魔力の高さから来る欲求を満たすためだけに、彼女はこの屋敷に呼ばれたのだ。

本来なら、残虐な彼の嗜好《しこう》によって、すでに腕の一本や二本は切り刻まれていただろう。強すぎる魅了を受けてなにも考えられなくなり、ヴォルフの欲望のままに体を蹂躙《じゅうりん》される。それを苦痛に思う心さえ、残っているかどうかわからない——はずだったのに。

——あ、あの小娘、このままでは済まさん……！　俺を虚仮《こけ》にしやがって……!!

ヴォルフは握りしめた拳を、思い切り壁に打ち付けた。仮面の下、藍色の瞳が怒りに光る。

——こうなったら、どんな手を使ってもモノにしてやる……！

魅了を使わないなどと馬鹿げた遊びは止めだ。

いくら魔力に抵抗があったとしても、人間は彼の力に敵《かな》わない。この仮面を外し、彼の全力の魔力を受ければ、誰も逆らうことはできなくなる。

最悪、壊れるかもしれないが、知ったことかとヴォルフは荒い息を吐いた。

——力尽くで手籠《てご》めにしてやる！　どうせ生娘《きむすめ》だ、その後にいくらでもやりようはある！

だが——

できれば壊さないように――あまり、痛くないようにしてやろう。そう考えた自分に気付き、ヴォルフは頭を掻きむしった。

◆　◆　◆

チョコ掛けコーヒー豆を渡したあと、一人残された部屋で私は頭を抱えていた。

――ヴォルフ様を怒らせてしまったわ……！

去り際の彼の様子に、私は何度目かの死を覚悟していた。

威圧感で人が死ぬなら、私はとっくに死んでいただろう。それくらい、別れ際の彼は怖かった。

いくら冷血ではないと言ったって、それと恐怖感とは別問題だ。むしろ感情があるからこそ、怒ったときは一層怖いものである。

――しかも、その怒らせた原因というのが……

『アネッサはどうでもいい。俺はアーシャにしか興味がない』

聞いたばかりのヴォルフ様の言葉を思い返す。私が『アネッサ』――つまり本物のアーシャの話をしたばっかりに怒らせてしまったのだ。

アーシャを売り込むためとは言え、考えてみれば当たり前だろう。ヴォルフ様は、目の前の私こそが『アーシャ』だと信じているのだから。

――ヴォルフ様は、本当にアーシャのことを知りたいんだわ。

知りたくて知りたくて仕方がないから、あんな背筋が凍るほど怒ったのだ。その本気の想いが、余計に私を後悔させる。

――入れ替わったの、本当に本当に失敗だったわ！　あんなにアーシャに夢中なのに！

やり場のない思いに、私は「あああ……」と呻《うめ》き声を上げる。

体調を崩したらすぐにお見舞いに来るくらいに優しくて、冷血なんて噂が馬鹿馬鹿しくなるほどに情熱的。そんな魅力的な相手だったのに、噂に惑わされて邪魔をしている私は、なんて間抜けなのだろう。

――アーシャの幸せも、ヴォルフ様の幸せも、私が邪魔してしまったんだわ……！

きっと素直に二人を引き合わせていれば、幸せな夫婦になっただろう。想い想われ、大切にされたに違いない。そう思うと、後悔とともに、別の感情も浮かんでくる。

――羨《うらや》ましいな、アーシャ。

熱のあるヴォルフ様の視線を思い出し、私は息を吐いた。

彼の視線はアーシャに向けられたものだけど――あんな風に私自身を見てもらえたら。

そんなことを考えてしまう。

生まれてから十八年間。私には、そんな目を向けてくれる人は一度も現れなかった。

いい歳なのに、結婚の申し込みすら来たことがない。

そもそも、他家に私の存在を知っている人はどれほどいるだろう。

ドレスも持たない私を、両親は恥ずかしがって外に連れ出そうとしない。社交界に顔を出した回数も、片手で足りてしまう。

父の仕事の手伝いをしているため、仕事の付き合いがある家の人々は、私のことを知っているだろう。だけど彼らにとっての私は、きっと父の代理か、あるいは片腕くらいの認識だ。年頃の娘と思ってくれている人は、ほとんどいないに違いない。

ヴォルフ様も、『アネッサ』――つまり、私のことを知らなかった。話を振ってみても、まるで眼中にないという様子で、目の前にいるのに少し寂しくなる。

――……ヴォルフ様の興味や優しさはアーシャ限定なのね。

私が偽者だと知ったら、きっともう、二度と今までのように話しかけてはくれなくなる。視線も言葉も全部アーシャにだけ向けて、私なんかには目もくれないだろう。

そうして、二人が親しくしている様子を、私は遠くから眺めているだけなのだ。

想像すると、胸がざわつく。もやりと心に兆《きざ》す感情を、私は慌てて振り払った。

——い、いえ！　だからこそアーシャとヴォルフ様には結婚してもらわないと！

羨《うらや》ましいほどの相手だからこそ、アーシャに相応しいのだ。余計なことを考えるな！　——と、私は両手で頬を叩いた。


ビスハイル公爵邸に来て、五日目。私はロロに頼んで、紙とペンを持ってきてもらった。

理由は単純、アーシャに手紙を書くためだ。

ヴォルフ様とアーシャが結婚するためには、ヴォルフ様へのアーシャの売り込みだけでなく、アーシャの方にもヴォルフ様を知ってもらう必要がある。冷血公爵の名で知られ、悪い噂まみれのヴォルフ様が、本当はどんな人なのかを、まずは手紙で伝えようという算段だった。

ペンを手に、私は思い付くまま、屋敷でのことを書いていく。

屋敷は変わっているけど、それほど怖い場所ではない。頭がおかしくなったり体を切り刻まれたり、なんてこともない。ヴォルフ様は、たしかに少し……どころではなく怖いところもあるけれど。

今は、怖いばっかりではない方だと知っている。

特にアーシャには、きっと優しくしてくれるはず――

「――手紙か？」

間近で聞こえた声に、私はびくりとした。ペンを取り落として、書きかけの字が滲《にじ》んでしまう。

「また『アネッサ』か」

耳に響くのは、妙に色っぽくて、少し不機嫌そうな声。

この声の主が誰なのか、すぐにわかる。

「ヴォルフ様……びっくりしました……！」

私は心臓を押さえてそう言った。

本当にびっくりした。心臓が潰れるかと思った。

なにせ、私はアーシャへの手紙を書いていたのだ。念のため宛名を『アネッサ』にしていたから助かったけれど、そうでなければ危うかった。うっかり明日、私の死体が出来上がるところだった。

「き、今日はどうされたんですか？　わ、私にご用でしょうか」

「用がなければ来てはいけないのか？」

「そ、そういうわけではないですけど！」

慌てて首を横に振ると、ヴォルフ様は薄く微笑んで、テーブルに向かう私の顔を覗き込んだ。

相変わらず、距離が近い。それだけでもドキリとする。

「君に会いたくて来たんだ。君の話を聞きたいと思って」

ヴォルフ様の藍色の瞳が私を映す。その瞳に宿る光に、私は目を瞬《またた》かせた。見ていると、なんだか吸い込まれそうな気がしてしまう。

「君は、そう思ってはくれないのか？　俺に興味を持って、俺を知りたいと思わないのか？」

「え、ええと……」

戸惑う私の手を、ヴォルフ様が優しく握る。そして、その手をそっと――彼の仮面に触れさせた。

「たとえば、この下がどうなっているのか、気にならないのか？　俺と会った女性は、みんな聞いてくるのに」

指先が、冷たい仮面の表面をなぞる。私を見つめる彼の瞳から、目が離せない。

普段から色気のある方だが、今日はなおさらだ。無理矢理心を奪うように、彼は私の指先を撫でる。その仕草に、頰が熱くなった。さっきとは別の意味で、心臓が潰れるかと思うほどドキドキしている。

「どんな素顔をしているのか、知りたくはないか？　アーシャ、君が気になるのなら――」

ヴォルフ様は鼻先が触れる距離で、吐息のような声を落とした。

彼の呼気に空気が揺れる。生温《なまぬる》い、彼の熱が頬に触れる。心を溶かすかのように。

魅入られる私の胸元で、ブローチがじわりと熱を持った気がした。

けれど、それに気が付くよりも早く、私は首を横に振っていた。

「き、気にはなります。ずっと気になっていました……！」

空気に呑まれ、消えかけの理性の中、私の口からわずかに上擦《うわず》った声が出る。

ヴォルフ様の仮面の下は、気にならないわけではない。むしろ気になって仕方がないくらいだ。

自然と目に付くのはもちろんのこと、せっかくのきれいな顔を隠しているのがもったいない。なにより、その仮面は少しばかり怖すぎて、気にせずにはいられないのだ。

「で、でも、無理に見ようとは思いません！　だって……意味があるから着けていらっしゃるのでしょう？」

ヴォルフ様の仮面は、強すぎる魔力を制御するためのものだと言う。

だけど、仮面でなくとも魔力を抑えるアイテムはいくらでもある。その中で、わざわざ顔を隠す仮面を選ぶということは、それなりの理由があるのだろうと思っていた。

要は、触れにくい話題なのだ。迂闊《うかつ》に踏み込み、これ以上彼の怒りを買いたくないのである。

「……」

私の答えに、ヴォルフ様は無言だった。

口をつぐんだまま、しばらく私を見つめて瞬《まばた》きを繰り返すと——私の隣に椅子を引き寄せ、すとんと腰を下ろした。

「…………顔が、嫌いなんだ」

私の隣で、ヴォルフ様は静かにつぶやいた。さっきみたいな色気はないのに、彼の声は妙に心を突く。

「自分の顔が嫌いで、隠しているんだ」

藍色の瞳が揺れる。

それ以上、ヴォルフ様はなにも言わなかった。この先は、聞くなとでも言うかのように。

——って、やっぱり触れちゃいけないことだったんじゃないですか！

見たいと言わなくて良かった、と内心胸を撫で下ろしたことを、ヴォルフ様は知らない。

◆　◆　◆

——俺は……なにを言ったんだ？

自室に戻ってからずっと、ヴォルフは同じことを繰り返し考えていた。

無理矢理にでも体を奪うつもりだった。

この仮面を外してもいいと思っていた。仮面で抑えている魔力を解放すれば、人間の力では太刀打ちできるはずがない。どんな強い魔法抵抗があったとしても魔力に酔い、運が悪ければそのまま廃人になる。

それでもいいと思って彼女の部屋に行ったのに、彼はなにも成し遂げずに部屋を出た。

おまけに、恐ろしく馬鹿なことを口にした。この顔——父によく似た自分の顔が嫌いなどと、誰に告げたこともないのに。

——どうしてあんな小娘に……

思わず、としか言いようがない。話すつもりなんてなかったのに、彼女があんな顔で、あんなことを言うから。

無理に聞かないでいてくれるからこそ——聞いてほしい、と思ってしまった。

怯《おび》えを残しつつも気遣わしげに自分を見上げる彼女の顔が、頭の中に残っている。

少し癖のある、赤茶けた長い髪。木漏れ日のような、明るい緑の瞳。素朴な顔に、ときおり浮かぶ柔らかな笑み。細い体は、力を込めれば壊れてしまいそうで、触れるのが不安に――

――俺はなにを考えているんだ……！

ヴォルフは慌てて首を振る。自分が想像したことが信じられなかった。

触れるのが不安になるから、優しくしてやりたいなんて。

――あの、『アネッサ』への手紙を見たせいだ。

言い訳でもするように、ヴォルフは自分にそう言い聞かせる。部屋を訪ねたとき、彼女が書いていた『アネッサ』への手紙。その内容を、ヴォルフは声をかける前にざっと読み取っていた。

――この俺が、『噂ほど冷血な人ではない。少し怖いけど、意外に親切で、優しいところもある』だと？

鼻で笑いたくなるような内容だった。ヴォルフは他人に親切だったことも、優しくしたこともない。

彼女に対する態度も、あくまで自分に夢中にさせるための手段に過ぎなかった。

彼女の心が落ちた瞬間、ヴォルフは態度を豹変《ひょうへん》させるだろう。傷付け、弄《もてあそ》び、最後はボロ切れのように捨てるのだ。

いや、と彼は小さく笑う。あるいは――もっといい方法がある。

――余計なことを知られたからには、そう簡単には逃がさない。口封じのためにも、捨てずに手元に置いてやる。そうして、いっそ捨てられた方が幸せだったと思わせてやろう。

優しい、なんて二度と言えなくなるくらいに。

絶望する彼女を想像して、彼は歪《ゆが》んだ表情で嗤《わら》った。泣いても喚いても壊れても、手放してなんてやるものか。

だが、それはまだ先の話だ。今はとにかく、彼女をこちらに振り向かせなければいけない。

――アーシャのような娘は、下手に押すより優しくする方が落としやすい。

優しい態度で信頼させれば、恋心も一層深くなる。時間はかかるが、こちらの方が確実だ。

――勘違いしているなら好都合だ。いいだろう、優しくしてやる。それこそ、菓子なんかよりもずっと、甘く。

もちろん、この優しさは偽りだ。その後の絶望をより深くするための嘘に過ぎない。

あくまでも――そう、あくまでもこれは演技。本心などでは、決してない。

胸に手を当て、ヴォルフは自分にそう言い聞かせた。

手のひらに伝わる心臓の鼓動が妙に速いことに、彼自身も気が付いてはいなかった。

◆　◆　◆

リヴィエール伯爵家の娘が屋敷に来て一週間。

執事のシメオンは、彼女付きのメイドからの報告に目を丸くした。

「――ヴォルフ様の悪癖《あくへき》が出ていない？」

「はいにゃ。アーシャ様は今日も元気でした」

「本当に？　一度も？　気付いていないだけではなく？」

シメオンが念を押すように尋ねると、メイドのロロは思い返すように首を傾げた。

「んー……アーシャ様の様子を見るに、それっぽい気配はないですにゃ。体が傷付いた様子も、魔力を浴びすぎて気がおかしくなった様子もないです」

「指の一本も欠けていないのか？　見えないところを抉《えぐ》られていたり、精気を奪われたり、体内から徐々に腐らされたりも？」

「それもないですねえ。お屋敷に来た次の日に一度体調を崩されましたけど、それも気疲れからかにゃって思います。すぐにお元気になられましたし」

信じられない、とシメオンは口の中でつぶやいた。

——あのヴォルフ様が？

人を傷付けることに愉悦を感じ、嬲《なぶ》ることを快感とし、嘆きや絶望を嘲笑《あざわら》う。その悪趣味な性癖を我慢しようなど考えもしない人が。

——獲物を前にして、一度も手を付けていないだと……⁉

執事として長らくヴォルフに仕えているシメオンは、自分の主人の厄介な嗜好《しこう》をよく知っていた。

ヴォルフは魔族の血による残虐な性質を持つ。特に、彼は特殊な血筋ゆえ、普通の半魔であれば抑えられるような衝動も抑えることができずにいた。

いや、彼自身、この衝動を疎《うと》んじていない。自らの残虐さを認め、受け入れ、存分に楽しんでいた。

屋敷に呼ばれた『獲物』が無事に帰ったことは、これまで一度もない。そのことは、後処理を担《にな》うシメオンがよく理解している。

血肉を隠し、対外的な言い訳を適当に繕《つくろ》い、屋敷で起きた惨劇を誤魔化すのは彼の仕事の一つだ。

それでもここ数年は誤魔化しきれず、ほぼ真相に近い噂が流れてしまい、シメオンとしては苦々しい思いをしていたというのに――

「……あり得ん」

相手はヴォルフが、名前すら覚えていなかった娘だ。

リヴィエール伯爵家には娘が二人いるのに、どちらかすらもわからないと言うので、苦肉の策で『緑の瞳の令嬢』宛に手紙を送ったのはシメオンだった。

そんな適当に選ばれた、思い入れのかけらもないような獲物だ。まだ生きているどころか、まったくの手付かずでいるなど、とうてい信じられなかった。

――よほど食指が動かないのか？　しかし、ヴォルフ様は獲物を選《え》り好みするような方ではない。ならばなぜ……

考えても答えは出ない。シメオンは首を振ると、仕事の手を止め、おもむろに立ち上がった。

「ロロ、アーシャ様のお部屋へ案内しろ」

「承知しました、けど……どうなさるんです？」

「直接確かめる」

本当に、その娘が無事であるのか。もし無事なら、なぜヴォルフが手を出さないのか。

シメオンは、自分の目で確かめずにはいられなかった。

◆　◆　◆

アーシャへの手紙の続きを書いていると、誰かが部屋を訪ねてきた。

てっきりヴォルフ様だと思って振り返った私は、入ってきた人物に驚いた。

ロロに連れられて現れたのは、見たこともない男の人だ。

「アーシャ様、失礼いたします。ご挨拶が遅れて申し訳ありません。私はこの屋敷で執事をしているシメオンと申します」

そう言って丁寧に頭を下げたその人を、私は呆然と見つめた。

几帳面そうにきっちりと着込んでいるのは、執事服だ。短く柔らかそうな金の髪は、透けるほどに淡い。

背は、ヴォルフ様よりも高いだろうか。だけど体は細く、中性的でしなやかだ。顔立ちはガラス細工のように繊細で美しく、低い声を聞かなければ、男性だとはわからなかっただろう。

その美しい容貌の――耳を見て、私は息を呑んだ。

――エルフだわ……！

ロロから獣人の血を引いていると聞いたときよりも、屋敷の他の使用人たちを見たときよりも、私は驚いていた。人間嫌いで知られるエルフが、人前に姿を現すなんて信じられない。

エルフは長い寿命と高い魔力、そして人を魅了する絶対的な美貌を持つ種族だ。人よりも優れた種族であると自覚しているがゆえ、数が多いというだけで地上を覆う人間を疎《うと》んじている。

そんなエルフが人前に現れる理由は、たったの二つ。

よほどの事情があるか――あるいは、よほどの変わり者か、である。

「失礼、アーシャ様」

シメオンさんはロロを押しのけて私の前に来ると、その端整な顔をぐいと寄せた。

――近い！　この屋敷の人、みんな距離が近いわ！

容赦《ようしゃ》なく顔を近付け、まったく遠慮なしに凝視してくるシメオンさんに、私は体を硬くする。

髪と同じく透けそうな金の瞳は、怯《おび》える私などものともしない。値踏みでもするように、彼は私の全身を眺め回した。

――い、居心地が悪い……！

とは言え、実のところヴォルフ様に見つめられているときよりは、心臓には悪くなかった。美貌の男性という点では同じだが、ヴォルフ様は雰囲気と相まって、恐怖の方が先に立つのだ。

対して、目の前のシメオンさんの美しさは、まるできれいな花のように、うっとり見つめたくなるものだ。瞬《まばた》き一つが風にそよぐ花びらのようで、ついつい目を奪われてしまう。

――噂には聞いていたけど、エルフって本当に美人なのね……

まさに、目の保養と言うに相応しい。私は思わず感嘆のため息を吐いた。

そうして、すっかり見惚《みと》れ、油断していたときだ。

不意に誰かが、背後からぐっと私の肩を掴む。そのまま強い力で引き寄せられ、私は驚きによろめいた。

転びかけた私の体を、その背後の誰かが支える。いったい誰が――と思うより早く、震え上がるほどに冷たい声が頭上から落ちてきた。

「――シメオン。お前はそれ以上アーシャに近付くな」

かつてないほど不機嫌なヴォルフ様の声に、私は喉《のど》の奥で、ひっ、と悲鳴を漏らした。

いつの間に部屋にいらしたのか、などとても聞けない。そもそも、振り返ることすら怖い。

殺気で人が死ぬのなら、私は今頃とっくに死んでいただろう。

全身から冷や汗が出て、血の気が引いているのに心臓はドキドキしている。

――やっぱりヴォルフ様は心臓に悪すぎるわ……恐怖的な意味で……！

肩を掴まれ、体を支えられて密着したこの状況。普通なら男女のときめきがありそうなものなのに、とてもときめいてはいられない。肉食獣の獲物にでもなった気分だった。

――わ、私……今度はいったい、なにをやらかしてしまったんです……？

いや、先ほどの言葉からすると、ヴォルフ様はシメオンさんに怒っているはずだ。

なのに、私にも怒りが向けられている気がするのはなぜだろうか。肩を掴む手の、尋常ならざる強い力は、まるで絶対に逃がさんと言わんばかりである。

「離れろ、シメオン」

ヴォルフ様の言葉は端的だが、妙に力がある。自分が言われたわけでもないのに私の体は震えていた。

直接この言葉を向けられたシメオンさんの恐怖はどれほどだろう。気の毒に思いつつ様子を窺《うかが》い見ると――彼は、こちらが驚くほどの驚愕《きょうがく》を顔に浮かべて、ヴォルフ様を凝視していた。

――エルフでもそんな顔するのね⁉

涼しげな目をこれでもかと見開き、口もあんぐりと開いたまま、全身がわなわなと震えている。世間に伝わる、超人的で無感情、冷徹《れいてつ》なエルフのイメージを、完全に崩壊させる表情だ。

長いことヴォルフ様を見つめていたシメオンさんは、はっとしたように我に返った。先ほどまでの表情をスッと消して、今度はいかにもエルフらしいすまし顔になる。

「失礼しました、ヴォルフ様、アーシャ様。では、私はこれにて。――ロロ、お前もだ」

「んにゃ！　あたしもですか⁉」

シメオンさんは一礼すると、不満げなロロの首根っこを掴んで、すぐに部屋を出ていってしまった。こちらが一言も挟む間もなく、部屋の扉がパタンと閉まる。

二人がいなくなった部屋の中。無慈悲な沈黙に、私はぎゅっと身を強張らせた。

――ええと、こうなるとつまり……

「……アーシャ、嬢」

背後から、圧を感じる。

先ほどまでシメオンさんと二等分されていた威圧感が、今は全部私に向かっている。

「俺の目の前で他の男に見惚《みと》れるなど、ずいぶんと大胆なことをするものだな？」

今のヴォルフ様と二人きりになるの、すごく怖いんですけど！

◆　◆　◆

部屋から出たシメオンは、すぐさま屋敷中の使用人を呼び集めた。

従者やメイドはもちろん、庭師から料理人、下男下女に至るまで一人残らず集めた部屋で、シメオンは第一声、使用人たちに向けてこう言い放った。

「――アーシャ様を！　逃がすな!!」

エルフらしからぬ熱量で、声の限りに叫ぶシメオンに、集まった使用人たちがおののいた。

シメオンと言えば、冷静・冷淡・無感情として屋敷では知られている。

気難しいヴォルフに淡々と付き従い、彼の生み出すどんな惨劇にも眉一つ動かさず、無感情なまでに的確な処理を指示する彼は、ヴォルフに次いで屋敷で恐れられる人物だ。

「どんな手を使っても、この屋敷に留まっていただくようにするんだ！　なにかご不満がないか、常に気を配れ！　ご要望があれば必ずお応えしろ！　『ここにいたい』と思われるように、丁寧に丁寧におもてなしするのだ！」

全身全霊で声を張り上げるシメオンに、普段の冷静さは皆無だった。

あの執事に、こんな一面があったのか――と使用人たちが目を丸くしていることなど、しかしシメオンにとってはまったくどうでもいいことだ。

なにせ、あのヴォルフが、残虐非道の冷血公爵が――

――獲物に一切手を付けないどころか、近付いただけの私に嫉妬《しっと》されただとぉおおお⁉

他人にまったく関心を持たず、人間も使い捨ての玩具《おもちゃ》くらいにしか思わず、後始末をすべて己《おのれ》に押し付けてきた主人の変化に、シメオンは興奮していた。エルフの透けるように白い肌も思わず期待に赤くなる。

――これで！　ヴォルフ様の悪癖《あくへき》が少しは収まるかもしれない！

人間嫌いのエルフであるシメオンにとって、人間の生死などどうでもいい。ヴォルフがどれほどの人間を犠牲にしようが、彼が満足するのであれば構わなかった。

しかし、その始末をシメオンがするとなると話は別だ。

ヴォルフは特殊な魔族の血を受け継いでいるために、他の魔族よりも衝動が大きい。戦争中は後始末など考えなくても良かったが、平和な世の中では厄介だった。

人間を呼び寄せるのも、噂が広がらないように誤魔化すのも、いい加減に限界なのだ。王家が黙認しているから大問題にはならないが、公爵家に不信感を持つ家も増えてきた。このままでは、犠牲者の家族が結託《けったく》して公爵家に乗り込んできてもおかしくない。

そうなる前にそろそろ腰を落ち着けてほしいと、シメオンは常々思っていたのである。

――魔族の血の衝動も、魔力の衝動も、完全に消し去ることはできないが……気の持ちようで、悪癖《あくへき》の出る頻度を減らすことはできる。アーシャ様がいれば、あの方も我慢を覚えてくれるかもしれない！

人間は嫌いだが、シメオンにとってはヴォルフの意向が最重要だ。彼が『アーシャ』を選ぶと言うなら、シメオンは口出しをするつもりはない。むしろ、今まで誰にも見向きもしなかったヴォルフの関心を引いてくれたことに感謝したいくらいだった。

もっとも、相手は気まぐれなヴォルフだ。いつまでこの関心が続くかはわからない。明日には飽きて捨てていてもおかしくはないだろう。

だが、ヴォルフが飽きるまでは、なんとしても彼女にはこの屋敷にいてもらわなければならない。執事の意地にかけて、彼は熱く拳を握りしめる。

「怖がらせるようなことは禁止！　獲物扱いなどもってのほかだ！　アーシャ様を怯《おび》えさせるようなことがあれば、厳罰があると思え!!」

主人のために、シメオンは燃えていた。

並々ならぬシメオンの情熱を受け、大半の使用人が頷く中――

「――……どうして俺たちが、ただの人間なんかに仕えなきゃならないんだ」

部屋の隅で、肉食獣人の混血が二人、不服そうにつぶやいていた。

一人は巨大な熊。一人は目付きの鋭い狼。

どちらも獣人の血が濃く、体付きもまた獣に近い。

「こっちは獣人だぞ？　虚弱な人間なんて、ただの食料じゃねえか」

「まったくだ。いつもならおこぼれにありつけるってのに。餌を前に黙っていろって？　馬鹿馬鹿しい」

ふん、と熊が吐き出すと、狼がふと悪い笑みを浮かべた。

「そうだ――なあ、たまにはおこぼれじゃないものを食べてみないか？」

「あん？　どういうことだ？」

「直接襲うんだよ。どうせあの半魔《ヴォルフ》は人間になんて興味ねえんだし。獲物がいなくなったところで気付きやしねえだろ」

狼の笑みに、熊も「なるほど」と言ってにやりと目を細める。

「悪くねえ。俺もたまには新鮮な肉が食いたかったんだ」

二人の使用人は、顔を見合わせて笑った。

いつも通り、ヴォルフが獲物に一切の興味を持たず、いつの間にかいなくなっていても気にも留めないだろうと思いながら。

◆◆◆

シメオンさんが出ていってからは、気まずかった。

私は膝に手を置き、恐る恐る声を上げる。

「……あの」

「なんだ」

低く不機嫌な声は、私のすぐ背後、というよりも、ほとんど耳元で聞こえた。

だというのに、私からヴォルフ様の顔を見ることはできなかった。

恐怖で彼の顔を見られない、という意味ではない。もっと単純で、もっととんでもない理由だ。

その理由というのは――

――なんで私、背後から抱きしめられているんですか⁉

腰にがっちり腕を回し、肩を強く掴み、ヴォルフ様は私を膝の上に乗せて座っていた。

身じろぎ一つできず、振り返ることもできない。背中にはヴォルフ様の体が密着している。

――どういうことですか、これ‼

どういうこともなにも、シメオンさんが去ってすぐにこの状況だ。

ヴォルフ様は流れるように私を抱き寄せ、そのままストンと椅子に座り、それからずっと動かない。ただ無言で、背中から威圧感を放ち続けている。

――お、怒っているってことですか⁉　私、どれほど怒らせてしまったんですか⁉

恐怖に指先が震えているのに、恐怖以外の感情で頬が熱くなる。まるで真逆の感情に、頭の中が大混乱だ。

だけど、いつまでもこうしてはいられない。心臓が持たなくなる前に、どうにか抜け出さなければと、私は勇気を振り絞って声を上げる。

「あ、あの！　こ、こういうことは、嫁入り前にすることでは……！」

「嫁入りだと？」

冷たい声に、ひえっと声が上がる。さっきよりも不機嫌でいらっしゃる！

「君は俺と結婚するために来たのだろう、アーシャ？」

「そ、それはそうですけど……！」

正確には結婚前の顔合わせ段階だが、ここまで来れば結婚はほとんど確定したようなものだ。互いに挨拶して、一緒に過ごしてみて、よほど相性が悪くなければそのまま結婚の準備に進む。

だけど実のところ、私も両親も実際の結婚までは想定していなかった。

身代わりの結婚相手として送り出しておきながら、片手落ちであるものの、これは彼にまつわる悪い噂のせいだ。

ヴォルフ様は数多くの女性に声をかけてはいても、一度も結婚まで進んだことがない。

今回の話も、おそらくは途中で頓挫《とんざ》するだろうと思われていた。

頓挫《とんざ》──つまりは、私が死体になるだろうと両親は思っていたのだ。私自身も、正直なところそう思っていた。

それが勘違いだったのだと、ヴォルフ様の不機嫌が教えてくれる。

「けど、なんだ。結婚する気がないのに、この屋敷に来たのか？　それともさっきのエルフに心変わりでもしたのか」

「い、いえ……」

シメオンさんは目の保養だった、とは言えず、私は曖昧に言葉を濁す。

異性として意識したわけではない。ヴォルフ様は誤解しているだけだ。

そこまで考え、私ははたと気が付く。

――ヴォルフ様が怒っているのは、私がシメオンさんに見惚《みと》れていたから……?

やきもちを妬《や》いたのだ。

そう思い至った途端、心臓が跳ねる。恐怖よりも、別の感情に意識が持っていかれてしまう。

腰に回されたヴォルフ様の腕を、これまで以上に意識してしまう。背中に当たる体は大きく、なんだか包み込まれているようだ。私よりも体温が低いのか、彼の体は少しひやりとしていた。

だというのに、私の熱は冷めず、顔はますます熱くなっていく。変な汗も出る。大人しく座っていられず、そわそわと落ち着かない。

――ヴォルフ様が、私に……

いや、と私は慌てて首を振る。『私』にではない。ヴォルフ様は、私をアーシャだと思っているのだ。こうして抱きしめてくれるのも、不機嫌になっていることさえ、私のためではない。

——私はアーシャの身代わり、私はアーシャの身代わり、私はアーシャの身代わり……！

ぎゅっと目を閉じ、心の中でひたすら同じ言葉を唱える。

これ以上意識しないように、気を落ち着かせるように、と頭に言い聞かせてから、私はようやく目を開けた。

——……よ、よし！　落ち着いたわ！

「こ、心変わりをしたわけではありませんが、け、結婚するまでは！　こういうことは、は、早いかと思いまひゅ！」

噛んだ。全然落ち着いてない。

動揺丸出しの言葉を聞いて、ヴォルフ様が背後で少し身じろぎした。

ふん、と短く息を吐くと、彼は私の体を離さないまま、上から顔を覗き込んでくる。

「そうだな」

端整な口元が、薄く笑みを作っていた。

まるで、獲物に止《とど》めを刺す瞬間の、肉食獣のようだった。

「それなら、結婚しようか。そろそろ準備を進めてもいい頃だろう」

えっ。

瞬《また》き、声も出ない私の体を、彼は一層強く抱きしめた。

「まさか、嫌とは言わないだろうな？」

獲物を腕の中に抱え込み、彼は決して拒否を許さない声でそう言った。


「――私が結婚して、どうするの！」

ヴォルフ様が出ていった部屋の中。私はベッドに倒れ込み、枕に顔をうずめて叫んだ。

「ヴォルフ様はアーシャと結婚するのよ⁉ 私と話を進めても仕方ないでしょう！」

枕を叩きながら思い返すのは、彼とのその後の話だ。

結婚の準備を進めたいという彼の言葉を、私は断ることができなかった。

立場的に当然だ。私と彼とでは、家格の差がありすぎる。彼が望めば、どんな強引な方法でも結婚できるだろう。

「でも！ その相手は私じゃないの！ せめて言い訳するとか、先延ばしにするとか……！」

なんとでも、誤魔化しようはあったはずだ。もちろん私だって、手放しで賛同したわけではない。

だけど……拒む言葉は、一言も出てこなかった。

『嫌とは言わないだろうな?』とヴォルフ様は言っていた。脅すような言葉だったけれど、あのとき、私は——

——嫌とは思わなかったわ。

腰に回された腕は、強くとも優しかった。強引さに戸惑いながらも、ふわふわと宙に浮くような心地がした。

だけどあれは、本当はすべてアーシャが受けるべきものだ。ヴォルフ様が好きなのもアーシャ。彼と結婚をするべきなのもアーシャなのだ。

そう思うと、胸の奥がちりちりと痛む。いずれ彼は、あの視線も強引な態度も、すべてをアーシャに向けるようになる。そうしたら、私への興味はきっと消え失せるのだろう。

熱のある彼の視線がスッと冷めるのを想像し、私は小さく首を振った。

「やだな……」

知らず漏らした言葉に、私ははっと口を押さえた。自分で言った言葉が信じられない。

——馬鹿！　なにを考えているの、私！

そもそもは、私が二人の邪魔者なのだ。元より、私は彼の熱のある視線を受けるべき立場ではない。

わきまえろ！　と頬を叩き、私はベッドから跳ね起きた。

結婚の話が進みそうな今、なによりもアーシャを屋敷に呼ぶのが先だ。彼女が来れば、きっとすべてが元通りになる。

アーシャを前にすれば、ヴォルフ様は本当に好きな相手が誰だか気付くだろう。アーシャもきっとヴォルフ様に惹かれるはずだ。

――私は、二人に幸せになってほしいのよ！

胸の中でそう叫ぶと、私は書きかけの手紙を完成させようとベッドから下りた。


手紙を送ってから数日後、返事を待つ私に一人の使用人が声をかけてきた。

「アーシャ様、どうも」

愛想良く笑ってそう言ったのは、熊のような巨漢の使用人だ。

いや、『ような』ではない。文字通り彼は熊だった。おそらく、獣人の血が濃いのだろう。

顔立ちは野生の熊そのもので、使用人の服の端々から見える手足も毛むくじゃらだった。

屋敷で見かけたことのない人だ。「こんにちは」と挨拶を返しつつも、私は少し戸惑っていた。

相手の体の大きさに圧倒されてしまった、というだけではない。なんだか妙な威圧感があるのだ。ヴォルフ様を前にしたときのような、自分が獲物になったような気分に似ている。

「お散歩ですかい。お一人で？」

「ええと、はい。少し風に当たりたくて」

と答えた通り、私は今、屋敷の前庭にいた。部屋にいると落ち着かないせいだ。

シメオンさんが訪ねてきて以降、なぜか私への待遇がやたら手厚くなっているのだ。

私付きの使用人が増え、なにかと気遣って世話を焼いてくれるのはありがたいが、少しばかり焼かれすぎだった。

実家にいた頃は身の回りのことをすべて自分でしていたこともあり、居心地が悪いのである。

――公爵夫人なら、これくらい当たり前なのかもしれないけど……

今の私はただの客人。それ以前に、偽者だ。丁寧に扱われる分だけ罪悪感も湧いてくる。

そういうわけで、私はここ数日、逃げるように部屋を出て歩き回っていた。

「ヴォルフ様はいないんですかね？　あの猫娘――じゃねえや、ロロや、他の使用人どもも？」

「はい？　……はい、いませんけど」

「そいつは良かった」

良かった？　どういうことだろう？

「ちょいとアーシャ様だけにお話ししたいことがありましてね。大事なお話なんですが」

「私に？　話ですか？」

「他の誰にも言えないことです。ヴォルフ様にも隠しておかなきゃならねえことで」

そんな話に心当たりは──ある。声を潜《ひそ》める熊獣人に、私はぎくりと身を強張らせた。

──まさか偽者だとバレた？

だけど、どうして話をしたこともない彼に──と考えたところで、はっとする。私の正体を掴む手掛かりに、思い当たる節がある。

「もしかして、アー……じゃなくて、私の姉妹から手紙が来ていました⁉」

考えられるのはアーシャの手紙だ。勝手に手紙を見られたと考えたくはないが、間違って中を見てしまったならば、正体がバレる可能性はある。

「手紙？　そんなもん知ら……いや、えー、そうですねえ。来てた来てた、アーシャ様宛の手紙。俺が預かってやしてね」

そう言って、熊獣人が手を叩く。黒い瞳は、私の反応を窺《うかが》うように、妙に油断がなかった。

「ちょっと人に見せられない手紙だったので、俺の方で隠してあるんですよ。アーシャ様に確認していただくべきかと思いましてね。ちょっと付いてきてくれますかい？」

断る選択肢はない。「はい」と緊張しながら頷く私を見て、熊獣人は鋭い歯をむき出しにして笑った。

「じゃあ、アーシャ様。ご案内いたしやすよ。——いいところにね」

熊獣人はいかにも獣らしい笑みでそう言うと、屋敷の外へ向けて歩き出す。圧迫感のある分厚い背中を、慌てて追いかける。

森の奥深くにある屋敷には、めったに人が訪れない。配達人さえ近付きたがらないため、手紙や荷物は屋敷の外に小屋を建て、そこに届けるようにしているのだ、と屋敷を出て森へ入る前に熊獣人が説明した。

なるほど、そういうものかと納得していられたのは、はじめのうちだけだ。

熊獣人を追いかけ、森の中を進むうちに、周囲の緑がどんどん濃さを増していく。背後の屋敷が遠くなるほどに、私の不安は募っていった。

——どこまで行くの……？

熊獣人は振り返らず、私の前をのしのし歩く。屋敷で見せた愛想の良さは嘘のように消えていた。彼はなにも話さず、ときおりちらりと視線だけを背後に向け、私が付いてきているのを確かめる。

「あ、あの、まだ進むんですか……？」

周囲がすっかり木々に覆われた頃。私はついに耐えきれなくなり、熊獣人に呼びかけた。

彼は面倒そうに私に振り返り、「ああ」と短くつぶやいた。

「そうでやすねえ。……ああ、このへんでいいだろう。おい、連れてきたぞ」

最後の言葉は、私に向けられたものではない。

熊獣人の視線の先、森の奥から人影が一つ近付いてくる。狼の顔を持つ――これもまた、獣人の血の濃い混血だ。

彼は私を一瞥《いちべつ》すると、熊獣人と顔を見合わせて笑う。

「へっへ、テメエにしてはよくやったじゃねえか」

「ここまで来りゃ、悲鳴も屋敷にゃ聞こえねえだろ。うるさいシメオンにもバレやしねえよ」

「人もめったに来ねえし、死体も放っておけばいいんだから楽なもんだ」

――悲鳴？　死体？

聞こえてきた物騒な言葉にぞっとする。ニヤニヤと笑い合う彼らに、楽観的な気持ちは抱けない。

どう好意的に解釈しても、彼ら二人の言う『死体』とは、私のことに違いなかった。

――に、逃げないと！

二人から離れようと慌てて踵《きびす》を返すが、そう簡単に逃がしてもらえるはずがない。逃げようとした私の腕を狼獣人が掴み、乱暴に引き寄せた。

「おっと、逃がさねえぞ。間抜けな獲物ちゃんよお？」

嘲《あざけ》るように笑いながら、狼獣人はもう一方の手で私の顎を掴む。顎に爪を食い込ませ、彼は確かめるように何度も顔を覗き込んでくる。

「うーん、五十点。ヴォルフにしてはイマイチな獲物だな。つまんねえツラだぜ。体も貧相だ」

ぺっ、と狼獣人が吐き捨てる。ひどい言われようだが、腹を立てる余裕はなかった。怯《おび》える私を見て、熊獣人も舌なめずりをする。

「だからヴォルフも手を出す気になれねえのかもな。ま、俺は生きた女ならなんでもいいけどよ。それにしても、食う前に犯《おか》せるのも久々だな。さすがに処女はヴォルフに食われてんだろうが、これだけ小さけりゃ具合も良さそうだ」

瞳に下卑《げび》た欲望を宿し、熊獣人が笑う。狼獣人が呆れたように、「壊すなよ」と釘を刺した。

「テメエのは図体に合わせてデカいんだからな。壊すくらいなら、俺に先にやらせろよ。――ああ、安心しろよ獲物ちゃん。俺はヴォルフよりも優しいぜ？」

狼獣人はそう言って、私を掴む手に力を込めた。容赦《ようしゃ》のない力に血の気が引いていく。

どうにか逃げようと身をよじるが、獣人の力に敵《かな》うはずもない。

「や、やだ……離して！　だ、誰か……!!」

助けを求めて周囲を見るが、目に映るのは森ばかりだ。屋敷は遠く、私の声は空《むな》しく消えていく。

恐怖に、じわりと目の端が滲《にじ》んだ。自分の迂闊《うかつ》さを、今さらながら思い知る。

ロロが、『ガラの悪い使用人がいる』と警告してくれたのに。

「誰か――い、いた……っ!?」

救いを求めて声を上げる私を、狼獣人が無理矢理地面に押し倒した。前のめりに倒れ、うつ伏せた私の背に、重たい獣の体がのしかかる。

「いいねえ、その反応」

薄ら笑いが頭上から響く。これからされることを想像して、体の震えが止まらなかった。

「いや、誰か、助けて！　誰か……！」

――誰か。

そう叫びながらも、頭に浮かぶのは一人だった。

冷たい仮面に、震えるほどの威圧感。すごく怖くて――優しい人。

「助けて、ヴォルフ様――!!」

その名前を、声が嗄《か》れるほどに叫んだ瞬間。

ずっと離さず身に付けていた胸元のブローチが、焼けるような熱を持った。

◆ ◆ ◆

狼獣人は、組み伏せた娘の言葉に笑った。よりによって、その男の名を呼ぶのか、と。

「来るわけねえだろ、あの半魔が」

この屋敷の主人の非道さを、狼獣人はよく知っていた。

獣人の血が濃く、人間をエサとしか見做《みな》さない彼ですら、ヴォルフの所業には薄ら寒いものを覚える。

ヴォルフは他人の苦痛と悲鳴をこよなく愛している。肉体的にも精神的にも嬲《なぶ》り、追い詰め、いっそ一息に殺された方がマシだと思わせるほど痛め付けるが、その一方で、獲物に対する執着心をまるで持っていなかった。

「横取りしたって気付かねえようなやつだぜ。今までもこうやってちょくちょく『おこぼれ』をもらったが、あの野郎が文句言ってきたことは一度もねえ」

くく、と笑って狼獣人は娘の髪を掴む。そのまま引っ張って頭を上げさせれば、娘の顔が見えた。

恐怖に歪《ゆが》みながらも、抵抗するように己《おのれ》を睨む目に、彼はヒュウと口笛を吹く。

「まさか、あんな半魔を信じているわけじゃねえよな？　人間らしい心なんて、かけらも持ってねえような野郎だぜ？　あの冷血漢が、テメエみたいな乳臭ぇガキを助けに来るわけねえだろうが！」

彼の言葉に、娘は胸を押さえながら首を振った。

目の端は涙に濡れ、唇も震えているくせに、彼女はまだ生意気な口を利《き》く。

「ヴォルフ様は……そんな人じゃない……！」

「はあぁ？　『そんな人じゃない』だって？」

娘の口調を真似てみせ、狼獣人は熊獣人と笑い合う。なんて間抜けな娘だ。

「見事に騙されて、哀れなもんだぜ。いかにも男慣れしてそうにないあたり、一発ヤられて絆《ほだ》されたのか？　よくいるんだよな、そうやって勘違いする女が」

その勘違いの末にたどった末路を、狼獣人は自分の目で見てきた。

だが、それがどれほど面白い――ではなく、かわいそうな最期だったかを、この小娘は知らないし、自分がそうなると夢にも思っていないのだ。それが愉快だった。

「あの野郎は助けに来ねえ。テメエがいなくなったことにも気付きやしねえよ」

「そんなことない！　ヴォルフ様は……あの方は本当に『アーシャ』が好きなんだから!!」

「ああ、そうかい」

声を振り絞る『アーシャ』の頭を地面に押し付け、狼獣人は鼻を鳴らした。今なら、あの半魔の気持ちがわかる気がする。この信頼を絶望に塗り替えるのは、さぞ気持ちがいいことだろう。

「じゃ、死ぬまで呼び続けろよ。『ヴォルフ様』が来ると信じてな！」

嗤《わら》うようにそう言うと、狼獣人は彼女の服に手をかけた。破り捨て、肌を晒《さら》し、助けなど来ないと思い知らせてやろう。そんな楽しい未来を想像し、腕に力を込めたとき――

彼は、自分の腕が消えていることに気が付いた。

「――ひいっ⁉」

口から漏れた悲鳴は、失った腕の痛みによるものではなかった。このときの彼には、痛みを感じる余裕すら存在しない。ぞくりと総毛立つ恐怖だけが、今の彼の感覚のすべてだった。

——なんだ……？

得体の知れない恐怖に、彼は身震いした。獲物を狩る肉食獣である己《おのれ》が、今は狩られる弱い草食獣になった気分だ。いったいなにが、と顔を上げることさえも恐ろしい。

だが、この恐怖の正体を確かめずにもいられなかった。負け犬のように尻尾を丸め、彼は恐る恐る、視線を持ち上げる。

そして、見てしまったことを後悔した。

目に映るのは、長い青銀の髪だ。寒気がするほど整った容姿と——それを隠す、冷たい仮面。

いつもは無感情な藍色の瞳に、今は息もできないほどの怒りが宿っている。

まっすぐ己《おのれ》を見据えるその瞳に、狼獣人は身じろぎさえもできなかった。

◆◆◆

——ふん。

怯《おび》える獣人たちを一瞥《いちべつ》すると、ヴォルフは無言で『アーシャ』に歩み寄った。

ヴォルフの歩みを獣人たちが止めることはできない。近付いてくる足の一歩一歩に震えるだけだ。

ヴォルフは凍り付いたままの狼獣人を押しのけ、地面にうつ伏せた彼女の体を抱き起こした。

背中に腕を回して顔を覗き込むと、恐怖に青ざめ、目に涙を浮かべる彼女の表情が目に映る。

泣き濡れた緑の目は、ヴォルフを見つけてほっとしたように細められる。そのことに、ヴォルフの方が安堵の息を吐いた。

「『アーシャ』」

思わず名前を呼べば、彼女は気の抜けたような笑みを浮かべた。その笑みの中に、かすかに寂しさが滲《にじ》んでいるような気がしたが――その理由は、ヴォルフにはわからない。

「ヴォルフ様、私――」

ヴォルフを見上げて、なにか言おうと口を開いた彼女は、そのまま続く言葉を悲鳴に変えた。

視線が、ヴォルフの背後に向かっている。

「後ろ!!」

短い言葉の意味を、ヴォルフはすぐに理解した。彼女を片腕に抱えたまま、言われた通りに背後に目を向ける。

そこにいたのは、立ち竦《すく》む狼獣人を蹴り飛ばし、ヴォルフに向けて腕を振り上げる熊獣人だ。

「魔族がなんだ！　バレたからには仕方ねえ！　死ね‼」

ありきたりな怒声を吐き、こちらを叩き潰そうと鈍重な腕を振り下ろす熊獣人に、ヴォルフは眉をひそめた。

特に焦ることもなく、彼は腕の中の彼女の目元に手を当てる。そのまま手のひらに魔力を込めると、これまでの効きにくさが嘘のように、彼女の中に魔法が溶けていく。

魔法でことんと気を失った彼女を抱き上げ、ヴォルフは立ち上がった。その頃には、熊獣人の腕は落ちていた。

振り下ろされたのではない。両腕とも、肩から切り落とされ、地面に転がっているのだ。

「あ、あ、あああああああ⁉」

熊獣人が一拍遅れて自分の状況に気付き、悲鳴を上げた。獣臭い血が噴き出し、地面を濡らす。

ヴォルフの口の端が、無意識に吊り上がる。惨劇を前に笑うヴォルフの陰で、腰を抜かした狼獣人がどうにか逃げようと片腕で這《は》っていた。

だが、それを見逃すほど、今の彼は甘くない。

「どこに行く気だ、犬」

ヴォルフの足が、逃げる狼獣人の尾を踏み付ける。

ギャン、と鳴く獣人に、彼は薄く目を細めた。顔こそ笑っているが、彼の表情に満ちるのは明確な怒りだ。血と悲鳴に酔いしれるよりも、今はただ、この不埒者たちを後悔させてやりたいと思った。

「俺のモノに手を出そうとしたんだ。楽に死ねると考えてはいないだろうな？」

静かな声に、狼獣人が震える。

助けてくれ……と小さく聞こえた命乞いは、次の瞬間、森を引き裂くような悲鳴に変わった。


一通りの始末を終えたあと。自らが作り上げた森の惨劇を前に、ヴォルフは呆けていた。

腕の中には、ヴォルフの魔法で気を失ったままの『アーシャ』がいる。

彼女に、大きな怪我をした様子はない。うつ伏せに倒されていたため、服が乱れて汚れているのと、顔や腕に擦《す》り傷ができているくらいだ。

その彼女の胸元にあるブローチに、ヴォルフは目を留めた。

溶けたようにひしゃげたブローチからは、かすかに魔力の気配がする。どうやら守護の魔法がかけられていたようだが、今はすっかり力を使い果たし、なんの変哲《へんてつ》もない飾りとなっていた。

――なるほど。

とヴォルフは納得する。今までの魔法の効きにくさの原因はこれだったのか。

散々困惑させられ悔しい思いをしたものの、実際は彼女自身に特別ななにかがあったわけではない。ただ単に、このブローチに守られていただけなのだ。

しかし、今さらだ。あまりにも、気付くのが遅すぎた。

「……シメオン」

ヴォルフは浅く呼吸する彼女の姿を見下ろし、低い声で自分の従者を呼んだ。

「はい。いかがされました？」

当然のように返事がある。一部始終を見ていたらしきシメオンが、背後の木立から姿を見せた。

「屋敷に戻って、お召し物を取り換えましょうか？　アーシャ様にも着替えていただかないと」

「ああ」と答えつつも、ヴォルフは動けなかった。

立ち尽くし、瞬《まばた》きだけを繰り返すヴォルフを、シメオンが訝《いぶか》しげに見やる。

「ヴォルフ様？」

シメオンの呼びかけにも、ヴォルフは答えない。しばらく無言で彼女を見つめてから、ようやく口を開いた。

「シメオン。……俺はもしかして、自分からこの娘を助けたのか？」

「えっ」

シメオンは短く、しかし心底驚いたように声を上げた。さらには思い切り目を見開き、

「今さらですか⁉」という言葉を呑み込んでいる姿は、ヴォルフからは見えない。

「俺は……この娘が襲われて、腹を立てていたのか？」

「ええ……？　それどころか、急に『アーシャの声が聞こえた』と言って屋敷を飛び出されて、不届き者に目もくれずにアーシャ様をお助けして、アーシャ様の目に毒だからと魔法で気絶までさせていらっしゃいましたよ」

「……嘘だろ？」

「つい先ほど、ご自分でなさったことでしょう」

――……した。

たしかにヴォルフは、シメオンが言った通りの行動をした。

屋敷で過ごしていたとき、不意に魔力に乗って「助けて」と叫ぶ彼女の声が聞こえたのだ。聞いたことのない必死な声音に、彼は反射的に魔力の発生源を追いかけていた。

そしてたどり着いた先が、この森の中。彼女の身に付けているブローチだった。

獣人どもに押し倒された彼女を見て、頭の中が熱くなった。

消し炭にしてやろうと思ったのに、気が付いたら真っ先に彼女を助け起こしていた。

おまけに、意識のはっきりしていた彼女に、ヴォルフはわざわざ昏倒《こんとう》の魔法をかけた。

理由は、このあとの惨劇が予想できたからだ。

彼女に血みどろの光景を——自分がこれからすることを、見られたくなかった。

——なぜ、そんなことを。

いや、ここまで来れば、さすがにわかる。腕の中、軽いはずの彼女の重みを感じる。

「そんな馬鹿な……」

ヴォルフは誰にともなくつぶやいた。彼の視線は、意識を失くしたままの無防備な彼女の顔に向かう。

——この、俺が……

瞬《まばた》きを繰り返しながら、信じられない気持ちで彼女のまるい頬を見つめる。

嘘だ、と内心で否定しても、彼女から視線を外すことができない。彼女の無事に安堵する一方で、目覚めたときに自分が恐れられはしないかと怯《おび》えている。

その理由は、一つしかない。

――この俺が、こんな小娘に……惚れている、だと⁉

◆　◆　◆

目が覚めると、私はベッドの上にいた。

見慣れた天井に、ここが屋敷の自分の部屋だと気付く。服は寝間着になっていて、窓を見ると夜だった。私の世話をしてくれていたのか、ベッドの端でロロがうとうとと居眠りをしている。

――……私、どうして部屋にいるの？

たしか、最後の記憶では外にいた気がする。熊獣人の使用人に連れられて森に出て、そこで。

――襲われたんだ……

森で起きたことを思い出し、私は身を震わせた。あれが夢でないことを、胸元の痛みが教えてくれる。ブローチを付けていた場所に、小さな火傷《やけど》の痕ができていた。

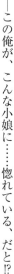

——きっと、アーシャが私を助けてくれたのね。

あのとき、助けを求めて叫んだ瞬間、ブローチが熱を持ったのを覚えている。私の声を、このブローチがヴォルフ様に届けてくれたのだ。根拠はないが、そう確信していた。

——ヴォルフ様。

心の中で、自分を救い出してくれた人の名前を呼ぶ。

狼獣人に襲われたときは、本当に死ぬかと思った。あるいは、死ぬより辛い目に遭《あ》ったかもしれない。

だけど、彼が助けに来てくれた。私を抱き上げ、心配そうに顔を覗き込んでいた。力強い腕。大きな体。いつもは冷たい瞳に、かすかに宿る安堵の光。

彼の姿を見た瞬間、私は——

——私は……？

はっとして、私は自分の胸に手を当てた。

手のひらを打つのは、妙に速い心臓の音だ。頬が熱を持っている。自分で見ることはできないが、顔もおそらく、真っ赤になっているはずだ。

——私、は……

とっさにヴォルフ様の名前を呼んだ。

獣人たちの、ヴォルフ様を侮辱する言葉に腹が立った。

助けに来てくれたヴォルフ様を見て、安心した。

なのに、彼がアーシャの名前を呼んだことが、少し悲しかった。

ヴォルフ様はあくまでも、『アーシャ』を助けに来ただけなんだ、と思い知らされたから。

「……嘘」

私はベッドの上で一人、呆然とつぶやいた。

恥ずかしながら、私は男の人に好かれた経験も、好きになった経験もない。それでも、こうなればわかる。

――ずっと、アーシャのためにと思っていたのに。

今は、それでは嫌だと思っている。

ヴォルフ様に、アネッサ《私》を見てもらいたいと思っている。

「どうしよう………」

――私、ヴォルフ様のことが好きなんだわ……！

第三章　一生分の幸福

「まったく、アネッサのやつ。あんなに金遣いが荒いとは思わなかった」

リヴィエール伯爵は、そう言ってワイングラスを傾けた。

傍には彼の取り巻き貴族が数人いて、全員、昼間から酒を呷《あお》っている。

「仕事を手伝わせたのは失敗だったな。無駄な支出が多くて敵《かな》わん。アネッサがいなくなってから、ずいぶんと余裕が出たものだよ」

父である伯爵の傍に控えながら、アーシャは居心地の悪い思いをしていた。

たしかに、今の伯爵家には一時的な余裕がある。だけどそれは、来年の収入のための投資を止めてしまったからだ。すぐに金にならないなら無駄だと、伯爵――父が削ってしまったのだ。

姉とともに仕事をしていた使用人たちがそれを止めようとして、口が過ぎると解雇された。それ以降、誰も父に口出しできなくなってしまった。

「屋敷の中も過ごしやすくなったものだ。妻が喜んでいたよ。好きなときに好きなだけ客が呼べる、と。これまではアネッサのやつが、相手を選ぶように口うるさく言っていたからな」

父の隣で、名前を出された母がにこりと微笑む。

「あの子もわたしの可愛い娘ですけれど、少し出しゃばりすぎでしたのよ。わたしたちが留守にしがちだから、家の中で一人きりで、増長してしまっていたのでしょうね。父と母に反発するなんて、育て方が悪くて、恥ずかしい限りです」

頬に手を当て、母は心底困ったように言った。

「困った子だわ」と母は言うが、姉が客人を選ぶように忠告した理由を本人は理解していない。

母は感情的で流されやすく、すぐに人に付け入られるのだ。簡単に悪いことを吹き込まれ、二束三文の安物をありがたく買い、母を思って忠告する相手を煩《わずら》わしいと遠ざけてしまう。

最近も、口だけは上手い素性の知れない商売人を重用して、怪しい商品を買わされていた。

「アーシャ姉さま。あんなやつ、いなくなって良かったですね！」

弟がアーシャの体に寄りかかり、無邪気に笑った。

「あいつがアーシャ姉さまに嫉妬《しっと》して意地悪していたの、僕は知っているんですよ！　お体の弱いアーシャ姉さまに対して、『医者も使用人ももっと減らすべきだ、もっと一人にさせるべきだ』って言ったんだって、お父さまとお母さまから聞きました。そんなことして、アーシャ姉さまが倒れたときに誰も傍にいなかったら、どうするつもりなんでしょうね！」

「……そんな風に見えていたのね」

アーシャは目を伏せ、消え入りそうな声でつぶやいた。

ずっと誰かが傍にいて、気が休まる間もなかった。家族に悪気があるわけではないからと、気弱なアーシャは拒むことさえできなかった。

だけど姉は違った。悪いことは悪いときちんと言って、自分の親にも誤りを指摘して――それで、こんなに疎《うと》まれてしまった。

――わたしも、言えれば良かったのに。

「結婚の申し込み一つない、男の仕事に口出しをする、自分の親を立てもしない。あんな恥ずかしい娘でも、最後はきちんと家の役に立てたのだ。私もそれは褒めてやらねばならないな。直接伝えられないのは残念だが、喜ぶアネッサの顔が見えるようだ」

はっは、と笑う父の姿に、アーシャは顔をしかめた。

二度と戻れないと言われる公爵家に行った姉を、どうしてそんな風に言えるのだろう。

――……ひどいわ。

感情に波が立つ。ざわりと体の中に渦巻くのは、感情に揺れる魔力だ。口を開いたらあふれ出そうなその力に、アーシャは奥歯を噛んだ。自分の体を固く抱いて、肩を強張らせる。

――だめ。だめ、だめ……！　抑えないと！

この力が外に出たら、どうなるかわからない。

抑えないと、抑えないと、とアーシャは自分に言い聞かせる。

――でも。

魔力が体を蝕《むしば》んで、意識が急速に遠のいていく。抑えきれない力がちりちりとあふれて、かすかな風を吹かせた。

――最近、上手く抑えられないの。

ぐらりと倒れるアーシャの姿に、傍にいた弟がぎょっと飛び上がった。

「アーシャ姉さま！　どうされたんですか‼」

泣きそうなその悲鳴を最後に、アーシャは意識を失った。

◆
◆
◆

——……人を好きになってしまったわ。

事件翌日、私は部屋で一人、愕然《がくぜん》としていた。

朝の光が眩しく、窓から春先の爽やかな風が入ってくる。だけど今の私には、とても心地良さを感じる余裕はなかった。

——私が……誰かを好きになるなんて……

これまで異性に興味を持ったことはなかった。社交界にも出ず、仕事ばかりしていたのだから当たり前だ。話をするのも、使用人か取引先の人々だけ。会話の内容も仕事についてでは、恋の芽生える余地もない。

それに、私の傍にはいつもアーシャがいた。

私とアーシャが並べば、どちらを選ぶかは考えるまでもない。嬉々としてアーシャに話しかける男の人たちは、私に見向きもしなかった。

そんな調子で十八年。私はこの先も一生、色恋沙汰とは無縁だろうと思っていたのに。

——ヴォルフ様。

頭の中に、ヴォルフ様の端整な顔が浮かぶ。熱を持った藍色の瞳を思い出し、私は慌てて首を振った。それでも、頬が熱くなるのは止められない。

――わ、私が好きになってどうするの！　ヴォルフ様はアーシャのことが好きなのよ!!

熱を持つ頬を押さえつつ、私は自分自身に言い聞かせる。

ヴォルフ様は、最初からアーシャに恋して、求婚したのだ。私はその身代わりであり、彼が優しくしてくれるのは、その事実を知らないからに過ぎない。私への態度は、本来ならばアーシャが受けるはずのものなのだ。

その上、私は、これからアーシャとヴォルフ様をくっつけようと画策しているところである。

――不毛すぎるわ……！

今まで横恋慕をしたことなんかなかったのに、どうしてよりによってヴォルフ様にこんな気持ちを抱いてしまったのだろう。

――いったい、いつの間に好きになってしまったの？

考えても、きっかけはわからなかった。意識したのは昨日だが、想い自体はもっと前からあったような気がする。この屋敷で暮らすうちに――彼を知るうちに、いつの間にか。

怖い人だと思っていたのに、怖いだけではなかった。偽者の『アーシャ《私》』に優しくしてくれた。毎日部屋を訪ねてくれて、いろんな話をした。

こんな風にずっと彼と過ごせたら、幸せだろうなあと思ったから――

――ああ、そう。そうね。

これまでの日々を思い返し、私はやっと理解する。きっと、アーシャに相応しいだろうな、と思ったときには、もう好きだったのだ。

そして、だからこそこの気持ちは叶わない。私は誰より、アーシャに幸せになってほしいのだから。

――この気持ちを捨てないと。せめて、これ以上好きにならないようにしないと……！

叶わない思いを抱いて、幸せな二人を妬《ねた》みたくはない。アーシャとヴォルフ様が結ばれるときに、心から祝福したい。その思いを胸に、赤くなった頬を決意を込めて叩く。

――だ、大丈夫！　この先ヴォルフ様とお会いしても、男性として意識しなければいいのよ！

そんな決意をして数日。

私の思いとは裏腹に、ヴォルフ様はめっきり私の部屋を訪ねてこなくなった。

「――ご主人様はご多忙だそうですにゃ」

ある日の午後、ヴォルフ様の来ない理由を恐る恐る尋ねた私に、ロロはそう答えた。

「……ご多忙？」

「はいにゃ。とてもそうは見えにゃいですけど、お忙しいんですって。仕事なんてそんなにないのに」

――とてもそうは見えない……って言っちゃったわ。

ぽろりと口を滑らせたことなど気にもせず、ロロは続ける。

「だからしばらく、アーシャ様のお部屋には来られないって言ってました。ご様子だけは知らせるようにと、シメオン様から言われてますけれど」

そのシメオンさんも、事件の翌日に一度会ったきりだった。

事件翌日、シメオンさんはヴォルフ様の代理として部屋に来て、使用人の非礼を詫《わ》びてくれた。『あの二人は処理しました』と言っていたけど、言い方が不穏だ。普通は「解雇」ではないだろうか。

追求するのも怖いのでそれ以上は聞いていないが、とにかく事実として、事件以降例の二人の使用人を屋敷で見ることはなかった。

それ以外は、事件の音沙汰はなにもない。ヴォルフ様が会ってくれない理由もわからないままだ。

──ヴォルフ様に、お礼を言いたかったのに。

思わず肩を落としてから、私は慌てて首を振った。変な意味ではない。顔が見たいとか、声が聞きたいとか、そんなつもりではない。断じて！

──た、ただ、助けてもらった身としては、一度直接感謝を伝えるべきかと！

自分自身に弁明でもするように、私は心の中でそう叫ぶ。だけどすぐに、そのヴォルフ様自身が部屋へ来てくれない現状を思い出し、ため息を吐いた。

──そうは見えないのに多忙だから来られないって、つまりは言い訳……？

それほど私に会いたくない、ということだろうか。あんなに毎日部屋に来てくれていたのに、もう顔も見たくないのだろうか。

うっ……と内心で呻《うめ》く。自分で考えて、自分で落ち込んでしまう。

──どうして？　私が簡単に騙されたから……？

結局、獣人たちはアーシャからの手紙を受け取っていなかったらしい。だというのに、熊獣人の口車に乗せられ、あっさり付いていった私の間抜けさに、うんざりしたのだろうか。

そのくせヴォルフ様が助けてくれたことに安心し、気絶までした私に呆れてしまっただろうか。

あるいは単純に、私と話すことが嫌になってしまったのかもしれない。

どれもあり得そうで、考えれば考えるほど気が沈んでしまう。

――いい、いいえ！　直接そう聞いたわけでもないのに！

暗い気持ちにうつむきかけた顔を、無理矢理持ち上げる。

早とちりは私の悪い癖だ。あの獣人たちのときだって、元はと言えば私の早とちりが原因である。

――本当にご多忙なのかもしれないもの！　それにお礼をするのは私なのに、あちらからいらっしゃるのを待つなんて失礼だわ！

変な意味ではなく。顔を見たいというわけでもなく、あくまでもお礼として！

「ろ、ロロ！　ご多忙なら、わ、私が！」

ぐっと拳を握ると、私は勇気を振り絞ってロロに呼びかけた。

「私からヴォルフ様のお部屋をお訪ねしようと思うのだけど、案内をお願いできないかしら！」

「んにゃ。承知しました……けど」

ロロは首を傾げたまま、少し言いにくそうに尻尾を揺らした。

「今のヴォルフ様、アーシャ様に会ってくれるかにゃあ……？」

嫌な予感がする……！

「――ヴォルフ様は体調が優れないとのことで、今は誰にも会うことができません」

予感の的中は早かった。

ロロに案内を頼んでヴォルフ様の部屋を訪ねた私の前に、シメオンさんが立ち塞がる。

部屋の中に入るどころか扉を開けてもらうことすらできなかった。

「体調不良……ですか」

私はぽつりとつぶやくと、表情を変えないシメオンさんを見上げた。

相変わらず見惚《みと》れてしまうほどの美人だが、こうして相対すると怯《ひる》んでしまう。あまりに整いすぎ、その上無表情なので、まるで無機質な彫像にでも話しかけている気分になる。

「体調不良なら、お見舞いは……」

「臥《ふ》せっているので、誰も部屋に入れるなとのご命令です」

「誰も……？　そんなに具合が悪いんでしょうか？」

「ええ」と言って、シメオンさんはその瞬間だけ、冷たい美貌を曇らせた。

「思ったより重症だったと言いますか……こじらせていると言いますか……」

とにかく、と仕切り直すように言ったときには、その変化はすでに消えていた。再び無表情に戻り、彼は断固として首を横に振る。

「今は会うことができません。申し訳ありませんが、お部屋へお戻りください。いずれヴォルフ様の方から、アーシャ様のお部屋をお訪ねしますので」

「いずれって、いつ頃になるかわかりますか……？」

「申し訳ありませんが、私からはお答えしかねます」

シメオンさんの抑揚のない言葉に、私は血の気が引くのを感じた。早とちりだと思いたかったけれど、今回ばかりは私の悪い想像が真実だったらしい。

――避けられているわ……！

顔も見たくないほど、ヴォルフ様は私のことを嫌いになってしまったのだ。だってそうでもなければ、毎日のように会いに来てくれた人がぱたりと来なくなる説明がつかない。

――どうしよう。

きっとこの結婚は破談になるだろう。元より、ヴォルフ様の一存で決まった話だ。はるかに格上の家柄のヴォルフ様が望めば伯爵家は断れず、逆もまた同様。彼が拒めば、その時点で話は立ち消えとなる。おそらくは近いうちに、私は実家に帰されるはずだ。

結婚の話が立ち消えたあと、考えるべきことはいろいろある。これからの公爵家との関係、家族のこと、アーシャの名を騙《かた》りながら、破談なんて恥を晒《さら》してしまったこと。

多くの問題があるのに——このときの私の頭は、一つのことしか考えられなかった。

——嫌われた。

その事実に、息が止まるような思いがした。

いくら意識しまいと決意しても、不毛だとわかっていても、心は正直だ。

——私、ヴォルフ様に嫌われてしまったんだわ。

心臓がきゅっと縮み上がる。思わず足元がふらついて、私は慌てて足に力を込めた。床を踏みしめ、手のひらを握りしめると、それでどうにか息を吸う。

「わ、わかりました。すみません、無理を言って。……ヴォルフ様には、お大事にしてくださいとお伝えください」

無理矢理言葉を絞り出すと、私はすぐに踵《きびす》を返し、ヴォルフ様の部屋の前から逃げるように立ち去った。

◆　◆　◆

ヴォルフは往生際が悪かった。

――こ、こんなもの、なにかの間違いだ……！

彼女へ向ける感情を自覚し、数日が過ぎたあとも、彼は自分の思いを認めなかった。

――気の迷いに決まっている。最初に魅了が効かず、ムキになっていただけだ！

薄暗い部屋の中で一人、彼は断固として否定する。きっと、想定と違うことが起きて、変に意識してしまっただけだ、と。

その『想定と違うこと』の原因も、今はわかっている。魔法が効かなかったのは、単に彼女が身に付けていたブローチのせいなのだ。彼女自身になにか理由があるわけではない。

彼女にはたしかにうっすら魔力があるが、ヴォルフに抵抗できるほどの力ではない。顔や体に格別の魅力があるわけでもない平凡な小娘で、その上菓子を持ち歩くような変な女でもある。

絶世の美女ならまだしも、そんなつまらない相手がヴォルフの心を奪えるはずがない。

——こんな感情、一時的なものだ。しばらく顔を合わせなければ、すぐ消えるに決まっている！

そういうわけで、ヴォルフはここ数日、彼女の部屋に行くことを控えていたのである。

いや、むしろ今までのヴォルフからすれば、毎日顔を合わせていた方が異常だった。

彼は他人に執着する性格ではない。飽きっぽく、関心を持ってもすぐに薄れる——はずなのだが。

「…………」

特にすることもなく部屋に一人でいると、頭が自然と、いらないことを考えはじめる。

——今頃、なにをしているだろうか。

急にヴォルフの訪問が絶えて、彼女はどう思っているだろうか。がっかりしているだろうか。あるいは、ほっとしているだろうか。

事件のあとから顔を合わせていないが、調子を崩してはいないだろうか。怖い思いをしたのだから、精神面に影響が出ているかもしれない。様子自体はシメオンから聞いているが、直に姿を見ていないから、しんぱ——

——心配してどうする！

ガン！　とヴォルフは自分の額を机に打ち付けた。痛みで、悶々《もんもん》とした思考が遠ざかる。少し冷静になった頭で、彼は内心、自分自身に向けて叫んだ。

――顔を合わせないようにしているのに、考えていたら意味がないだろうが！

だったら逆に、会いに行った方が早いかもしれない。彼女にはもう、ブローチによる守護はないのだ。今ならきっと、魅了も簡単にかかるだろう。

――いっそ魅了して、自我なんて消してしまおうか……？

そうすれば、事件の記憶も曖昧になる。ヴォルフに夢中になり、疑うこともなく、身も心も捧げるようになる。

あの緑の目には、もうヴォルフだけしか映らない。

どんなことをしてもいい。肌を裂いても、嬲《なぶ》るように犯《おか》しても、何一つ拒めない。

――そうなったら。

額の痛みが引くにつれ、また思考が深みに落ちていく。

――俺を恐れないでいてくれるだろうか。

森の中、獣人たちに怯《おび》える彼女の顔が思い出される。

あのとき、彼女はヴォルフを見て安堵していたが、事実は逆だ。本当はヴォルフの方が、獣人たちよりもずっと危険で、恐ろしい存在だった。

狼獣人の腕を消し去る瞬間は見ていただろうか。血を浴びた自分の姿は見ていただろうか。久々の血の臭いに思わず笑みを漏らす姿は、見えてしまっていただろうか。血肉を裂くのは心地良い。それを恥じたことも、隠したいと思ったことも、ヴォルフにはない。

だけど今は、彼女にだけは、知られたくなかった。

もし、彼女が怯《おび》えと拒絶の表情をヴォルフに向けたならば――

――くそっ……！

考えまいとしているのに、また同じことを考えている。

ヴォルフは苛立たしさに息を吐くと、考えすぎて重たい頭を抱えて、机の上に力なく突っ伏した。

これで、どんな顔をして彼女に会えると言うのだろう。

「気の迷いだ、こんなもの……！」

ヴォルフは払っても払いきれない思考の中で、祈るようにつぶやいた。

「――せっかくアーシャ様が来てくださったのに、帰してしまって良かったのですか？」

シメオンが呆れたように言ったのは、彼女が部屋に訪ねてきた日のことだ。

彼女を追い返したあと、部屋に入るなり、彼はヴォルフを見てため息を吐いた。

「せめて、お顔だけでも出すとか、声をかけるくらいはして差し上げても――」

「必要ない」

ヴォルフは机に突っ伏したまま、シメオンの言葉を短く遮る。普段ならば人々を恐れさせる彼の低い声も、今はすっかり気が抜けていた。

顔すら上げないヴォルフの傍で、シメオンが首を振る気配がする。

「アーシャ様、『お大事に』と言っていらっしゃいましたよ。忙しくもないし、ご病気でもないヴォルフ様に」

「…………」

「公爵としての仕事なんて、ヴォルフ様、ほとんどしたことないじゃないですか。……まあ、特殊なご身分ですし、仕事をする必要がないことはわかっていますけど」

ふん、とヴォルフは息を吐く。

シメオンの言う通り、ビスハイル公爵家は仕事なんてする必要がない。身分は国によって絶対的に保障されているし、戦争の報奨金で懐《ふところ》にも余裕がある。

領地は小さいながらも豊かな土地が一つあった。これは国の直轄領《ちょっかつりょう》から分譲されたものので、ヴォルフがなにもしなくても、国が勝手に目をかけてくれる。

「先々のことを考えれば、領地くらいはご自分で管理した方がいいと思いますけどね。

ヴォルフ様は自分の代で公爵家を終えるつもりでいたようですが、そうも言っていられなくなりましたでしょう？」

「……どういう意味だ」

険のあるヴォルフの声音に、シメオンは怯《ひる》みもしない。ヴォルフの幼少期から仕え続けているだけあって、すっかり扱いに慣れてしまっているのだ。

「いつもヴォルフ様は『結婚しない、子どもも作らない』とおっしゃっていましたけれど……アーシャ様との結婚のお話は、進めてもよろしいんですね？」

──結婚……

そういえば、そもそも彼女はそんな建前でこの屋敷に来たのだ。結婚するまでは、と拒む彼女に腹が立ち、思わず『結婚しようか』などと言ってしまった記憶もある。

あのときは口を滑らせただけで、本気で結婚する気なんてなかった。むしろ、どうしてあんなことを口走ったのか、自分でも不思議なくらいだ。

シメオンの言う通り、ヴォルフは結婚する気も、子どもを作る気もなかった。公爵家が潰《つい》えたところで未練もない。どうせこの公爵家は、最初からヴォルフ一人のために作られたものなのだ。

──結婚なんて、どうでも……

「ここで破談になりますと、アーシャ様はお年頃ですから、すぐに別の相手を見つけることでしょうね」

突っ伏したままだったヴォルフだが、シメオンの言葉に思わず頭を上げる。睨むように彼を見やれば、エルフらしい憎いほどのすまし顔があった。

「人間の基準では、アーシャ様は気立てが良い方でしょう。妻にと求める男は多いのでは？　どんな男が相手となるかは知りませんが、案外早く決まってしまうかもしれませんね」

ぐ、とヴォルフは喉《のど》を詰まらせる。気の迷いだと言い聞かせても、想像するのを止められない。

頬を染めた彼女が見つめるのは、誰とも知れない人間の男。白い花嫁衣装に身を包み、幸せそうに細められる緑の瞳。それを、傍から眺めるしかない……惨めな自分自身。

――くそくそくそ！　なにかの間違いに決まっている!!　こんな感情!!

「結婚の話、進めてもよろしいですよね？」

「……勝手にしろ！」

吐き捨てるようにそう言うと、考えることを放棄して、ヴォルフはまた机の上に突っ伏した。

◆　◆　◆

ヴォルフ様の部屋を訪ねてから、さらに数日が過ぎた。

相変わらずヴォルフ様が部屋に来ることはなかった。一度拒否されてしまっただけに、私も自分から会いに行く勇気が出ず、顔を合わせることができないままだった。

しかも、こういうときは悪いことが妙に重なるものだ。

「私に手紙？」

「はいにゃ。アーシャ様のご実家の、リヴィエール伯爵家からです」

と言ってロロが差し出したのは、伯爵家の印の押された手紙だった。

封筒に書かれた文字を見るけれど、アーシャの筆跡ではない。父の字だ。嫌な予感がした。

「ありがとう、ロロ」

不安を隠して礼を言うと、ロロは「にゃ」と一礼して部屋を出ていく。一人取り残された私は、不安半分、父からの手紙の封を切った。

❖　❖　❖

アネッサ、なんだあの浮かれた手紙は！

こっちが大変なときに、お前は一人、楽しく過ごしていたようだな？

なにが、『公爵は噂ほど冷血な人ではない。少し怖いけど、意外に親切で、優しいところもある』だ。身代わりのくせに、男なんぞに絆《ほだ》されおって。お前が留守の間、こっちがどんなことになっているか、考えたことはないのか！

お前がうかうか過ごしている間に、アーシャが倒れたんだぞ！

なのにお前はそんなことを想像もせず、よくもあんな馬鹿げた手紙を送ることができたな！

アーシャの気持ちを考えたことはあるのか！

アーシャは倒れてからずっとお前のことを呼んでいるのに、なにも思うことはないのか！

私もアーシャも、どれだけお前の心配をしていたと思っている。アーシャなど、お前が出ていってからずっと調子を崩していたくらいだ。今回だって、その心労が祟《たた》ってのことに決まっている。

生きているなら生きていると、さっさと手紙を出せば良かったのだ。だというのに、アーシャがこんな状態になるまで手紙一つ寄越さなかった挙句、今さら楽しくやっていることをわざわざ見せつけるような手紙を出すなど、あまりに無神経すぎるだろう！

あんな手紙、アーシャに見せられるはずがない。手紙の書き方くらい、きちんと身に付けておけ！

アーシャにお前の無事を口で伝えても、それだけだと信じられないようだ。

もう手紙はいい。無事であることを見せるために、一度屋敷に戻ってこい。

お前の手紙の通りなら、公爵は優しいはずだな？　帰りたいと言って、拒むことはないだろう。

すぐに帰ってこい、アネッサ。

この手紙を読んだら、今すぐ公爵に話を通して、帰ってくるんだ。

❖　❖　❖

「アーシャが倒れた……⁉」

父の手紙に目を通した私は、思わず声を上げた。

容体がどれほどかはわからないが、殴り書きのような荒々しい父の筆跡から、切羽詰まっていることは伝わってくる。なにより、あの父が私にわざわざ手紙を送ってきたのだ。それだけでも、アーシャの状態が相当に危ないのだろうと予想できた。

手紙の内容に言い返したいことは山ほどあるが、そんなことで腹を立てている場合ではない。

私を心配してアーシャが倒れ、その上手紙は父に捨てられているとなれば、私自身が出向く他に選択肢はなかった。

――い、一度帰らせてもらえるよう、ヴォルフ様にお願いしないと……！

そう考えてから、ふと頭に嫌な予感が浮かぶ。

――一度帰る……だけで済む？

私はすでに、ヴォルフ様に嫌われてしまっているのだ。

帰ったら、もう二度と来なくていいと言われてしまうかもしれない。

――で、でも！　行かないわけにはいかないわ！　アーシャが倒れたのよ！

私の恋心とアーシャの命、どちらが重要かは考えるまでもなかった。

これが、この屋敷にいられる最後の時間になるかもしれない。

その覚悟を決め、私はヴォルフ様に帰宅の許可をもらうため、部屋を飛び出した。

帰宅の許可はあっさりと下りた。

あまりの呆気なさに、私は自室に戻ったあとも呆けていた。

——今日も、お会いできなかった。

窓の外を眺めつつ、思い返すのはヴォルフ様の部屋の前でのことだ。

『——いつ頃お戻りの予定でしょうか』

そう尋ねたのはシメオンさんだ。相変わらずヴォルフ様は、姿を見せてもくれなかった。

部屋の扉を背に立つシメオンさんは、いつもよりもさらに表情が読めなかった。冷たい彼のすまし顔を前に、私はあのとき、すぐに答えることができなかった。

いつ戻ることができるのかは、私自身にもわからないのだ。アーシャの体調次第では、長引いてしまうこともあるだろう。

『お戻りになる予定はないと？』

口ごもる私に向けられた、シメオンさんの刺すような声が耳に残っている。

『一応、話はしてみますけどね……』

苦々しく息を吐きつつも、それでもシメオンさんはそう言ってくれた。ヴォルフ様に話をするために、彼は部屋に入っていき――

『お帰りになっても良いそうです』

出てくるのは早かった。淡々と、どこか事務的に告げるシメオンさんの言葉に、私は喜ぶことができなかった。

『伯爵家までの馬車はこちらで手配します。数日ほどお待ちいただきますが、ご容赦《ようしゃ》ください』

ありがたいはずなのに、胸の奥がざわざわしている。部屋に戻ってからも、ずっと。

――引き留めてもらえなかった。それどころか、顔も見せてもらえなかった。

それほど、私に会いたくないのだ。私が帰っても、ヴォルフ様は構わないのだ。

数日したら、シメオンさんが馬車を用意してくれて、私は伯爵家に帰る。アーシャの体調が落ち着いたら、ここへ戻ってきたいと思っていた。

だけど、私に会ってもくれないヴォルフ様が、屋敷に戻ることを喜んでくれるだろうか？

伯爵家に帰ったら、それきり話がなかったことになるかもしれない。

……もう二度と、会うことができないかもしれない。

「……うぅ」

自分でも知らず、私は小さく呻《うめ》いていた。嗚咽《おえつ》めいた声に思わず目元に手を当て、ようやく私は、自分が泣いているのだと気が付く。

「……嘘」

信じられない気持ちで、私は一人つぶやいた。

最初から叶わない想いだとわかっていたはずだ。ヴォルフ様の本当に好きな相手も知っている。嫌われるだけのことをしてしまったのは、自分の迂闊《うかつ》さからだということも、よくわかっているのに。

「やだ、なんで……」

涙をぬぐっても、またすぐにあふれてくる。止めようと思うのに、止められない。

なぜだろう。自分で、ヴォルフ様とアーシャをくっつけよう、なんて思っていたのに。

どうして、こんなに好きになっていたんだろう。

「ヴォルフ様………」

涙を止める方法がわからず、私はその日一日、ずっと部屋で静かに泣き続けた。

◆　◆　◆

ヴォルフは脱力していた。

重たい頭を持ち上げる気になれず、机の上に突っ伏したまま、考えてしまうのは、どうしようもなく彼女のことばかりだった。

彼女は伯爵家に帰りたいそうだ。その上、いつ公爵邸に戻れるかわからないらしい。理由は、彼女の姉妹――『アネッサ』が病気だと手紙で連絡が来たからだ。しかし彼女は、その手紙をどうしても見せようとはしない。さらには、伯爵家へ帰る際に、公爵家からの従者は付けないでほしいとまで言ってきた。

『家族が……無礼な態度を取ってしまうかもしれないので……』

と言っていたそうだが、それを素直に信じるほどヴォルフはお人好しではない。

彼女の要求は、あまりにも疑わしすぎた。

――どう考えても逃げる気だ……

家族の病気は、脱走したがる『獲物』がよく口にする言い訳だった。だから帰らせてください、屋敷から逃がしてくださいと懇願《こんがん》する姿を、彼は何度も嘲笑してきたものだ。

まさかその言葉を、よりにもよって彼女から聞かされるとは、皮肉なものだと彼は無気力に自嘲する。

――やはり、見られていたのだろうな。

森での惨劇を見て、自分もいずれああなるのだと、慌てて逃げようとしているのだろう。

――逃げたら……戻ってくるはずがない。

伯爵家に帰ったら、きっと雲隠れする気に違いない。もう二度とヴォルフの前に現れることはなく、この屋敷での日々も、恐怖の記憶としてしか残らないのだ。

だからどうした、とヴォルフは自分自身に言い聞かせる。彼女は単なる獲物の一人、恋心など抱くはずもなく、今は単に血迷っているだけのこと。ヴォルフにとってどうでもいい相手だ、と証明するためにこそ、彼は帰宅の許可を出したのだ。

――獲物。

そうだ、とヴォルフは内心で首肯する。もともと彼女は獲物だった。ヴォルフの残虐な衝動を満足させるために呼ばれただけの、哀れな犠牲者だ。

ならばいつものように、手足をもいでしまおうか。悲鳴が聞きたくないのなら、喉《のど》を潰してしまえばいいだけだ。思考なんて、魔力でいつでも思い通りに作り変えられる。

そうしたら――

もう、どこにも行かなくなるだろう？

――なにを考えているんだ……

魔族に寄りすぎた思考を、ヴォルフは静かに振り払う。それから、うんざりとため息を吐いた。

彼女への疑惑は、すべてヴォルフの妄想だ。

もしかしたら彼女の姉妹は本当に病気で、なんらかの事情があって手紙を見せず、従者を拒んでいるのかもしれない。屋敷に戻ってくる気はあるのに、戻ることのできる時期がわからず困っているのかもしれない。

嘘か本当かなど、顔も見ずに判断できるはずがないのだ。

理性ではわかっているのに、血迷った頭が、確かめることを拒んでいる。

——怖がる顔を見たくない。

血を分けた国王——伯父も、実の母さえも、彼の存在を恐れたのだ。

もしもヴォルフの妄想が真実だったとき、彼女はどんな目を向けてくるだろう？

彼女の怯《おび》えた顔を見たとき——ヴォルフは、彼女に手を出さずにいられる自信がなかった。

◆　◆　◆

一晩泣いて、目が覚めたらスッキリしていた。

朝日が目に染みるけれど、悶々《もんもん》とした気持ちは晴れている。

——悩みすぎても、仕方がないわ。

どんなに考えたところで、私は伯爵家に帰らないといけないのだ。ヴォルフ様に嫌われてしまったことも、事実として受け入れるべきだろう。

せっかくの良縁を結べず、それどころか『結婚直前で捨てられた令嬢』という汚名をアーシャに着せてしまうけれど、これればかりは謝り倒す他にない。

父や母がうるさく言うのは、私が我慢すればいいだけだ。辛くないわけではないが、いつものことと思えば耐えられる。

うん、と私は一人頷き、自分の頬を叩いた。

——いい加減、気持ちを切り替えないと！　こうなったのだから、どうしようもないじゃない！

変えられない事実を嘆いていても仕方ない。ならば考えるべきは、この先のことのはず。

今の私にとって、『この先』とは伯爵家に帰ってからのことではない。

あと数日、公爵家でどう過ごすべきか、だ。

部屋の中で、ただ帰る日を待つことはできない。まだ、やり残したことがあるのだ。

——お礼を言わないと。助けてもらったことだけじゃなく、このお屋敷で過ごせた日々のことを。

ヴォルフ様にとっては、もう嫌な記憶かもしれないけど、私はこのお屋敷で過ごせて良かった。楽しかった。特別な思い出になった。

その気持ちを、迷惑にならない程度に、だけど少しでも伝えたかった。

きっとヴォルフ様は、この先も私に会ってはくれないだろう。手紙を書いても、読んでもらえないかもしれない。

——顔を合わせなくても、手紙でなくても、気持ちを伝える方法。

一つだけ、思い付いたことがある。私は顔を上げると、部屋を飛び出した。

「——厨房ですか？」

私が向かったのは、ヴォルフ様の部屋——の前に立つシメオンさんのところだ。

厨房を使わせてほしい、と頭を下げれば、彼は訝《いぶか》しげな顔をする。

「使用されることは構いませんが……なにをされるおつもりで？」

シメオンさんの言葉に、私は息を吸い込んだ。

それはもちろん——

「お菓子を作るんです！」

というわけで、私は厨房で作ったお菓子を持って、ヴォルフ様の部屋の前に立っていた。

シンプルな白い布で包装したこのお菓子、中身は迷ったけど、最初にヴォルフ様に渡したものと同じガトーショコラにした。

実は、ヴォルフ様に渡す以外にも屋敷でお世話になった人に配ろうと、かなりの量を作った。

厨房の料理人たちにも手伝ってもらい、美味しく作る方法を教えてもらいながら、ガトーショコラ以外にもクッキーやカップケーキなど、いろいろな種類を用意した。

そのいくつかは、教えてくれた料理人たちにも手渡していた。いつか、もしもこの屋敷に戻ってこられるなら、またお菓子作りを教えてもらうと約束して別れた、そのあと。

私は恐る恐る、ヴォルフ様の部屋の前に立つシメオンさんに包みを差し出した。

「――ヴォルフ様に、これを？」

白い包みを受け取って、シメオンさんはかすかに眉間に皺《しわ》を寄せた。

「は、はい。ヴォルフ様のお口に合うかはわかりませんが……」

「お菓子ですか……。まさか、手製で？」

「はい。あまり上手ではないので、恥ずかしいですけれど」

公爵家の料理人たちは、みんな立派な腕前の人たちばかりだ。お菓子作りも見事で、私は足元にも及ばない。きっと、ヴォルフ様も舌が肥《こ》えているだろう。

だけど、今の私が渡せるものと言うと、これ以外に思い浮かばなかったのだ。

「お屋敷で親切にしていただけて本当に嬉しかったので、お礼がしたかったんです。……本当は直接自分で言いたかったのですが」

そこで一度言葉を切る。目の端が滲《にじ》みそうになり、強く目を閉じた。

一晩経ってスッキリはしたけれど、少しも吹っ切れてはいないようだ。

それだけ、ここでの生活は私にとって大きなものとなってしまっていた。

「このお屋敷で暮らせて、私は幸せでした。お会いできなくても、帰る前にそのことだけは伝えたかったんです」

そう言って顔を上げると、シメオンさん越しに、その後ろのヴォルフ様の部屋の扉を見やる。

笑顔でいたいと思っているけれど、きちんと笑えているかはわからなかった。

「今までありがとうございました。ヴォルフ様に助けていただいたこと、忘れません」

帰ってからも、ずっと。

きっと、一生忘れられない記憶になる。

◆　◆　◆

「――ですって」

ヴォルフに白い包みを渡しながら、シメオンは淡々とそう言った。ほとんど抑揚のない声音のくせに、妙に批難がましく感じられるのはなぜだろうか。

「アーシャ様、私にも一つくださいましたよ。中身が違うようで――ああ、私のはクッキーですね」

――クッキー。

シメオンの言葉を頭で繰り返しつつ、ヴォルフは寄越された包みをのろのろと手に取った。手のひらに収まるそれは、感触からしてクッキーとは違うらしい。

「これを届けられたあと、アーシャ様は部屋に戻られたようです。……こうしてアーシャ様がいらっしゃるのも、あと二、三日ですよ、ヴォルフ様?」

「……なにが言いたい」

「なにも。ただ、ヴォルフ様が後悔しないことを祈っているだけですよ」

それだけ言うと、シメオンは部屋を出ていった。

――後悔なんてするものか。

一人になった部屋の中、ヴォルフは白い包みを見つめる。

――どうせ、すぐに忘れる。

屋敷からいなくなって顔を見ることがなくなれば、そのうち記憶は遠くなる。

今ならまだ忘れられる。手放せる。彼女を、化け物《ヴォルフ》から逃がしてやれる。

「……これでいいんだ」

諦めに満ちた声でつぶやくと、ヴォルフは手の中の包みを一瞥《いちべつ》した。

――こんなもの。

化け物には必要ない。

いつも人間たちを踏みにじるように、冷徹《れいてつ》に捨て去ろうとして――ふと、手が止まる。

かすかなチョコレートの香りが、包みの中から漂っていた。

どこか覚えのあるその香りに誘われたのか、捨てるつもりでいたはずの手が、気付けばそっと白い包みを開いていた。中に隠れていた黒い塊《かたまり》を、食べたくもないのになぜか口に放り込んでしまう。

舌に感じるのは、素朴な甘さとかすかなほろ苦さだ。

この味を、彼は覚えている。

最初に彼女が屋敷に来たとき、味見のつもりで会いに行って押し付けられた菓子の味だ。

思えばあれがはじまりだった。初めての失敗に驚き、ムキになって、悔しがって――そうしているうちに、いつの間にか彼女を意識していた。

――気の迷いだ。なにかの間違いだ。どうせすぐ冷める。

強く目を閉じ、奥歯を噛んで言い聞かせても、もう効果はなかった。

代わりに頭を占めるのは、別の望みだ。

――顔が見たい。

一度会えば、取り返しのつかないことになるかもしれない。

彼女が自身に恐怖を向けたとき、平静でいられる自信はなかった。

化け物としてのヴォルフが頭をもたげ、もう二度と逃がしてやれなくなるかもしれない。

それでも、ヴォルフは彼女がどんな気持ちでこの屋敷で過ごしたのかを、確かめたかった。

あるいはこの気持ちは、もっとずっと単純で――

――会いたい。

そう思ったときには、ヴォルフは立ち上がり、自分の部屋を飛び出していた。

◆
◆
◆

夕日の差し込む部屋の中。私はベッドの端に腰かけ、一人悶々《もんもん》としていた。

——ヴォルフ様……受け取ってくださったかしら……。それとも捨てられてしまった……？

灯《あか》りをともすことも忘れ、考えるのは彼のことばかりだ。

菓子を作ってシメオンさんに預けたはいいけれど、そもそも受け取ってくれる保証はない。むしろ、『気持ち悪い』と捨てられる可能性の方が高い気がしてくる。

——うう……不安だわ……。お顔を見て確かめられたらいいのに。

仮面で顔を隠したヴォルフ様は、表情から機嫌を読むのが難しい。だけどふとした瞬間、わずかに緩む口元や目の色が、かすかな彼の感情の変化を教えてくれた。

その表情の変化が、私は好きだった。情熱的なばかりではない、ほんのちょっとした喜びも、怒りさえも。

——実際に傍にいるときは、すごく怖いのにね。

現金なものだ、と自分を笑う。傍にいないと、彼への怖ささえ懐かしくなってしまうのだ。

意識しないと決めても、頭には彼の顔ばかり浮かぶ。この先、もう顔を合わせることもないのに。

――会いたい。

結局、自分の本心は偽れないのだ。胸の中に満ちる苦い思いに、私は目を伏せた。

窓から差す沈みかけの陽光が、長い影を落とす。一人きりの部屋に、しんと静けさが満ちた。

「――失礼。アーシャ……嬢」

聞き覚えのある低い声が部屋に響いたのは、そんなときだった。

え、と顔を上げる私の視線の先で、返事も待たずに部屋の扉が開かれる。

部屋に入ってきた人物に、私は目を瞠《みは》った。こちらを見据える、底知れない青い色の瞳に息を呑む。

「……ヴォルフ様?」

信じられない。

もう何日も顔を見せてくれなかったヴォルフ様が、私の部屋を訪ねてくるなんて。幻でも見ているのだろうか。それとも夢だろうか。

呆然とする私に、ヴォルフ様は迷いなく歩み寄ってきた。そして、私のすぐ隣にすとんと腰をかける。

ヴォルフ様の重みでベッドがきしんで、よろけた拍子にヴォルフ様と肩が当たった。

――ち、近い……！

そう思うのも久しぶりだ。身じろぎの気配さえ伝わる距離にヴォルフ様がいる。

思わず隣を見上げると、こちらを見下ろす彼と目が合った。

彼の目を見つめたまま、私はなにも言えなくなる。頭の中は完全に混乱していた。

――どういうこと……⁉

私は彼に避けられていたはずだ。実際に、何日も会ってはもらえなかった。なのに今、突然部屋に来て隣に座っている。

しかもずっと無言だ。私を見つめたまま、不愉快そうに私を見下ろしている。

――お、怒っていらっしゃる？

緊張に体が強張り、無意識に膝の上の手がスカートを握りしめる。手のひらはじんわりと汗をかいていた。懐かしい、と思いはしたけれど、やはり傍にいると怖い！

だけど、本当に怒っているのかはわからなかった。恐ろしいほどの圧を感じるものの、今の彼は、いつも以上に感情が読みにくい。

「アーシャ嬢」

しばらくの無言のあと、彼は静かに私を呼んだ。抑揚の薄い、表情にも増して感情の見えない声だけれども、奇妙なほどに心を掴む響きだった。

「君は、俺の両親について知っているか？」

彼は私を見つめたまま、その胸を突くような声で、思いがけないことを尋ねた。

——ヴォルフ様のご両親？

私は目を瞬《またた》かせつつも、彼の問いの答えを探す。

ヴォルフ様の両親については、一般的にあまり詳しく知られていないはずだ。私が知るのも、彼の母親が現国王陛下の妹にあたる方で、すでに亡くなられていること。そして、父親が魔族ということだけだ。

ヴォルフ様の出生を語る人はほとんどいない。ビスハイル公爵家自体、根も葉もない怪談話を除いて、噂に上ることが少ないのだ。

もちろん、身代わりとは言え結婚するのだから、ビスハイル家のことを多少は調べていた。

公爵家が現陛下の作られた新しい家であることや、陛下や王家と懇意《こんい》であることは知っている。だけどその程度だ。

勉強不足を恥じながら、私は恐る恐る首を横に振った。

私の反応に「まあ、そうだろうな」と、ヴォルフ様は咎《とが》めるでもなく頷く。

「なら、俺が生まれた経緯は？」

「経緯……？」

「俺の母は元王女だ。それが、人間に忌《い》み嫌われる魔族と子どもを作ったなんて奇妙だろう？」

否定できず、私は口をつぐむ。

魔族はこの国、いや、世界中で恐れ、嫌われている存在だった。

原因は、大昔に人間と魔族の戦いがあったからだ。魔王率いる魔族軍と勇者率いる人間の軍の戦争は、有名な英雄譚《たん》となって今に伝わっている。

戦争に勝利したのは人間だ。魔族は魔界に引き返し、以降は特殊な場合を除いて人前に姿を現さなくなったとされている。

魔族が姿を現すのは、基本的には人間によって召喚された場合だけだ。召喚以外で魔界を越えてくる魔族の存在は、エルフ以上に珍しい。ほとんどあり得ない、と言っていいだろう。

だとすれば、ヴォルフ様の父親は誰かに召喚された、ということになる。

——でも誰が、なんのために……？

「母は、生贄だった」

私の疑問を読み取ったように、ヴォルフ様はそう言った。淡々としていて、感情が見えない声だ。

「王家が、強い魔族の子を欲しがったんだ。名のある魔族を呼ぶには、それなりの対価がいる。その点、当時国一番の美貌と言われていた母は都合が良い。おかげで良い魔族が呼べた。顔を見れば一目でわかるほどに、名の知れた男だ」

「生贄なんて、どうしてそんなことを……」

ぽろりとこぼしてから、失言だったと慌てて口を押さえる。だけどヴォルフ様は、私の疑問に笑うように唇の端を曲げた。

「当然、強い武器が欲しかったからだ。戦争のための道具として、国は俺を産ませた」

——英雄。

かつて、ヴォルフ様はそう呼ばれていた。たった一人で敵兵団を圧倒し、戦争中は英雄ともてはやされ、平和になった今は悪魔と恐れられている。それほどまでに、彼の力は突出していた。

「実際、俺は国の思う通りに役立った。戦うことは苦痛ではないし、人を殺すのもためらわない。半分は魔族だからな。どれほど人間が死んでも、心が痛むことはなかった」

おかげで、と言いながら、ヴォルフ様は見たこともない表情で笑う。

「俺を利用した連中まで、俺を恐れた。いつ歯向かってくるかと怯《おび》えて、懐柔《かいじゅう》のためにこんな身分まで寄越した。母は……よほど父にひどい目に遭《あ》わされたんだろうな。父に瓜二つの俺の顔を見ただけで、悲鳴を上げるようになったくらいだ」

「ヴォルフ様……」

かける言葉を失い、私は口をつぐんだ。慰《なぐさ》めも励ましも、きっと彼は求めないだろう。

「哀れだと思うか？」

私の内心を見透かし、ヴォルフ様がそう言った。

ギシ、とベッドがきしんだのは、彼が姿勢を変えたからだ。彼は私に向き直ると、冷たく鋭い目で私を見据える。

「アーシャ嬢。俺の生い立ちによる一番の問題は――」

言いながら、彼は私に手を伸ばす。

なにをするのか、と思う間もなく、彼の片手が私の首筋を掴む。ひやりとした体温が首に触れた。

「なんとも思わないことだ。戦争の道具として何人殺そうが、母が自殺するほど俺を嫌おうが――心底、どうでもいいんだ」

ヴォルフ様の指が、私の首を撫でる。ぞっとするような手付きだった。

今にも絞め殺さんと言うような目で、口元にうっすら笑みを浮かべながら、それでいて――どこか不安そうに、彼は囁《ささや》いた。

「俺が、怖いだろう?」

私は震えていた。

喉《のど》を行き来する、ヴォルフ様の指が怖かった。いつ、この指に力が入るのかと怯《おび》えていた。

細められたヴォルフ様の目が怖かった。彼の言葉には嘘がないのだと、その目が告げていた。

理屈ではなかった。彼の行動よりも、態度よりも、話す言葉よりも、もっと本能的な部分で恐怖を覚えている。彼は絶対的な捕食者で、私は獲物なのだ、と。

私を見て、ヴォルフ様の瞳が揺れる。そこに宿るのが、どんな感情なのかはわからなかった。

彼の感情を確かめるよりも早く――私が、口を開いたからだ。

「こ、怖くない――と言ったら、嘘になります……！」

喉《のど》を撫でるヴォルフ様の指が止まる。彼の視線が鋭くなった気がして、ヒュッと喉《のど》から息が漏れる。

本当は、否定するべきだったのかもしれない。ヴォルフ様は「怖くない」と言ってほしかったのかもしれない。

だけど嘘はつけなかった。偽りを口にしたところで、態度は隠しようがないのだ。

「傍にいると、ふ、震えてしまいます。ヴォルフ様がお怒りのときは、何度も殺されるんじゃないかと思いました。お生まれのことも、戦争のことも、……森での獣人たちのことも、怖かったです」

そこまで言って、言葉を切る。喘《あえ》ぐように一度息を吸い、怯《おび》えながらも首を横に振った。

「でも、ヴォルフ様だから」

顔を合わせればきっと死ぬほど怖い思いをするとわかっていて、私はそれでも彼に会いたいと願っていた。

今も指先が震え、身が竦《すく》むほど怯《おび》えているのに、逃げ出そうとは思わなかった。

彼が、話したくなかっただろう出生のことを話してくれて、嬉しかった。

私の首を撫でる指が――どんなに恐ろしくたって、きっと力を込められることはないのだと信じている。

「私は、ヴォルフ様が怖いだけの人じゃないって、知っているから」

彼は噂の通りの人ではない。冷血ではなく情熱的で、意外に親切で、本当は優しい人。

怖さも事実。だけどそれもまた、事実なのだ。

——だから。

私はまっすぐに彼の目を見つめ返し、震える指を握りしめ、本心からの言葉を伝える。

「だから——怖くても、平気です！」

「……は」

ヴォルフ様は私を見て、短く息を吐き出した。私の首から手を離し、顔も少し離して、私の様子を眺めるように見つめる。

わずかに呆けたような彼の表情が、少しずつ崩れていく。きっと、こういうのを『破顔』と言うのだろう。端整な顔が、笑みの形に変わっていく。

「はは……」

戸惑う私の前で、ヴォルフ様は声を上げた。聞いたこともないくらいに明るい声で、彼は笑う。

「はは、あははは！」

愉快そうな笑い声に、私は戸惑う他にない。

急に笑い出した原因があるとすれば、私だろう。でも、心当たりはなにもなかった。

それが不安だった。

「ヴォルフ様、わ、私なにか余計なことを言いました……⁉」

「いや」

焦って尋ねると、彼は笑いすぎて乱れた呼吸を整え、「はー」と長く息を吐く。

それから私を見て——今度は怖くない表情で、目を細めた。まるで眩しそうに。そ
れでいて、なんだか少し、悔しそうに。

「俺は相当、君に惚れ込んでいたんだと思うと、おかしくて」

え。

聞き間違いだろうか。今、まったく予想していなかった返事が聞こえた気がする。

私の反応に、ふ、とヴォルフ様がまた笑った。

だけどそれはすぐに引き締まり、今度は真剣な表情で、もう一度口を開く。

「アーシャ、君が好きだ」

…………え。

君が好きだ？

聞き間違いようのない端的な言葉に、私はそれでも信じられず瞬《またた》く。今の流れから、どうやってそんな話に？　――ではなくて！

「私、避けられていたんじゃなかったんですか⁉」

好きだという言葉を信じることができないのは、ここ数日の彼の態度にも原因がある。ずっと私に会わないようにしていたから、てっきり嫌われてしまったのだと思っていたのに。

「ああ、いや。それについては、本当に悪かった」

彼は少し苦々しく、どこか言いにくそうにそう言った。

「情けない話だが、俺は君に嫌われるのが怖くて、先に自分から逃げていたんだ」

「ヴォルフ様が……⁉」

――怖くて？　逃げていた⁉

信じられない気持ちで、私はヴォルフ様を見上げる。仮面越しの顔は感情がわかりにくいけど、どことなくばつが悪そうに見えた。

「嫌われるくらいなら、このまま破談になった方がマシだと思っていた。君が実家に帰りたいと言い出して、なおさら、君は俺から逃げ出したがっているのだろうと」

「ええ……⁉」

――それってつまり……よく考えなくても……お互い誤解してたってこと？

私はヴォルフ様に嫌われたと、ヴォルフ様は私に怖がられていると、互いに勘違いしていたということだろうか。いや、私が彼を怖がっていること自体は勘違いではないのだけれど。

ヴォルフ様は優しいけれど、それは私をアーシャだと信じているからだ。

噂ほど怖い人ではなくとも、使用人を解雇――ではなくて、処理したのは事実。偽者と知られたら、私も処理されてしまうのではないかと、内心で怯《おび》えている。

だけど、怖いから逃げ出そうという考えは、今の今まで思い浮かびもしなかった。

「実家に帰るのは、姉妹が病気だからで、ヴォルフ様から離れたいわけじゃないですよ!? む、むしろ私、もう戻ってくるなと言われるんじゃないかと不安だったんですが……」

私の言葉にヴォルフ様が首を傾げる。それこそ、今の今まで考えてもいなかった、と言うように。

「も、もしかして私、またこのお屋敷に戻ってきていいんですか？」

「君が戻りたいと思うなら、いつでも」

「結婚の話も、破談になったりしていませんか？」

「まさか。シメオンに結婚の準備を進めさせている」

——よ、良かった……！

へなへなと体から力が抜けていく。

ヴォルフ様が好きになったのはアーシャで、結婚するのもアーシャだけれど……この屋敷で暮らしていたのは私なのだ。アネッサ《私》が彼に嫌われなかったことが、どうしようもなく嬉しくて、頬が緩んでしまう。

「アーシャ嬢」

その緩み切った私の顔に、ヴォルフ様がぐっと顔を寄せてきた。鼻先が触れるほどの近さにぎょっとする。

たじろぐ私を笑いもせず、言葉を飾ることもなく、彼はこう言った。

「確認しておきたいことがある。……君は、俺のことをどう思っている？」

あまりに直截《ちょくせつ》すぎる言葉に、私はしばらく瞬《まばた》き以外のなにもできなかった。

——どう思う。……どう思う⁉

驚きのあまり言葉も出ない表面とは裏腹に、頭の中は大混乱だ。私は凍り付き、近すぎるヴォルフ様を見つめながら、内心で悲鳴を上げる。

——それって私の気持ち⁉　アーシャの気持ち⁉　わ、私の気持ちで答えていいの⁉

い、いいえ！　それだと万が一アーシャがヴォルフ様を好きになってくれなかった場合に困るわ！　で、でも、ここで否定したら、それはそれでアーシャが好きになってくれたときに困るわけで……ああもう！　まとまらない!!

「君の気持ちを聞かせてほしい」

無言のままの私を見つめて、ヴォルフ様はもう一度言った。

――……『君』。

混乱する頭が、ヴォルフ様の言葉からそれだけを拾い上げる。君、という言葉がアーシャを指していることはわかっていた。

でも、と私の中のずるい私が告げている。

――今、ヴォルフ様の目の前にいるのは、私だから。

ごめんなさい。今だけは、身代わりではなく『アネッサ《私》』として、口を開く。

「……私、ヴォルフ様に避けられていて、ずっと悲しかったです。もうこのまま、会えないのだと思うと、辛かったです」

最初は怖くて仕方がなかった。公爵家に来たときは、生贄になったつもりでいた。

なのに、いつの間にか、私はこのお屋敷から離れたくないと思っていた。

ヴォルフ様が会いに来てくれるのを、楽しみにしていた。

「ヴォルフ様のお顔が見たかったです。……今、こうして話をすることができて、本当に嬉しいんです」

嬉しい、と言いながら、なぜだか泣き出しそうになる。じわりと滲《にじ》んだ涙をそっとぬぐって、私はヴォルフ様を見上げた。知らず、自分でも微笑んでいるのがわかる。

ああ、私、本当にこの人のことが――

「お慕いしています、ヴォルフ様。こんなに誰かを好きになることは、きっとこの先ありません」

ヴォルフ様が誰を好きでも、私がいつか公爵家を去る日が来ても。

きっと、私は他に、誰かを好きになることなんてないのだろう。

「……俺が怖い男でも？」

「怖い人でも」

「さっきの話は聞いていただろう？　俺は半魔で、優しくもなければ、人間らしい情緒も持ち合わせていない。人間の基準では、ろくでもない男だとしても？」

ヴォルフ様の目がスッと細められる。笑顔とは異なる、妙にギクリとする表情だった。

「今ならまだ、君を手放してやれる。だが、ここで君が俺を受け入れるなら、二度と逃がすつもりはない。もし君が俺から離れようとしたら、そのとき俺は君をどんな目に遭《あ》わせるかわからない」

彼はどこか突き放すような、底冷えのするような声でそう言うと、私の瞳を覗き込んだ。

「――それでも？」

私はすぐに返事をすることができなかった。息を呑む私に、彼はさらに目を細める。

「今なら伯爵家に帰ったあと、ここへ戻ってこなくてもいい。君も伯爵家も咎《とが》めない。――逃げるなら、これが最後の機会だ」

仮面の奥、冷たい瞳が私を刺す。底なし沼のように、不気味なくらいに魅力的で、恐ろしい目だ。口元に浮かぶのは薄い笑み。本能的に怯《おび》えてしまうような、捕食者の顔だった。

――だけど、このヴォルフ様の言葉は、つまり……

「……忠告してくださっているんですよね？」

震えるほどに恐ろしいヴォルフ様の顔を見上げる。

彼はつまり――私に、選択肢を与えてくれているのだ。

「やっぱり、ヴォルフ様は優しい人だと思います。たしかに、魔族の血を引く方だと感じるところもありますけど……」

肉食獣の前に立つような恐怖は、どれほど彼のことを知っても消し去ることはできない。近くにいるだけで体が強張り、指の先が震える。逃げ出したくなってしまう。

けれど、と私は小さく首を振る。

「半分魔族ってことは、半分人間ですよね。私を避けたり、こうして話しに来てくださったり、悩んだり迷ったりして」

——お母様のことだって。

そう考えながら、ちら、とヴォルフ様の仮面を盗み見る。

いつだったか、ヴォルフ様は『自分の顔が嫌い』だと言っていた。でも、もしかしてその理由は——ヴォルフ様が仮面で顔を隠す理由は、彼にお母様の記憶があるからかもしれない。

硬質な、恐怖の象徴のような仮面は、きっと、彼がお母様のために身に付けた優しさなのだ。

「私から見ると、ヴォルフ様はご自分で思っている以上に人間らしい方ですよ」

「……は」

ヴォルフ様は一度瞬《またた》いた。それから、すぐに噴き出すように笑う。

「はは——ははは！」

再び声を上げて笑うヴォルフ様に、私は面食らった。普段はあまり感情を見せない方なのに、今日は妙によく笑う。

特に笑うような話をしたつもりはないけれど、どうしてそんなに愉快そうなのだろう。

まさか、なにか失言をしてしまったのだろうか……？

「大物だな、君は。ああ……優しいと思うなら、それでいい。俺も、君にはできるだけ優しくしたいと思っている」

だが、と楽しそうに告げたときには、彼の表情は満面の笑みに変わっていた。ともすれば、甘いくらいの表情――なのに。

「君が受け入れてくれた以上、もうためらうつもりはない。半分人でも、半分は魔族だ。……魔族の優しさを知っているか？」

低く、妙に色気のある声でそう言って、ヴォルフ様はぺろりと唇を舐める。

まるで、舌なめずりでもするかのように。

「――いずれ君は、俺に好かれたことを後悔するよ」

――ひっ……。

喉《のど》の奥から、危うく引きつった悲鳴が出かける。背筋がぞくりとした。

熱のある瞳に、蕩《とろ》けるような表情。言葉や仕草の一つ一つが甘く優しい。

なのに――今までで一番、寒気がした。

「天国も地獄も、全部俺が教えてやろう。君の知らない痛みも、悦《よろこ》びも」

ヴォルフ様が私の頬に手を伸ばす。片手で私の顔を上げて固定したまま、慣れた手付きで私に顔を寄せた。その瞬間――焼き付くような恐怖と、それだけではない感情が私を貫いた。

――喰われる。

そう思ったのはなぜだろうか。

私は呑まれたように動けなかった。震えるほど怖いのに、一方でなにかを期待している。このまま彼に触れられ、心を奪われ――呑み込まれてしまいたい、と。

ヴォルフ様が私の頬に触れた。焦《じ》らすようにゆっくりと頬を撫で、さらに顔を近付ける。長い青銀の髪が落ち、私の首筋をくすぐった。

ヴォルフ様はかすかに顔を傾けた。私の唇に一度指で触れ、形をなぞってから、今度は自身の唇を近付ける。迷いもためらいもなく、食べ尽くしてしまおうとでも言うように。

唇と唇が触れる、直前。彼はわずかに口を開け――吐息のかかる距離で、愛おしむように囁《ささや》いた。

「『アーシャ』」

その言葉を聞いた瞬間、呑まれていた意識が目を覚ます。

はっと我に返ると、私はとっさに自分の手を持ち上げ、彼の口に当てていた。

「……アーシャ。この手はなんだ」

次に聞こえたのは、恐ろしいほどに不機嫌なヴォルフ様の声だった。

ただでさえ怖いのに、明確な不機嫌と相まって身が竦《すく》むが、今の私にとってはそれさえも些細なことだった。心臓が飛び跳ねんばかりに脈打っている。

──あ……あ……危なかったわ……!!

危うく流されるところだった。ヴォルフ様、手慣れすぎ……!

「俺に触れられるのは嫌か?」

口を塞ぐ私の手首を掴んで離し、ヴォルフ様は底冷えのする声で言った。手首を握る力は強い。痛くはないけれど、絶対に逃がさないと言われている気がした。

「い、嫌と言いますか……」

私は言い訳を探し、視線をさまよわせる。

──さすがに身代わりの私がそこまでするわけにはいかないわ。偽者とのキスなんて、あとでヴォルフ様が嫌な思いをするだけだもの……

とは、とても口にすることはできない。なんとか誤魔化そうと、私は動揺したままに口を開く。

「こういうのは、け、結婚してからでないと……」

「どうせ結婚後に同じことをするなら、今しても変わらないだろう」

「そ、それはちょっと気が早すぎるのではないかと！」

たとえ本当に結婚する相手同士でも！　――と内心で付け加える。偽者うんぬんを置いておいても、ヴォルフ様は少しどころではなく積極的すぎる。

「気が早い？」

私の言葉に、ヴォルフ様が目を眇《すが》める。もしかして……ちょっとムッとしましたね⁉

「俺は君が好きで、君も俺が好きで、なんの問題があるんだ」

そう言うと、ヴォルフ様は空《あ》いている方の手で私の肩を押した。予期していなかった彼の行動に、私は簡単にベッドの上に転がされる。

背中に柔らかいシーツの感触。真正面には、私にのしかかるヴォルフ様の姿。

その手慣れすぎた所作に、今度こそ私は「ひっ！」と悲鳴を上げた。

「まままま、ま、待ってください！　待ってください‼」

「なぜ？」

「なぜもなにも‼」

――これ、キスどころじゃないじゃないですか‼

「ま、前々から思っていたんですけど！　ヴォルフ様、手が早すぎません⁉」

ヴォルフ様の胸を片手で押し返し、どうにか私は半身を起こす。とは言え、手首の方は掴まれたままなので、距離が近いことには変わりない。

「さ、さっきまで私、ヴォルフ様に嫌われていたと思っていたんですよ⁉　それでこれでは、き、き、気持ちの準備ができません‼」

「……む」

私の言葉に、ヴォルフ様は少し気まずそうな顔をした。そのおかげか、呑み込まれそうな色香が、どことなく薄れた気がする。

「それを言われると弱いな。君にはずいぶんと迷惑をかけた。不安にもさせただろう」

ヴォルフ様は私から目を逸らし、苦々しそうにそう言った。

「自分で君から逃げ続けていたのに、いきなりこれは格好が付かないな。俺ばかり気が急《せ》いていたようだ。……すまない」

この数日間、私も辛かったけど、ヴォルフ様にとっても苦い時間だったのかもしれない。

彼は恥じるように口を引き結ぶと、私の上から素直に引いてくれた。良かった。心臓に悪い。

――と、とにかく、これで貞操の危機は回避できたってこと……よね？

ほっと息を吐く私に、しかしヴォルフ様は、すぐに気を取り直した様子で顔を上げる。

薄く細められた目に宿る光は——妙に邪悪な気配がした。

「日を改めよう。まだ君が帰るまで時間はある」

——えっ。

「もう俺の気持ちもわかったはずだ。それなら、気持ちの準備もできるだろう？」

呆然と瞬《またた》く私を残し、彼は一人、ベッドから立ち上がる。

それから私を見下ろして、今日一番の愉快そうな笑みを浮かべた。

「明日を楽しみにしているよ、アーシャ」

くっ、と喉《のど》を鳴らして笑うと、ヴォルフ様は悠然と部屋を出ていった。

ぱたんと音を立てて閉まる扉を、私は声もなく見つめる他にない。

ヴォルフ様がいなくなり、静かになった部屋の中。少し前まで不安や恐怖が頭を占めていたはずなのに、今は彼から聞いたばかりの言葉だけが残っている。

ヴォルフ様に嫌われていなかったことは嬉しいけれど、その先は大問題だった。

——日を改める……って。

それはつまり。つまり——

——ぜんっぜん！　危機回避できてないじゃないですか!!

ああああ……！　と口から言葉にならない声が漏れる。断じて、日を改められるわけにはいかなかった。

――だって、私は身代わりなのよ⁉

日を改めて行われるというあの続きを想像し、頭が一気に熱くなる。

ベッドの上、のしかかるヴォルフ様、少し冷たい体温と、熱を持つ吐息。あのさらに先なんて――

――だ、だめ！　無理！　だ、だいたいそれで万が一、子どもなんてできたらどうするの！

そうなったら身代わりどころではない。私生児など父が許すはずもなく、ヴォルフ様にも迷惑がかかってしまうのだ。

――ど、どうにか諦めてもらわないと！

幸か不幸か、公爵家にいられるのはあと数日だ。機会は少ない……はずである。

そこまで考え、私はぐっと拳に力を入れた。少し前までの落ち込んでいた気持ちはすっかり失せ、新たな決意に顔を上げる。

――なんとかして、残りの数日をやりすごすのよ‼

そういうわけで、翌日。

私はロロやメイドの子たちと一緒に、部屋でお茶会を開いていた。

お茶請《う》けのお菓子は、ヴォルフ様や屋敷の人たちに配ったお菓子の余りだ。少々作りすぎたようで、自分では食べきれないから一緒に食べよう、とロロを誘ったら、いつの間にか他の子たちまで集まって、気付けば盛大な会になっていた。

「アーシャ様のお菓子は美味しいですから。みんなから、あたしだけずるいって文句を言われましたにゃ」

と渋い顔をしながら、ロロがさくさくとビスケットを食べる。他の子たちも好きなお菓子を手に、あれやこれやと賑《にぎ》やかに話をしていた。

明るい部屋の空気に、私は無意識に目を細める。

誰かと一緒にいれば、ヴォルフ様と変な空気にはならないはず！　——なんてよこしまな考えではじめたお茶会だけど、楽しそうなメイドたちを見ていると、そのことも忘れてしまう。

思えば、お茶会なんてアーシャとしかしたことがなかった。それも、いつも両親の目を盗んでこっそりとだ。こうやって同じ年頃の子たちと賑《にぎ》やかに過ごすなんて、もしかして初めてかもしれない。

屋敷のことや、仕事の愚痴。誰がかっこいいとか、誰と誰の仲が怪しいとか。

そんなたわいない話がなんだか嬉しくて、いつしかすっかり夢中になっていた頃——

「——失礼、アーシャ嬢」

扉の外から、空気を一変させる声がした。

失礼、と言いつつ返事を待たずに扉を開け、ヴォルフ様が部屋に入ってくる。

「楽しそうだな。俺も交ぜてもらって構わないだろうか」

薄く笑うヴォルフ様にメイドたちが慌てて立ち上がり、緊張した様子で一礼した。

だが、ヴォルフ様は彼女たちに見向きもしない。まっすぐに私の前まで来て、返事を促すように目を細める。

「どうだ、アーシャ嬢？」

「か、構いません、けど……！」

お茶会だけで済ませてもらえるだろうか、とは聞けない。昨日の今日で変な想像をしてしまい、なにがあったわけでもないのに顔が熱くなる。

その様子を見て、ヴォルフ様は口の端を曲げた。それから、ちらりと周囲のメイドの子たちに目を向ける。

ほんの一瞬の視線に、彼女たちは一斉に身を竦《すく》ませた。硬い表情のまま互いに顔を見合わせると、彼女らは頷き合う。妙に一体感のある彼女たちの様子に、思わず首を傾げた、その直後。

「新しいお茶を用意してきます！」

「お砂糖とミルクも必要ですよね！」

「食器も新しいものに取り換えます！」

と口々に言い、メイドたちは逃げるように部屋を出ていってしまった。

「えっ」と口にする間もない。ぱたぱた去っていく彼女らを引き留めるように、私は片手を持ち上げた。

だけど、その手でメイドたちを捕まえることはできなかった。

宙に浮いた私の手を、横から別の手が掴む。誰であるかは、考えるまでもない。

「気の利《き》くメイドだ。――さあ、お茶会の続きをしようか」

彼は私の手を握りしめると、獲物でも見つめるような目で、甘やかに微笑んだ。

――ヴォルフ様は……本気だわ……

メイドたちがみんな部屋を出て、ヴォルフ様と二人きりになったあと。はじまったのは、緊張感あふれる戦慄《せんりつ》のお茶会だ。

私たちは現在、テーブルに並んで座っていた。最初に掴まれた手は今も握られたままだ。ヴォルフ様は、弄《もてあそ》ぶように私の手の甲を指先で撫でている。

「屋敷の使用人ともずいぶん仲良くなったようだな」

「は、はい。みんな良くしてくれますから……」

「この菓子は？　いくつか見覚えがあるものもあるが……もしかして、君の手製だろうか」

言いながら、ヴォルフ様は空《あ》いている手でクッキーを一つつまんだ。

手製と思ったのは、おそらく形が不格好だからだろう。公爵家の料理人が作ったものであれば、味はもちろんのこと、見た目も繊細で美しい。とても比べ物にならず、少しの恥ずかしさとともに頷けば、彼はためらうことなくクッキーを自分の口に運んだ。

「甘いな」

舌で唇を舐めると、ヴォルフ様は、自分の方こそ甘く微笑みかけた。

「今まで俺にくれたものも、君が作ったものだったんだな」

「え、ええ、はい。……っ、つたなくて恐縮です」

「いや」

私の手をぎゅっと握って、ヴォルフ様はそう言った。はっきりとしたその声に、私は思わず、うつむきがちだった顔を上げる。ヴォルフ様は私の顔を見て、笑みをさらに深くした。

「美味《うま》かった。普段は菓子なんて食わないが、君の作ったものは好きだ」

君、という言葉に一瞬顔が赤くなり、すぐにいたたまれなくなって熱が引く。

この『君』は、私ではなくてアーシャのことだ。

普段は食べないお菓子をヴォルフ様が食べてくれるのは、『アーシャ』が作ったものだからだ。

そうでもなければ、どこの誰とも知れない人間の作った菓子なんて、食べたいとも思ってくれなかっただろう。

「ありがとうございます……」

声に力がないことが、自分でもわかる。私の反応を訝《いぶか》しみ、ヴォルフ様が眉をひそめた。

「どうした、アーシャ嬢？　どこか具合が悪いのか？」

「いえ、いえ、元気です！　け、健康だけが取り柄なので！」

気遣わしげなヴォルフ様の声に、私は慌てて首を振った。

自分のことで思い悩んで、ヴォルフ様に心配をかけるわけにはいかない。

そう思って、私はわざと明るい声を張り上げた、のだけど――

「それは良かった」

ふふん、と笑って、ヴォルフ様が私の肩を引き寄せる。

不意の力によろめく私を抱き留めて、彼は私の顔を覗き込んだ。

「元気ならなによりだ。さすがに弱っている君に無茶をさせるわけにはいかないからな」

欲望の宿る目の色に、私は体を強張らせる。どうやら、言わなくて良いことまで言ってしまったらしい。

――む、無茶ってどういう意味でしょうか……

いや、わかっている。さすがの私でも、彼の言う『無茶』の意味はわかる。ヴォルフ様は本気だ。

――ぐ、具合が悪いって言っておけば良かった！　い、いえ、それだと先延ばしにするだけだわ！

今のヴォルフ様に、曖昧な逃げは通用しない。ここははっきりと、拒否の言葉を伝えなければ！

「あ、あの、ヴォルフ様……や、やっぱりその、そういうことは、結婚してからでないと……」

そう告げながら、私はヴォルフ様の体を押し返そうとする。

しかし、ぐっと押しても、ぐぐぐと力を込めても、びくともしない。それどころか、ますます体を押し付けられている気さえする。

恐る恐る顔を上げれば、口の端を吊り上げたヴォルフ様が目に入った。

笑顔に見えるが——たぶんこれは、すごく機嫌を損ねていらっしゃるときの表情だ。

「アーシャ嬢。君はずいぶんと結婚にこだわるな」

「こ、こだわると言いますか、やはり未婚の身でそういうことは……」

「どうせ、俺と結婚するのだろう？　結婚の準備までしていて、今さら破談もないだろう」

「あの、でも、ですが……」

不機嫌なヴォルフ様の威圧感に押されつつ、私はそろそろと口を開く。

「実際に結婚するまではなにがあるかわかりませんから。……もしかして、直前で心変わりされて、ヴォルフ様が他の人を好きになることも——」

「アーシャ」

私は、続きを告げることができなかった。ほんの短いヴォルフ様の声が、私の呼吸ごと言葉を止めさせる。ひっ、としゃっくりみたいな音だけが、喉《のど》の奥から漏れた。

「なにを言っているんだ、君は？」

ヴォルフ様の声に抑揚はなかった。顔は無表情で、私を見る目には冷たい光だけが宿っている。

なのに、彼の感情だけは、肌で感じ取ることができた。

——怒っている。

不機嫌、ではない。ヴォルフ様は明確に怒っていた。

肩を抱くヴォルフ様の手に、痛いほどの力が込められる。

全身の血の気が引き、体が震えるのがわかった。青ざめた額に、冷や汗が伝う。息を吸うことさえ、今は上手くできなかった。

感じるのは恐怖——ではない。ただ単純な、破滅の予感だった。

思わず顔を背けようとした私の顎を、ヴォルフ様が乱暴な手付きで掴んだ。無理矢理に顔を上げられ、私を真正面から見下ろして、ヴォルフ様が口を開く。

藍色の瞳に、底なしの闇を覗かせながら——

「そんなことがあると、本気で思っているのか?」

◆ ◆ ◆

強い怒りに、ヴォルフの体からゆるりと魔力が漏れ出る。

感情の制御ができずに意図せず魔力を放つなど、ヴォルフにとって生まれて初めての経験だった。

——他の誰かを好きになる?

ヴォルフには彼女の言葉が理解できなかった。

——あり得ると思うのか、そんなことが。

本気で、ヴォルフの心変わりがあると思って言ったのか。

——ここまでしておいて。

ヴォルフは自分の腕の中の彼女を見下ろした。

揺れる緑の瞳に、獰猛《どうもう》な獣のようなヴォルフの姿が映っている。獣の腕に捕らわれ、彼女は怯《おび》えの色を隠せずにいた。

かすかに震える体を、ヴォルフはいっそう強く抱き寄せる。痛むのか、彼女が苦しげに顔をしかめた。それでも構わず、彼は自分の体に彼女を押し付ける。

「俺が好きになるのは君だけだ、アーシャ。他の誰かなどあり得ない」

彼女の瞳を見つめたまま、ヴォルフは本心から告げた。

他の誰かを、どうやって好きになれると思うのだろうか。なににも執着せず、関心を抱かず、肉親にさえ心を動かさない彼の心を奪っておいて、今さら逃げられるとでも思っているのだろうか。

「それとも、君が心変わりをするという宣言だろうか。俺以外の誰かを好きになるつもりがあると？」

ヴォルフの言葉に、彼女は迷いなく首を横に振った。

嘘偽りとは思えない。だとしたら、なおさら不可解だった。

どうして彼女は、ヴォルフの心変わりなど想定しているのだろう。

「アーシャ、君は俺のなにを疑っている？」

「う、疑っているわけではありません……！」

意外に強い彼女の返答に、ヴォルフは眉をひそめた。

「ヴォルフ様が本気でいらっしゃるからこそ、私は……！」

その先の言葉を続けずに、彼女は口を結んで目を伏せた。

もっとも、顔をヴォルフに固定されているので、伏せたところでたいして意味はない。

「理解しがたい。俺も君も同じ気持ちで、どこに君の不安がある。どれだけ言葉を尽くせば、君は納得してくれるんだ？」

「それは……」

「俺は君に恋をした。あの伯爵家で会えたのは幸運だった。普段は他家からの招待なんて断るのに、珍しく参加する気になったときから、きっと俺は君を待っていたんだ」

骨がきしむほど抱き寄せ、顔を掴むように上げさせながら、ヴォルフは慈《いつく》しむように言葉を吐く。

愛しさと怒りが混じる声は、彼自身さえ無意識に、ぞっとするほど蠱惑《こわく》的に響いた。

「誰にも興味のない俺が、ほとんど言葉を交わさなかった君を覚えていた。他のなにを忘れても、君の淡い魔力と、その緑の瞳だけは」

言葉とともに魔力があふれていく。彼の怒りはむせ返るほどの濃い魔力となり、二人の周囲を取り巻いていた。

この魔力の方向は——彼女を生かすか殺すかは、ただ彼の意思一つで決まる。ブローチの守護を失った今、彼女に抵抗する術《すべ》はない。

強すぎる魔力を浴びれば、彼女は壊れてしまうかもしれないが——

——だからどうした。

怒りが彼から冷静さを奪っていた。

ヴォルフは口説き落とすつもりで、あるいは心を叩き壊すつもりで、ゆっくりと口を開く。

「君との出会いを運命と言わず、なんと言うんだ、アーシャ」

言いながら、ヴォルフは彼女の顔に目を落とし——思わず息を呑んだ。

怒りにあふれていた魔力が収縮する。

──なぜ。

魔力に酔った、どこか虚《うつ》ろな瞳は想像通り。頬は赤く染まり、興奮したように呼吸が荒い。体は弛緩し、ヴォルフの支えがなければ座っていることもできないだろう。そのくせ熱を持っていて、ヴォルフが触れるたび、敏感に反応する。

魅了にかかった人間の、典型的な姿だった。

なのに、その表情だけが予想外だった。

虚《うつ》ろな瞳のまま、彼女は息苦しそうに目元を歪《ゆが》めていた。眉間には皺《しわ》が寄り、眉尻は下がっている。固く引き結んだ口元は、まるで痛みを堪《こら》えているかのようだ。

──なぜ、そんな顔をするんだ。

こんな──今にも泣き出しそうな、涙がこぼれないよう、歯を食いしばって耐えるような──痛ましい表情をした彼女を、ヴォルフは見たことがなかった。

◆　◆　◆

はっと目が覚めると、ベッドの中だった。柔らかいシーツの感触に、私は無言で瞬《またた》く。

「……？」

——うん……？

眠った記憶はない。いつの間にベッドに入っていたのだろうか。それ以前に、今まで私はなにをしていたのだろう。

——えーと、えーと……。たしか私、お茶会をしていたはずで……

作りすぎたお菓子をメイドのみんなに食べてもらっていたら、ヴォルフ様が訪ねてきた。

そのあとは、ヴォルフ様と二人でお茶会をして……私が余計なことを言って、怒らせてしまったのだ。

以降は、だんだんと記憶が曖昧になっていく。

ヴォルフ様に抱きしめられたような気がする。でも、そのとき自分がどうしたのか、はっきりと思い出せない。

覚えているのは、ヴォルフ様のアーシャへの想いを聞いたことだ。すべてがぼんやりとしている中で、その記憶だけは鮮明だった。

——運命。

ヴォルフ様はアーシャのことをそう言った。出会ったことが運命。他の誰も好きにならない、と。

疑ったことにさえ腹を立てるほど、ヴォルフ様は深く恋をしているのだ。

「……ヴォルフ様」

「なんだ」

思わずつぶやいた言葉に、間髪いれず返事がある。驚いて跳ね起き、周囲を見回すと、ベッドサイドの椅子に腰かけ、脚を組むヴォルフ様の姿が見えた。

「ヴォルフ様⁉　ど、どうしてここに⁉」

「昨日倒れた君の様子を見に来た」

「……昨日？」

言われて私は、部屋の様子が変わっていることに気付いた。

テーブルのお菓子は片付けられて、窓の外からは明るい朝日が差している。よくよく見れば、私の着ている服も昨日とは違う。誰が着替えさせてくれたのか、ドレスではなく寝間着になっていた。

「昨日、俺と話をしている最中に気を失って倒れたんだ。覚えているか？」

「い、いえ……」

私は首を横に振る。全然覚えていない——が、たしかに昨日、妙に体がだるかった覚えがある。

——具合を悪くして倒れていたのかしら……？

「きちんと忘れているならそれでいい。……俺はつくづく、君に甘いな」

呆れたようにため息を吐くヴォルフ様に、私は申し訳なさで肩を竦《すく》めた。単なるお茶会だったのに、急に私が倒れるなんて、ヴォルフ様はさぞ驚いたことだろう。

「すみません、ご迷惑をおかけして……」

「いや。どこか体におかしなところは残っていないか？」

そう言うと、ヴォルフ様は椅子から立ち上がった。

そのまま、彼は何気ない所作で手を伸ばす。近付いてくる彼の手に、私は思わず、「ありません！」と叫んで飛びのいた。

そんな私の反応に、ヴォルフ様が口元を歪《ゆが》める。おそらくこの表情は、怒っているというよりも、ムッとしたときの表情だ。

「結婚までは、触れるのも禁止か？」

「そ、そういうわけでは……」

ない、とは言えなかった。

ヴォルフ様は容赦《ようしゃ》なく触れようとしてくるけれど、できることなら接触は控えたいのが本音だ。きっと変に気を持たせてしまうし、私も意識してしまう。

「アーシャ」

逃げた私の手を無理矢理掴んで、ヴォルフ様がベッドの上に身を乗り出した。

ムッとした表情のまま、だけど昨日よりは少し穏やかに、私を見つめている。

「好きな相手に触れたいと思うのは、それほどおかしなことか？」

「…………」

「俺は君に触れたい。抱きしめて、キスをして、誰も触れたことのない場所に触れたい」

掴んだ私の指先を撫でる。くすぐったいような、面映《おもは》ゆいような心地がした。

「君は、同じ気持ちではいてくれないのか？」

私はなにも言えなかった。ただ、ヴォルフ様に触れられた指先がじんわりと熱を持つ。

女性とは違う大きく骨ばった手。浮き出た血管と、ひやりとした体温。

指先に感じる強い力に、こんなときでさえ心が浮き立っている。

――接触を控えたい、なんて嘘だわ。

意識したくないのに、期待を持たせたくないのに――そう思っているはずなのに。

私は、彼の手を強く拒むことができずにいる。

――私も、身代わりでなかったなら。

もっとヴォルフ様に触れたいと思っただろう。彼の手を握ってみたい。彼の頬や髪を撫でてみたい。その先はさすがに抵抗があるけれど……それもいずれは、望むようになるのかもしれない。

好きで、好かれた相手と触れ合いたいと思うのは、当たり前のことだ。私が偽りの『アーシャ』として想いを告げ、彼は両想いになったと思っているのだから。

――私……ひどいことをしてしまったんだわ。

彼にしたことが、どれほど気持ちを踏みにじる行為だったのかを、ようやく理解する。この気持ちを伝えたい――なんて私の身勝手な思いで、彼をその気にさせてしまったのだ。

だけどもし、アーシャがヴォルフ様を好きにならなかったらどうする？　ヴォルフ様をぬか喜びさせただけだったら？

勘違いだと知ったときのヴォルフ様がどんな気持ちになるか――私は考えていただろうか。

人違いなのに浮かれて、のぼせ上がって、勝手に気持ちを押し付けて、私は取り返しのつかないことをした。ヴォルフ様の気持ちが強いほど、私の行為は残酷さを増していく。

罪悪感に目の前が霞《かす》む。そんな私の顔を、彼は偽者とも知らず、気遣わしそうに覗き込んだ。

「アーシャ、どうした?」

呼びかけられた瞬間、私の手を握る彼の力が緩んだことに気付いた。その隙を突いて、私は強引に手を引っ込める。私には、彼に触れてもらう資格はない。

「……ヴォルフ様、ごめんなさい」

突然の謝罪に、ヴォルフ様は訝《いぶか》しそうに眉をひそめた。逃げた手を不満そうに見つめられるが、私はもう掴まれまいと、固く握りしめた。

「ヴォルフ様のお気持ちはわかります。でも、せめて伯爵家から戻るまでは、待ってほしいんです。ヴォルフ様に無理ばかり言って申し訳ないのですけど……」

私は決意の息を呑む。もう、これ以上は隠せない。

伯爵家に帰ったら、父に身代わりをやめるよう訴えよう。どれほど文句を言われても、納得してもらえなくとも、私はもう身代わりを続けられない。

伯爵家の取り潰しは覚悟しなければならない。父と私の決めたことで、使用人たちには迷惑をかけてしまうけれど、可能な限り紹介状を書いて、再就職先の世話をしよう。

父は私と一緒に罰せられるだろう。母と弟は、一人で生きていけない人だ。親戚に引き取ってもらえるように話を通しておかないと。

アーシャにはヴォルフ様のことを伝えて、彼の気持ちをわかってもらおう。きっと彼のことを知れば、アーシャも心惹かれるはずだ。

そうして、全部片付けたら――

――本当のことを言おう。

ヴォルフ様に、私が偽者だったことを伝えよう。その結果、私がどうなるとしても。

「……伯爵家から戻るまで？」

ヴォルフ様は、いかにも不服そうに私の言葉を繰り返した。

はい、と答える私をじとりと見据えると、ぐぐっと思い切り顔を寄せる。

「理由は？」

「り、理由も戻ってきてからお話しします！　必ず！」

「先延ばしにするほど、辛くなるのは君だ。わかっているな？」

「は、はい！　か、覚悟はしています！」

力を込めて言うと、私はヴォルフ様の顔を見つめ返した。ヴォルフ様の圧に怯《ひる》みそうになるけど、それでも唇を噛んで、顔を背けないように耐える。

そんな私を、彼はしばらくの間無言で眺めていた。心まで覗こうと言うような目で、震える私にゆっくりと瞬《またた》き――それから彼は、観念した様子で息を吐いた。

「……俺はとことん、君に甘い」

いかにも不愉快そうに吐き捨てると、彼は口の端を吊り上げた。一見笑っているように見えるけれど、目がまったく笑っていない。細められた目が、冷たく私を見据えている。獲物を前にした――どころではない。完全に、仕留めた獲物でどう遊ぶか考える猛獣の顔だった。

「いいだろう。君が伯爵家から戻るまで、手を出すのは待ってやる。ただし、戻ってきてから――どんな目に遭《あ》っても後悔するなよ」

冷血公爵の名に恥じない酷薄な表情で、彼はそう告げた。

藍色の目の奥に闇が見え、背筋にぞっと悪寒が走る。

私が本当のことを告白すれば、間違いなく『処理』される。彼の表情に、そう確信した。

――い、いいえ！　でも覚悟は決めたもの！

怯《ひる》みそうになるが、しかしここまで来て「やっぱりやめた」はできない。騙したのは私。因果応報である。でも――

――帰ったら遺書は書いておこう……。

昨日までの浮かれた気持ちが嘘のようだ。すでに死んだような心地で、私は重たいため息を吐く。

「……なにを考えているのか知らないが」

そんな私を見て、ヴォルフ様が相変わらず冷たい――それでいて、相変わらず獲物を弄《もてあそ》ぶような表情でそう言った。片手はさりげなく、シーツの上の私の手を握っている。あまりにさりげなさすぎて、振り払うことも忘れていた。

「俺に要望ばかり呑ませて、君はなにもしないと言うつもりではないだろうな」

私の手を掴んだまま、彼がベッドの上に身を乗り出す。彼の重みに、ベッドがギシ、と鈍くきしんだ。

緊張に体が引きつる。ヴォルフ様は強張る私の上に跨《また》がり、肩に触れた。そのまま軽く押され、半身を起こしていた私はそのままベッドに仰向けに転がされる。

「え、ええ⁉　ヴォルフ様、て、手を出すのは待ってくださるのでは……⁉」

「手を出さなくとも、できることはいろいろあるだろう？　――さて、アーシャ嬢」

慌ててもがく私を軽く片手で押さえ付け、彼はかすかに目を細めた。

ヴォルフ様が唇を舐める。寒気がするほどに色っぽく、魅惑的なのに恐ろしい。身震いするほどの笑みで、彼は私にこう言った。

「君の頼みを聞く代わり、君は俺になにをしてくれる？」

◆　◆　◆

ベッドでの交渉は圧倒的に優位だった。

彼女を押し倒し、交換条件を求めた結果――

――くそっ……！　結局、健全なデートか！

彼女の部屋の前で、ヴォルフはイライラと腕を組んでいた。

現在、彼女は部屋で寝間着を着替えているところだ。さすがに着替え姿は見せられない、と彼女らしからぬ強さで追い出され、彼は一人、扉の前で立ち尽くしていた。

彼女との交換条件として得られたのは、今日一日彼女を占有する権利だ。

今日の彼女はヴォルフのどんな要求も聞くし、やりたいことになんでも付き合う――ただし、手以外の肉体的な接触は禁止、という条件付きで。

――手をつなぐだけか。この俺が……！

ヴォルフが彼女に求めていたのは、当然のように不健全なことだ。手を出さなくても――ありていに言えば、一線を越えなくてもできることはいろいろとある。

素肌を重ねるのもいいだろう。男の体を教えてやることもできるだろう。人に見せられない場所に傷を付ければ、男避けにもなる。

あるいは、人に見せられない場所でなくとも良い。全身、ふた目と見られないくらいに傷を刻めば、誰のものにもならないはずだ。

……などと楽しいことを考えていたのに、今日の彼女は頑固だった。

——自分の立場がわかっているのか。

彼女の要求は理不尽だ。

ヴォルフを遠ざけ、待たせておきながらその理由は言わない。要求ばかりするくせに、こちらからはキスも許さない。手をつなぐことさえ許されなかったが、さすがに苛立ったヴォルフが無理矢理に認めさせたのだ。

——こっちはやろうと思えば、力尽くでどうとでもできるんだ。

どれほどヴォルフの心を奪ったところで、あくまでも彼女は弱い立場だ。彼が本気で得ようと思えば、彼女に拒む手段はない。力の差も身分の差も、彼女だって理解しているはずだった。

それなのに、悲壮な決意さえ感じる彼女の顔を見ると、つい譲歩してしまっていた。

——なにが『つい』だ、くそ！　伯爵家から戻ってきたら覚えていろよ！

心の中でヴォルフは悪態をつく。両想いのはずなのに、まるで片想いでもしている気分だった。

……と散々苛立ってはいたものの。

――これはこれで悪くない。

ヴォルフは彼女と中庭を歩きながら、ころりと意見を翻《ひるがえ》した。

「アーシャ嬢」

わざとらしいほど甘く呼びかけつつ、ヴォルフは彼女の手を握りしめる。互い違いに指を絡め、固く結び合った手に力を入れれば、彼女はわかりやすく反応した。

びくりと跳ねる肩に、赤く染まる頬。平静さを装い、かえって強張った表情。だけど意識していることは隠しきれず、視線をさまよわせる姿に、悪い気はしなかった。

「屋敷の外へ連れていけなくてすまない。町へ出ようにも、今からだと夜になってしまうからな」

そう言いながら、ヴォルフは周囲を見回した。

目に映るのは、見慣れた公爵家の建物だ。深い森の奥にある公爵邸は、森から出るだけでも半日近くはかかってしまう。

すでに太陽が傾きはじめた午後。出発するには遅すぎた。

だから、彼は公爵邸の者でもめったに足を踏み入れない、特別な場所へ彼女を導いた。

「中庭にある花園が、このあたりでは一番きれいな場所だ。シメオンが——エルフが手がけた庭だから、それなりに見応えはあるだろう」

彼らがいるのは、中庭の一角にある、生垣で囲われた花園の中だった。

シメオンが手塩にかけて手入れをしている花園に、立ち入ることのできる者は少ない。自由に足を踏み入れられるのは、ヴォルフか、シメオンの信頼する部下たちだけだ。

花園には、人里では見られない珍しい花々が咲いている。さすがは森に生きるエルフだけあって、植物を扱うのはお手の物。この化け物屋敷には不釣り合いな、見事な花園だった。

もっともヴォルフは花なんぞに興味はない。花が咲くたびシメオンが自慢したそうにうずうずしていたが、ヴォルフはいつも適当にあしらっていた。

それが、こうして役に立つ日が来るとは不思議なものだ。

「アーシャ嬢？」

「ひゃい！」

赤く染まった耳に囁《ささや》きかければ、上擦《うわず》った悲鳴が聞こえた。見事に噛んだ彼女に、ヴォルフは自然と目を細める。もっと虐《いじ》めたくなる反応だ。

「退屈だろうか？」

「い、いえ！　す、すごく素敵な場所だと思いましゅ！　……ます！」

慌てて噛んだ部分を言い直すと、彼女は気を落ち着けるように首を振った。

それから、改めて花園に目を向ける。

低木の生垣で囲うのは、春に咲く花々だ。

多くの庭の造りと違って、この花園は花の種類に統一性がなく、同じ色で揃えたりもしない。花は大きく咲くものもあれば、小さく鈴なりに咲くものもある。

背の高さも花びらの数も花の形もまるで違うのに、雑多な印象を受けないのが不思議だ。野生に近い状態でありながら、野生と違った整然さがある。いかにもエルフらしい造りだ。

風に揺れる花々に、彼女は目を奪われているようだった。見たこともない花の色に驚き、奇妙な花弁に首を傾げ、花の上を飛ぶ蝶を目で追いかける。

緑の瞳が花々を映して色を変え、明るく輝く。

ヴォルフは花よりも、なお鮮やかな彼女の横顔を眺めていた。油断しきった彼女の様子に、嗜虐心《しぎゃくしん》が首をもたげる。

握る手に力を込めれば、花よりもヴォルフを意識して、頬が染まっていく。驚いて顔

を向け、己《おのれ》を映して見開かれる目を、彼は満足げに見つめ返した。

——いい反応だ。

正直なところ、下手に押し倒すよりもよほど反応がいいくらいだ。

一線を越えようとすると、彼女は照れるよりも先に焦って抵抗してくるが、今のヴォルフは、手をつなぐより先のことはしないと約束している。無理に抗《あらが》う必要がなくなれば、焦りや余計な感情も不要だ。

彼女は今、これまでで一番ヴォルフのことを意識していた。

「な、なんでしょう、ヴォルフ様……！」

なぜ手に力を込めたのか、と真っ赤な顔で問う彼女に、ヴォルフはすました顔で答える。

「少し歩こう。このまま進むと東屋《あずまや》があるはずだ。そこで一度休憩しようか」

促すように手を引くと、彼女は硬い動きで歩き出す。その歩調に合わせて、ヴォルフは彼女の横に並んで歩いた。

花園をゆっくりと歩き、生垣を出て東屋《あずまや》へ。道すがら話すのは、たわいもないことばかりだ。

手はつないだまま、ときどきからかうように甘く囁《ささや》きかけ、赤くなる彼女を見て微笑む。

――こういう穏やかな時間も、たまには悪くない。

もちろん、ヴォルフにとっては早いところ彼女をモノにし、啼《な》かせたい気持ちの方が強い。伯爵家から戻ったあとは、二度と離れるなんて言えないくらいの快楽を教え込み、抱き潰すつもりでいる。

おそらく、しばらく彼女はベッドの上から動けない日々を過ごすことになるだろう。

だけどその先、いずれ――

――結婚したら、こんな日々が続くのだろうか。

血と殺戮《さつりく》と凌辱《りょうじょく》の中で生きてきたヴォルフにとって、その未来はひどく奇妙な心地がした。

……そんな、柄にもないことを考えたのが悪かったのだろうか。

「そういえば、馬車の用意が整ったらしい」

何気ない会話のついでに、ヴォルフはシメオンから聞いた報告を彼女に告げた。

「御者と世話係も、公爵家の外の人間を用意した。明日以降、いつでも出発できるはずだ」

「――明日⁉」

と言ったのは、彼女ではない。

中庭の生垣から顔を出し、割り込んできたメイドの声だった。

「ええええ！　アーシャ様、明日帰っちゃうんですか⁉」

「やだー！」と耳の付いた猫獣人の小娘が、甲高い声で叫ぶ。その声につられて、同じような姿のメイドたちまで、わらわらと集まってくるのが見えた。

「アーシャ様が？」

「明日？」

「やだー！」

口々に騒ぐ小娘どもの声に、ヴォルフの表情がスッと消える。

たまの穏やかな時間が終わった瞬間だった。

◆　◆　◆

──た……助かった……‼

生垣から割り込んできたロロの姿に、私は心の底からそう思った。

私のわがままを聞いてもらう代わり、今日一日ヴォルフ様に付き合う約束をしたのはいいけれど、正直なところ心臓が持つ気がしなかった。

手を握るだけ、それ以上のことはしないから大丈夫、と油断していた私は、甘かったとしか言いようがない。

抱きしめられたり、キスされかけたり、押し倒されたり。これまでもっとすごいことをされているのに、もしかして今日が一番ドキドキしたのではないかと思うくらいドキドキした。

熱を持った頬はバレていなかっただろうか。花を見ながらもヴォルフ様を意識して、硬くなっていたのは隠せていただろうか。緊張で手に汗が滲《にじ》んでいたけれど、変な風に思われていないだろうか。頭に血が上りすぎて、どこかで倒れてしまったりしないだろうか。

そんな状況だったので、ロロたちが来てくれて本当に助かった。

「お屋敷を出られるのは知ってましたけどお！　まだ先だと思ってたにゃあ……！」

そう言って駆け寄ってくるロロに、ヴォルフ様がピリッとした無言の圧を放つ。

思わず「ヒッ」と声の出そうな威圧感だが、ロロはためらわない。怯《おび》えたように耳を横に倒しつつも、私の前に立ち止まり、顔を見上げてくる。

ロロの尻尾はしょんぼり垂れ下がっていた。でも、それ以上に、表情がしょんぼりとしている。

「お別れ会の準備もしてたんですよ！　聞いてないにゃあ！　やだー！」

「お、お別れ会？　私のために？」

そんなことまでしてくれるつもりだったのか、と思いがけない嬉しさに驚いていると、ロロの声が聞こえたのか、他のメイドの子たちも駆け付けてくる。

仕事中だったようで、掃除道具や洗濯籠《かご》を持った少女たちがどんどん集まり、ざわざわと騒ぎ出す。

「えっ、明日？」

「明日って本当？」

「聞いてなーい！　アーシャ様、どうして黙ってたんですか！」

「ええ……わ、私も今聞いて――あいた⁉」

手のひらに感じた突然の痛みに、私は悲鳴を上げる。原因は見るまでもなくヴォルフ様だ。握り潰す気かと思うくらい、手に力を込めていらっしゃる！

不機嫌なことは、隣に立っているだけでもよくわかる。表情こそ変わらないが、威圧感が尋常ではない。今すぐ逃げ出したくなってしまう。

――こ、この威圧感、他の子たちは大丈夫かしら……？

全員、逃げ出してしまうのではないだろうか。そう思いながらメイドの子たちを窺《うかが》うけれど、気にしないどころかますます人が集まってきていた。

それも、メイドだけではない。荷運びをしていた男の人や、庭木を整えていた庭師の人たちまで、仕事の手を止めて私を取り囲んでいた。

「なんだなんだ？　アーシャ様が出ていく？」

「まさか、ヴォルフ様が愛想を尽かされたのか⁉　やっぱり⁉」

「二度と関わらないでくれ、と絶縁状を叩き付けられたらしいぞ……」

と命知らずなことを言いながら、親しくしてくれた人からあまり接することがなかった人まで、口々に私を惜しんでくれる。

嬉しさ以上に、私は戸惑ってしまった。

そんなに慕われるようなことをした記憶がないのだ。

「アーシャ様がいると、お屋敷が明るくなるにゃあ。ヴォルフ様の悪癖《あくへき》も出ないし、いつもご機嫌だから、みんな喜んでたにゃあ。アーシャ様が傍にいるときは、ヴォルフ様は絶対に本気で怒らないにゃあ」

ぐずぐずと鼻を鳴らし、いつも以上に猫っぽい調子で告げるロロの言葉に、私は「えっ」と声を上げる。

反射的にヴォルフ様を見やれば、彼はますます威圧的な空気を漂わせながら、不服そうに目を逸らした。

——こ、これでご機嫌って、普段はどれほど怖いんですか！

ではなく。

いつも彼がご機嫌で、絶対に怒らない？……私がいると、みんなが喜んでくれていた？

私は不思議な気持ちで、ロロや集まってきた人々を見回す。こちらを見るそれぞれの顔に、胸が詰まりそうだった。

生まれ育った伯爵家を出るときは、アーシャしか別れを惜しんではくれなかった。だけど今、このお屋敷には、私を惜しんでくれる人たちがいるのだ。

「行かないでほしいにゃあ。もっとお世話したかったにゃあ。もっとお菓子欲しかったにゃあ！」

「ロロ、ありがとう。でも……」

そんな、今生の別れみたいに言わなくても——と言おうとしたとき。

「アーシャ様！」

騒ぎを聞き付けたのか、今度はシメオンさんまで駆けてきた。血相を変えた彼は、私と集まった人たちを見回して、例によってエルフらしからぬ感情のこもった声で叫んだ。

「さっき聞いたのですが、もう公爵家に戻らないって本当ですか⁉　ヴォルフ様と話し合ったのではなかったのですか⁉」

「えっ」

「話し合いの結果ヴォルフ様に愛想を尽かし、二度と関わらないことにしたという噂は本当ですか⁉」

なんだかすごい話になっている。

シメオンさんの言葉に、また集まった人たちがざわめいて、「二度と戻ってこないんだとよ！」とさらに誤解が広まっていた。

私は瞬《また》きながら、集まる人たちを順に眺めていく。

青ざめたシメオンさんの顔。涙目のロロと、一緒にお茶会をしたメイドたち。ざわめく屋敷の人々。

収拾のつかない騒ぎの中、私はヴォルフ様と顔を見合わせた。

それから——互いに、噴き出すように笑ってしまった。

「誤解を解いてやれ、アーシャ」

笑いながら言うヴォルフ様に頷いて、私は集まった人たちに向き直った。

一つ息を吐き、かすかに滲《にじ》んだ目の端をこっそりぬぐうと、私は声を上げた。

「大丈夫、戻ってきます！　ごめんなさい、誤解させて！」

次に戻るときは、『アーシャ』としてではないけれど、それでも、必ず戻ってくる。

ヴォルフ様に本当のことを告げるため、だけではない。

たとえ『アーシャ』でなくなっても、今こうして集まってくれた人たちに、もう一度会いたかった。

「いもう……姉妹の体調次第だから、いつになるかはわからないけど……でも、できるだけ早く戻ります！　だから――」

「んにゃ！」

続きの言葉を言うより早く、ロロが私の体に飛び付いた。私の胸に顔をうずめるロロにちょっと驚いて、それから嬉しくて、思わず彼女の頭を撫でる。

ここへ来たときから、ずっと触れてみたいと思っていた彼女の耳は――想像通り、柔らかくてふわふわだった。

「よ、良かった……」

シメオンさんはそう安堵したようにつぶやいて、メイドの子たちも次々に声をかけてきて、集まった他の人たちも、気が抜けた様子で呆れ交じりに笑う。

騒々しくも、穏やかな空気が中庭に満ちていた。

その空気に、私はたぶん、相当浮かれていた。話しかけてくれる人たちに答え、すっかり夢中になり――隣にいる相手が誰なのかを、忘れていたのだ。

メイドの一人と話をしている最中、不意に、つないだままの手に力が込められる。驚く私を強引に引っ張った相手は、もちろん決まっていた。

「ヴォルフ様……？」

「アーシャ嬢」

声の調子からすぐにわかる。恐ろしいほどに、ご機嫌を損ねていらっしゃる。

私、いつの間にかヴォルフ様の機嫌を察せるようになったなあ――と思っている場合ではない。

「君の今日の時間は、俺のものではなかったか？」

「は、はい」

「なのに君は、俺を忘れて使用人との話に夢中になっていたわけだ」

そう言うと、ヴォルフ様は例によって、笑ってない笑みを浮かべた。

浮かれすぎた気持ちが、ひやりと冷たく凍り付く。ひえ、と喉《のど》から声が出た。

――い、言い訳のしようがないわ……！

ごめんなさい、と謝る他にない。だけどその声さえも出ない。

強張る私の顔を、ヴォルフ様は正面から見つめた。

そして、いかにも邪悪そうに目を細める。

「先に約束を破ったのは君だからな」

え――と思う間もない。ヴォルフ様は空《あ》いている手で私の肩を掴み、迷うことなく顔を寄せた。拒む時間すらも与えず、彼はそのまま、慣れた様子で私に口付ける。

――んう……っ⁉

呆気にとられた私の唇は、彼によって簡単にこじ開けられてしまった。

割り込んでくるのは、生き物みたいに動く、生温《なまぬる》い存在だ。

口の中を舐めて、私の舌に触れて、絡んでくるその存在に、思考が止まる。抵抗しないのをいいことに、それはますます深いところへ入り込み、唾液を絡ませた。

――え⁉　えええええ⁉

少しの間を置いて、思考が戻ってくる。だけど混乱して、まるで役に立たない。

口を塞がれ声が出せないまま、私は頭の中で戸惑い叫んでいた。

――こ、これってキス⁉　ヴォルフ様の……し、舌が、舐め……ぬ、ぬるって……‼

私の内心など知らず、ヒュウ、と誰かがはやすような口笛を吹いた。それでようやく、人前であることを思い出す始末だ。慌てて離れようとヴォルフ様の体を押し返すが、びくともしない。ぐいぐいと力を込めてもヴォルフ様は気にも留めず、口の中を一通り舐め――そこでようやく、満足したように唇を離した。

至近距離で唇を舐める彼の姿に、私の心臓が破裂しそうなほどに跳ねている。

声は出ない。頭の中は真っ白だった。そのくせ顔は真っ赤で、湯気でも上っているのではないかと思うほど熱い。

そんな私を見下ろして、ヴォルフ様は心底楽しそうに笑った。

「戻ってきたら覚えていろよ、アーシャ」

目を見開いたまま、私は身じろぎ一つできなかった。口の中には、まだ彼の感触が残っている。


――さ、最後の最後で……!

とんでもないことをしてしまったわ……!!


昨日の事件から一夜明けても、私は上の空だった。

伯爵家へ帰る馬車の中。公爵邸を出て、森を走る馬車に揺られながら、私は無意識に唇に手を当てる。

――キスをしてしまったわ。

中庭の一件のあと、ヴォルフ様は「明日の準備もあるだろう」と早めに解放してくれた。

それからは荷物をまとめたり、屋敷の人たちに挨拶をしたり、ロロたちに簡易お別れ会をしてもらったりと慌ただしく過ごしたけれど──その間も、頭を占めるのは、ヴォルフ様としたキスのことばかりだった。

──ぬるって……は、初めてのキスだったのに……！

昨日の熱が、今日もまだ冷めていない。信じられない。信じられなさすぎて、昨晩もほとんど眠れなかった。

──て、手を出さないって約束だったのに！　い、いえ、先に約束を破ったのは私だけど……！

公爵家の人たちとの話に夢中になり、ヴォルフ様を放っておいたのは事実だ……けど！

──だからって、いきなりあんな深いキスをする⁉　しかも人前で‼

ああー！　と呻《うめ》いて、馬車の窓枠に手を触れる。思い出すだけでも顔が熱くなる。頭の整理が追い付かない！

──っ、次に会うとき、どんな顔をすればいいの⁉

平静でいられる自信がない！

一人きりの馬車の中で、私は耐えきれずに頭を振った。だけど、熱は少しも冷めなかった。

そうして、どれほど一人で悶《もだ》えていただろう。

車輪が石を挟んだのか、不意に馬車全体がガタンと大きく揺れた。

はっとして顔を上げて、馬車の外の景色に気付く。いつの間にか森を抜けていたらしい。馬車は整えられた街道の上を走っていた。

振り返っても、公爵邸も森も、今は見えない。ここから伯爵家までは、あとはずっと街道に沿っていくだけだ。

——そうだったわ。

次、は来ない。私はこれから伯爵家に帰り、この身代わりを終わらせるのだ。

忘れていたわけではなかったけれど、馬車から見える景色に、そのことをまざまざと思い知らされる。まるで夢から覚めたような気分だ。

——浮かれてはいられないわ。

あれほど冷めなかった頭の熱が、ひやりと冷めていく。

この先私が考えるべきは、アーシャの体調のことと、身代わりの件をどうやって父に伝えるかだ。

楽しかった公爵邸も、『アーシャ』としての私も、もうおしまい。

ヴォルフ様が恋をしたのも、みんなが惜しんでくれたのも、愛されるべき『アーシャ』だからだ。

馬車が進むほどに、私は『アネッサ』に戻っていく。

仕事しかできなくて、出しゃばりで、みすぼらしくてみっともない、家族からも嫌われた、ブスのアネッサ。それが、本当の私だ。

お茶会も知らない。ドレスも着られない。恥ずかしくて外に出すこともできない。友達もいない。慕ってくれる使用人もほとんどいなくて、別れを惜しんでももらえない。

だからこそ、昨日の騒々しさが鮮やかによみがえる。

――楽しかったわ、本当に。

流れていく景色に、私は目を細めた。

きっと伯爵家にいたら、こんな気持ちは知らなかった。

偽者でも、本当に本当に幸せだった。

「……ヴォルフ様」

無意識のうちに、私は彼の名前をつぶやいていた。頭に浮かぶのは、罪悪感と後悔。

喪失感と、身勝手な悲しみ。

だけどそれ以上に、心からの言葉が口をつく。

「……ありがとうございました」

騙してごめんなさい。でも、私はやっぱり感謝している。

出会って、恋して、ときめいて、苦しんで喜んで、たぶん私は、一生分の感情を知った。

次に会うとき、きっと彼はもう、同じように私を見てはくれないだろうけど――

藍色の瞳、青銀の髪、怖い笑みを浮かべる口元。少し強引な力強い手も、すぐに思い出せる。

「好きでした、本当に……」

彼の姿を思い出すと、顔が勝手に緩み出す。そのくせ、目の奥はツンと痛む。

窓の外の景色がぼやけて、慌てて目元をぬぐったとき、私は、自分の表情に気が付いた。

――変な顔。

窓に映る私は、笑いながら泣いていた。

◆　◆　◆

『アーシャ』を乗せた馬車は、朝早くに屋敷を出た。

たった一人の人間がいなくなっただけで、屋敷の空気は妙に覇気《はき》を失ったような気がする。

彼女がいないと、ヴォルフもやることがない。いつもなら、こういうときは適当な『獲物』を見繕《みつくろ》っていたものだが——

「シメオン」

自室の窓際に立ち、彼女が去っていった森の先を見据えながら、ヴォルフは忠実な従者に向けて呼びかけた。

「領地の資料を寄越せ」

「……領地の資料、ですか？」

意外な言葉にシメオンは瞬《またた》いた。今までヴォルフが自分の領地に興味を示したことはない。

「領地くらい、国に任せず自分で管理した方がいいんだろう？　……俺の代で公爵家が終わらないのなら」

ふん、とヴォルフは鼻で息を吐く。どうにも癪《しゃく》だった。

——この俺が、どうして人間の小娘のために領主の真似事なんか……！

と思いつつも、頭に浮かぶのは結局可愛い彼女の姿なのだ。

ヴォルフ一人ならば、戦争の報奨金だけで十分に生きていける。だが、彼女と——いずれできるであろう彼女の子を思えば、領地を蔑《ないがし》ろにするわけにはいかない。

「まずは収支の確認だ。それから国の介入がどれだけあるか調べる。とりあえず、自立しないとはじまらないからな」

「ヴォルフ様‼」

感極まったようにシメオンが声を上げた。

「私が何年言い聞かせても聞いてくださらなかったのに！　やればできる方なのに、ずっとなにもしてくださらず、どれだけ歯がゆい思いをしたことか！　そんなヴォルフ様が……‼」

両手を握り合わせ、喜びに震える従者の姿に、ヴォルフはけっと喉《のど》を鳴らした。

幼少期からヴォルフの世話をしているせいか、彼はどうにも父親か、あるいは母親めいた反応をすることがある。

「アーシャ様がヴォルフ様をこうも変えてくださるなんて……！　ええ、ええ、資料ですね！　持ってきます‼」

「待て」

急いで資料を持ってこようと身を翻《ひるがえ》したシメオンに、ヴォルフは振り返った。

『アーシャ』という言葉に、ふと思い立ったことがあったのだ。

「そのアーシャについてだが、ついでにリヴィエール伯爵家の資料も用意できないか？ ……親戚になるなら、多少は知っておく必要があるだろう」

もともと彼女は、ヴォルフにとってはただの獲物に過ぎない。どうせ嬲《なぶ》り捨てるだけだろうと、彼女の実家のことなど関心も持っていなかった。彼女のよく口にする『アネッサ』が、姉か妹かすらも不明だ。

ヴォルフとしては、関心があるのは相変わらず彼女だけで、その家族など道端の石のようなものだ。魔族としてではなく、公爵としても、リヴィエール伯爵家など気にかける価値もない。

だが、彼女の実家だ。家族を蔑《ないがし》ろにすれば、彼女はいい気がしないだろう。

――……俺が他人なんぞに気を遣うとは。

らしくもない考えに、ヴォルフは顔をしかめた。

それを見て、シメオンはニヤリと笑う。

「ええ、はい。なるほど」

合点がいったようにぽんと手を打つと、彼はわざとらしいほど慇懃《いんぎん》に背を伸ばした。

それから表情を取り繕《つくろ》い、胸に手を当てて一礼する。

「そういうことならば、忠実な執事にお任せください。伯爵家のことについては調べておきましょう。ええ、必ずや詳細にまとめてお伝えいたしますよ——アーシャ様のご幼少期のことや、交友関係なんかも、こと細かに」

——なにが忠実な執事だ、こいつ！

すました顔のシメオンを睨むと、ヴォルフは再び、けっと苦々しく吐き出した。

第四章　すべて元通り

「やっと戻ってきたのか、アネッサ！　私が手紙を出してから、何日過ぎたと思っているんだ！」

私の姿を見るなり、父は真っ先にそう言った。

「こっちはお前が死んだのではないかと心配していたんだぞ！　アーシャのために、どうしてもっと早く戻ってこなかった！」

手紙を受け取ってから伯爵家に帰るまで、馬車の手配と移動だけで六、七日はかかっていた。父の手紙が公爵家に届くまでの時間も考えると、十日以上は過ぎているはずだ。

たしかに時間がかかってしまった——けど、馬車の手配を公爵家にしてもらった以上、これ以上早くするのは難しかっただろう。

「ああ、アネッサ……無事で良かった。母はずっとあなたの無事を祈っていたのですよ」

母はハンカチを手に目元をぬぐった。

「わたしにとっては可愛い娘ですけれど、あなたは礼儀もなっていないし出しゃばりですからね。ビスハイル公爵を怒らせていないかと毎日不安で仕方がなかったのですよ。アネッサ、母のこの辛さをわかってくれますね」

わっと泣き出す母の横で、弟がつまらなそうに私を睨んでいる。

「なんだよ、生きてんのかよ。吹っ飛ばされたり、腕とか足とかもがれてないのかよ！冷血公爵って、噂の割に全然たいしたことないじゃん！」

吐き捨てるように言ってから、弟はいかにも不服そうに顔をしかめた。

「アーシャ姉さまも、こんなやつに会いたいなんてさ！　なんで戻ってきたんだよ！あの公爵に殺されてれば良かったのに！」

「……お父様、アーシャは」

弟を無視して、私は父に呼びかけた。

弟はまだ騒いでいるが、いちいち相手にはしていられない。それよりもアーシャのことが気がかりだ。

「部屋で寝ている。お前に言うべきことはいろいろあるが、まずは早く行って様子を見てこい」

父はそう言うと、まだ旅の荷物を抱えたままの私に、屋敷の奥を顎で示した。

——……私一人で？

勝手知ったる実家だから、一人で様子を見に行くこと自体は構わない。だけど、アーシャの部屋に行くのに、父も母も、使用人たちさえも同行しないことに、違和感があった。

——私を案内なんてしないのはいつものことだけど……普段なら、お父様たちは私をアーシャに近付けたがらないのに……

いや、気にはなるが、今は重要なことではない。とにかく様子を見に行こう、と私はアーシャの部屋に足を向けた。

ガシャン！　と物の壊れる音がしたのは、そのときだ。

誰かの悲鳴と荒々しい物音が、屋敷に響き渡る。その悲鳴さえかき消して、ガシャガシャガシャン、と続けざまに荒い音がした。

——な、なに⁉

慌てて廊下に飛び出したところで、私はざわめくメイドたちの姿を見た。怯《おび》えた表情のメイドたちが、遠巻きに囲むのは——アーシャの部屋だ！

「アーシャ⁉」

私は荷物を放り出すと、メイドたちをかき分けてアーシャの部屋の前に向かった。

アーシャの部屋の扉は閉じていた。扉の前には誰もいない。物音は部屋の中から聞こえているのに、誰も中に入らず、扉を開けようとさえしなかった。

なぜ——と疑問を浮かべるよりも先に、私は扉に手をかける。

勢い良く扉を開いた瞬間、部屋の中から風が吹き抜けた。

屋内にもかかわらず、アーシャの部屋の中には竜巻のような空気が渦巻いていた。

花瓶が割れ、本棚が崩れ、テーブルがひっくり返っている。割れた花瓶の破片が渦に巻き込まれ、部屋の中を飛んでいた。

めちゃくちゃになった部屋の中心にいるのは、アーシャだ。ベッドの上で半身を起こし、顔を覆っている。

「ごめんなさい、ごめんなさい、止められないの、ごめんなさい……」

「アーシャ！」

声を上げて足を踏み入れた途端、花瓶の破片が額に当たった。ガツン！と良くない音がして、一瞬頭がくらりとする。よろめく私に気付き、アーシャがはっとしたように顔を上げた。

その瞳は、涙に濡れていた。

「お姉さま……？」

アーシャのつぶやきに合わせて、部屋に吹く風がかすかに弱くなる。

「本当にお姉さま？　どうして……」

「アーシャ」

私はもう一度呼びかけると、じんじんする額を押さえつつアーシャに駆け寄った。花瓶を避けてベッドの前まで来ると、強張る彼女の手を握る。

「アーシャが倒れたって聞いて戻ってきたのよ。体は大丈夫なの？」

そう尋ねたものの、大丈夫でないことは見て取れた。

アーシャの顔は蒼白で、掴んだ彼女の手は細く弱々しい。もともと体は細かったけれど、今は不健康なほどに痩《や》せ細っていた。

「お姉さま……夢ではないの？　――お姉さま、顔に傷が……！」

悲鳴じみた声を上げると、アーシャは私の額に手を伸ばした。ぬるりとした感触に、血が出ているのだと私自身初めて気が付く。

「ごめんなさい、お姉さま、わたしのせいで、ごめんなさい、ごめんなさい……」

「アーシャのせい……？」

私は眉をひそめた。

周囲の風はいつの間にか止み、飛び回っていた物も地面に落ちていた。部屋の外では、メイドたちが恐る恐るこちらを覗き込んでいる。

「……さっきのはなに？　どうしてあんな風が――」

「アーシャ様は、魔力の暴走を起こしていらっしゃるのです」

私の疑問に答えたのは、聞き慣れない声だった。中年の、低い女性の声だ。

誰だろうかと振り返り、私はさらに眉をひそめる。

「強すぎる魔力ゆえに、ご自身で抑えきれず不安定になっていらっしゃるのです」

ゆっくりとした声の主は、まるで見たことのない女の人だった。

年齢は四十歳くらいだろうか。細い体にフードの付いたローブを纏《まと》い、妙に芝居がかった仕草で一礼する。同時に、身に付けた無数の首飾りや腕飾りがジャラジャラと音を立てた。

身に纏《まと》う装飾品の量と、そのあまりの趣味の悪さに、私は呆気にとられた。初対面の相手に失礼だとは思いつつ、成金という印象しか感じられない。

唖然《あぜん》とする私に、彼女はこれまた芝居がかった、嘘くさい笑みを浮かべた。

「ご安心ください。私が今、星々の神霊に祈ることによって、その力を一時的に抑え込みましたから」

「ど、どなたですか……？」

「私はメルヒラン。光の教導会の代表にして、世界の救済者です。リヴィエール伯爵家の奥方様に呼ばれ、アーシャ様の魔力を導くためにまいりました」

嘘くさい笑みと嘘くさい態度で、彼女はどこを取っても嘘としか思えない自己紹介をした。

──これは……

会って早々に、人をこんな風に判断はしたくない。したくないけど──紛れもなく詐欺師！

──お母様、また騙されているわ！

「さあ、魔力制御の儀式をいたします。神霊の加護を持たない皆様のお体には、少々負担が強すぎるでしょう。ご退室をお願いいたします」

メルヒラン……さんがそう言うと、どこからともなく母付きのメイドが現れ、がっちりと私の肩を掴む。そのまま、強引にアーシャの部屋を追い出されてしまった。

「──お母様！　あのメルヒランという方はなんなんですか⁉　私、無理矢理アーシャの部屋から追い出されたのですけれど！」

アーシャの部屋から閉め出された私は、その足で家族のいる談話室に戻り、母に詰め寄った。

「魔力制御の儀式と言っていましたけど、いったいなにをしているんです⁉　本当に大丈夫なんですか⁉」

「もちろんですよ、アネッサ。メルヒラン先生は光の教導会の最高司祭。人を教え導く教導者にして、優れた魔術師でもあります。わけあって今は流れの魔術師をしていますが、本当は国から何度も宮廷魔術師にならないかと誘われているくらいの方なんですよ」

すらすらと胡散くさい言葉を並べ、母は子どものように純真に微笑んだ。

しかし私は笑えない。完全に騙されている。

――なんなの、光の教導会って！

そんな存在は、もちろん聞いたことがない。星々の神霊、教導者、なにもかもが初耳だ。だいたい、宮廷魔術師の登用は試験制であり、国から直接誘うことはあり得ない。

これはまずい、と父を見るが、彼はいつものように鷹揚《おうよう》に笑うだけだ。

「まったく、仕様のないやつだろう。すっかり変なものに夢中になりおって」

さすがに父は、あれが『変なもの』であると認識しているようだ。しかし、どうやら止める気はないらしい。

「まあいずれ飽きるだろう。これもアーシャを思う母の心というやつだ、ハハハ」

「わ、笑い事ではありません！　あんな胡散くさい人にアーシャを任せるなんて！」

「先生を胡散くさいだなんて！」

私の言葉に、母がわっと泣き出した。

「かつて、魔王を倒した勇者の仲間、魔術師ザイアスの子孫にして生まれ変わりの先生を、そんな風に言うなんて！　先生は魔族さえも屈服させる力を持っているのに、その力を人々のために使おうと、信じられない安価で依頼を引き受けてくださるんですよ！」

なおも胡乱《うろん》な肩書きを口にすると、母は傷付いたようによろめき、隣に立つ父にもたれかかった。父はそんな母の背を、慰《なぐさ》めるように叩く。

「アネッサ、母の信頼する相手に対して、その言い草はないだろう。それもこれも、すべてアーシャの体を思ってのことなんだぞ」

「アーシャのためを思うなら、あんな人を近付けるべきではありません！　お父様はどうしてお母様を止めないのですか！　騙されているとわかっていて見過ごすのは無責任でしょう！」

「アネッサ」

私の反発に、父は低い声を出す。

不愉快そうな顔にありありと浮かぶのは、「出しゃばりめ」という私への批難だ。

「娘のお前が、父に文句を言うつもりか。なんだ、そんなに声を荒らげて、みっともない」

ぐっ、と私は口をつぐむ。

父に文句を言うのも、声を張り上げるのも、貴族令嬢としては出しゃばりでみっともないことだ。だから私は恥ずかしい娘なのだと、そう言われ続けてきた。
——でも、誰かが言わないと……
母はこの通りで、気弱なアーシャはなにも言えず、弟は疑問すら抱かない。
父を諫《いさ》めるには、誰かが声を上げないといけなかった。
「ですが……！」
「まだ言うか！　父がいいと言ったのだから、これでこの話は終わりだ！」
「ま、待ってください！　マリーとヨセフ——メイド長と家令の二人は納得しているこ
となんですか！　せめて、あの二人が認めているなら……！」
メイド長と家令の二人は、留守にしがちな父に代わってリヴィエール伯爵家を守り続
けてきた忠臣だ。
あの二人がメルヒランさんの存在を認めているなら、少なくとも伯爵家に害をなす相
手ではないということ。そうであれば、納得はできなくとも受け入れることはできる。
そう考え食い下がる私に、父はひどく冷たい目を向けた。
「あの二人はもういない」
突き放すような言葉にびくりとする。
どこで逆鱗《げきりん》に触れたのか、父は憎しみさえ感じられるような怒りを私に向けていた。

「私が辞めさせてやった！　当主である私のやることなすこと反対した挙句——ことあるごとにアネッサがいればなどと当てこするような連中など、クビにして当たり前だろう！」

「なっ……！」

父の言うことが、瞬間的に理解できなかった。

マリーもヨセフも、今は亡き祖父——先代リヴィエール伯爵からこの家に仕えてきた。二人がどれほどこの家に尽くし、支えてきたかを、父が知らないはずがない。

あの二人がいたから、父も母も屋敷を頻繁に空《あ》けることができたのだ。代わりになる人間なんて、一人もいないのに。

「なんてことを！　お父様、本気ですか！　そんな子どもじみた理由で二人を辞めさせたなんて！」

「子どもじみた理由だと⁉　貴様、父に向ってその口の利《き》き方は——……む、なんだ」

激昂した父が、不意に言葉を止める。

訝《いぶか》しげな父の視線の先にいるのは、小走りに駆け寄ってくる側近の一人だ。側近は談話室に入ってきて父の傍に立つと、耳元に何事か囁《ささや》いた。

「ふん。アーシャの容体が落ち着いたらしい」

どうやら伝令だったようだ。父は鼻を鳴らすと、先ほどよりは少し落ち着いた様子で私を睨み付けた。

「これ以上、お前の言いがかりに構っている暇はない。私はアーシャの様子を見に行く」

服の襟を正し大儀そうに言う父に、部屋のソファに腰かけていた母と弟も立ち上がる。

「お父様！　お待ちください！」

そのまま二人を連れて部屋を出ようとする父を、私は慌てて呼び止めた。まだ話は終わっていない。

しかし、父は振り返りもしなかった。ただ去り際、不機嫌な声でこう言い残すだけだ。

「お前はアーシャに会う資格はない。そこで一人で反省していろ！」

談話室の扉が、私を残してぱたんと閉まる。

誰もいなくなった部屋で、私は言葉もなく立ち尽くすことしかできなかった。

自分の部屋に戻ったのは、その後しばらくしてからだ。

父の言葉を確かめるために使用人たちから話を聞いて回り、家の現状を思い知り――

久しぶりに戻ってきた部屋の中。

扉を閉め、少ない荷物を放り出すと、全身に疲労感が満ちていった。

――疲れた。

私がいない間に、伯爵家はあまりにも変わりすぎていた。

一番変わったのは、使用人たちの顔ぶれだ。

私と親しくしてくれた数少ない使用人――メイド長のマリーと家令のヨセフはもういない。マリーが「優秀だ」と目をかけていたメイドも、ヨセフが手塩にかけて育てた従僕も、全員父によって解雇されていた。

父の仕事を手伝っていた――というよりも、仕事をしない父の代わりを担《にな》う私を、いつも手助けしてくれていた使用人たちも見当たらない。

父のやり方に抗議した人も、横暴な父を見限った人も辞めていき、残ったのは父を手放しで称賛するだけの者ばかりだ。

父の行動を止める人間はもういない。父がなにかするたびに、彼らは「さすが旦那様」と褒める。おかげで、もともと自信家だった父はますます増長し、手が付けられなくなってしまった。

母は相変わらず騙されやすく、素性の怪しい人間ばかりと付き合っていた。

メルヒランさんの他にも、怪しい商人や資産家を自称する者が何人も出入りしているが、父は咎《とが》めず、いずれ飽きるだろうと楽観視している。

母自身には悪意がなく、本気で家やアーシャのためになると思っているため、他人の忠告に耳を貸してくれない。下手なことを言うと泣き出して父に縋《すが》るので、これもやはり、止める手段がなかった。

それからアーシャだ。これがかりはメルヒランさんの言う通り、アーシャは魔力の暴走を起こしてしまっているらしい。ふとしたことですぐに魔力があふれ出てしまうため、今は部屋に隔離されて軟禁状態だ。

アーシャ自身も暴走する魔力に体力を削られて、すっかり弱ってしまっていた。魔力を抑えるアイテムも暴走状態ではあまり役に立たず、手の施《ほどこ》しようがなかった。

——でも、今まで暴走することなんかなかったのに……

原因を聞き出したいけれど、父の機嫌を損ねた今、私はアーシャに会うことすらできずにいる。

ため息を一つ吐くと、考えすぎて痛む頭に手を当てた。

帰って早々の、旅の疲れもあるのだろうか。とりあえず今日は一度体を休めよう、とベッドを見やり、私はもう一度ため息を吐いた。

私が出ていってから掃除をしていないのだろう。ベッドの上にはすっかり埃《ほこり》が積もっている。

ならばひとまず水でも飲もう。そう思って水差しを見ると、こちらも放置されていたらしい。水が濁りきっていた。

――私が帰ることは知っていたはずなのに。

公爵邸にいる間に、父には手紙の返事を出していた。数日中に戻ると伝えたはずなのに、部屋を整えてもくれなかったのだ。

――いえ……期待する方が間違っていたわ。

私は埃《ほこり》っぽいベッドに腰かけ、小さく頭を振った。窓の外は、いつの間にか暗くなっている。

今頃、家族はみんなアーシャの部屋にいるのだろうか。帰ってきたばかりの私は、談話室で会ったきり、家族と顔を合わせてもいない。

――夕食は用意して……もらえないでしょうね。

歓迎してもらえるとは思っていなかった。部屋の掃除も、手紙で頼んでおかなかった私が悪い。食事も厨房に出向いて、自分で頼まなければ出てこない。

――荷解きをして、掃除をして、それから……

静かで埃《ほこり》っぽい部屋の中、一人ぼんやりと考えていると、遠くから家族の笑い声が聞こえた。

アーシャと話でもしているのだろうか。それとも、アーシャを除いた家族三人で団欒《だんらん》でもしているのだろうか。父の明るく豪快な声が、屋敷中に響いていた。

それから数日、私はアーシャと会うことができずにいた。

魔力が安定しているときは家族の誰かしらが傍にいて、私を部屋に入れさせない。

魔力が不安定なときは暴走状態で近付くこともできず、魔術知識のある医者が来てくれるのを待つしかない。

そうして落ち着きを取り戻しはじめると今度はメルヒランさんが来て、儀式をするからと人を追い出してしまうのだ。

彼女は医者の手柄を横取りし、儀式のおかげでアーシャが落ち着いたのだと喧伝《けんでん》する。

呆れてしまうけれど、母はすっかり心酔しているようだった。

アーシャに会わせてもらえるよう、父に相談したこともある。だけど、すっかりへそを曲げた父は私の言葉をすべて否定するだけだ。使用人に取り次いでもらおうにも、父の賛同者しかいない今の状況では、私の頼みを聞き入れてくれる人は皆無だった。

——私はなんのために呼び戻されたの。

何度目かの伯爵邸での夜。

私は掃除の行き届いていない部屋の中で、一人うつむいていた。

――私を呼び戻したのはお父様ではなかったの。

アーシャが私に会いたがっていたから、父は私を呼び戻した。私も、アーシャのためだからとヴォルフ様に無理を言い、公爵邸の人たちにあれほど見送られながら戻ってきたのだ。

それなのに今、私はアーシャの顔を見ることさえできず、部屋に一人きりでいる。

なにもできない私の部屋には、使用人さえ訪れない。父の態度から察したのか、使用人たちはあからさまに私を下に見て、部屋の掃除さえしてくれなくなっていた。

――公爵家のお屋敷なら、いつも誰かいてくれたのに。

朝は耳をピンと立てたロロが「おはようございます」と挨拶してくれた。メイドの子たちが騒ぎながら掃除をして、食事の支度ができたとシメオンさんが呼びに来て――

『失礼、アーシャ嬢』

そう言って、いつもヴォルフ様が私の部屋を訪ねてくれた。

扉越しに聞こえる声が、今も思い出せる。扉を開け、私を見つけて目を細める彼の、少し意地悪そうな表情も。

「……ここは公爵家じゃないのよ」

自分に言い聞かせるように、私は声に出してそう言った。いつまでも夢を見るな、と両手で自分の頬を叩く。

私がいるのは伯爵家。黙っていても、なにも解決はしない。

——こういうときは。

窓の外を見る。すっかり夜の帳《とばり》が下り、窓から見える部屋の灯《あか》りはほとんど消えていた。一つ下の階にあるアーシャの部屋の窓も暗い。さすがに家族も部屋を出たようだ。

正面からアーシャの部屋に入ることはできない。昼は父に見咎《みとが》められ、夜は体の弱いアーシャのために寝ずの番をしている使用人に止められるだろう。

だけど私は、正面からではなく部屋に入る方法を知っていた。子どもの頃から何度もアーシャの部屋に通っていた、秘密の入り口だ。

私は顔を上げると、勢い良く自室の窓を開いた。覚悟を決めて見据えるのは、眼下のアーシャの部屋の窓である。

——こういうときは、窓から忍び込めばいいのよ！

◆　◆　◆

暗い部屋の中、アーシャはベッドの上で一人、魔力の渦巻く体を抱いていた。

家族や医者、怪しい魔術師で騒がしい昼間よりは落ち着いているけれど、気を抜くとすぐに魔力が暴れ出しかねない。そのせいで夜も眠れずにいることを、きっと家族は知らないのだろう。

魔力が安定するたび見舞いに来る彼らに、帰ってくれとは言えなかった。控えめに、ずっと傍にいなくてもいいと告げても、遠慮するなと逆に長居をされてしまう。

――お姉さま。

姉はこういうとき、家族に嫌な顔をされても、無理矢理人を追い払ってくれた。強く言えないアーシャに代わって声を上げてくれたのに――

――こちらに戻ってきた日以降、一度も会いに来てくださらない。

どうして部屋に来てくれないのか、見舞いに来た父に尋ねたことがある。

アーシャの問いに、父は不機嫌な顔でそっぽを向き、「あいつはお前に会いたくないんだと」とだけ答えた。それ以上は理由を聞いても教えてくれない。弟は「あんな薄情者は放っておこうよ」と言い、母は「わたしたちがいれば十分でしょう」と笑う。

何度会わせてほしいと頼んでも、姉が部屋に来ることはなかった。

――……きっと、嫌われてしまったんだわ。

当たり前だ、とアーシャは心の中で自嘲する。だって、自分は姉になにをしただろう。

家族に嫌われていくのを見過ごして、姉が自分にしてくれたように姉をかばうこともできず、挙句、あの恐ろしい公爵のもとへ行く身代わりをさせてしまったのだ。

「……お姉さま」

掠《かす》れた声でつぶやくと、アーシャの心に呼応するように魔力が揺らぐ。

限界が近いことを、アーシャは自分で感じていた。魔力があふれ、小さな風が渦巻く。

コンコン、と窓を叩く音がしたのは、そのときだった。窓に目を向け、アーシャは声を上げる。

「──お姉さま⁉」

「しっ！　アーシャ、夜遅くにごめんなさい。部屋に入っても大丈夫？」

「え、ええ……！」

アーシャが頷くと、姉はいたずらっぽく笑った。子どもの頃から変わらないその笑みに、渦巻きはじめていた魔力が静かに引いていった。

◆　◆　◆

ベッドサイドの燭台《しょくだい》に火がともる。

アーシャはベッドの上で、私はベッドの端に腰かけて、二人で久しぶりに話をした。

無事の再会を喜び、私がいない間に起きたことや、アーシャの体の具合を尋ねる。

アーシャの状態は、私が思う以上に芳《かんば》しくないようだ。

自分でも制御できないくらいに魔力が暴走して、体力を削り取られてしまっているらしい。アーシャ自身の魔力の強さもさることながら、精神的な負担が大きいのだという。

――精神的な負担……

と聞いて、真っ先に浮かぶのが家族の顔だった。

過保護な家族は、「自分たちがアーシャを助けるんだ！」と躍起《やっき》になって、かえってアーシャに無理を強《し》いることがある。アーシャ自身も大人しいので、それを断ることができないでいた。

魔力を抑えるアイテムも、暴走状態ではあまり役に立たない。

魔力の暴走に対処するには、とにかく気持ちを落ち着かせ、時間をかけて、溜まった魔力を少しずつ発散させる他にない。

難しい方法ではないけれど――今のこの家の状況では、それがなにより難しい気がした。

「――お姉さま。お姉さまの方は、公爵家に行ったあと、どう過ごしていらっしゃったんですか？」

アーシャの体調のことで考え込んでいる私に、今度はアーシャがそう尋ねた。

「公爵は恐ろしい人だと聞いていました。……お父さまが、今頃は生きていないだろう、生きていてもきっと、見る影もないだろう……なんて、いつもわたしを脅かして……」

父にずいぶんと脅されていたらしい。いかにも不安そうな顔をして、彼女はかすかに震えた。

アーシャはその先を言わないけれど、どうせ父のことだから、「お前がそんなことにならなくてなによりだ」とか「アネッサが代わりになってくれて良かったな」とか、余計な一言を加えたのだと想像がつく。

きっと、そのせいで責任も感じているのだろう。私からの手紙も父が隠してしまい、状況もわからないまま脅され続けたら、心配になるのも無理はない。

私は彼女を勇気付けるつもりで、少し大げさなくらい明るい顔をしてみせる。

「心配いらないわ、アーシャ。屋敷の人はみんな親切だったし、ヴォルフ様――ビスハイル公爵も、噂みたいな人とは全然違うのよ。怖いこともないわけではなかったけど、アーシャのお守りもあったから。……そうだ、これ」

そう言って、私は袖に忍ばせていたブローチを取り出した。すっかりねじ曲がり、もう胸には付けられないけれど、せっかくアーシャがくれたのだからとずっと持ち歩いていたのだ。

「壊してしまってごめんなさい。でも、おかげで助かったわ。一回だけ、すごく怖いことがあって……あ！　でもすぐにヴォルフさ……ビスハイル公爵に助けてもらえたんだけど！」

だから心配しないで、と私は慌てて言葉を続ける。

アーシャを安心させたいのに、危うくわざわざ不安にさせてしまうところだった。

「ちょっと悪い使用人に騙されそうになっただけで、危ないことはそれだけだったから！　あとは本当に良くしてもらったのよ！　その人たちも今は屋敷にいないし、噂にあるような危険なことなんてなにもなくて――」

「お姉さま……！」

私の言葉を遮って、アーシャが震えながら私の手を掴む。私を見つめる顔は青ざめ、唇がわなないていた。

「ああ、なんてこと……！　お姉さま……よくぞご無事で……！」

まるで戦場帰りの兵でも迎えるような言い方だ。思いがけないアーシャの反応に、私はしばし呆けた。

——た、たしかに、獣人たちに襲われたときは怖かったけど……

結局は無事だったのだから、と思う私は楽観的すぎるのだろうか。その後はヴォルフ様とのすれ違いや告白の騒動でばたばたして、思い出すことも少なくなっていた。

あの屋敷での思い出は、獣人たちのことなど埋もれてしまうくらい、たくさんあるのだ。

「……ねえ、アーシャ、泣かないで」

私は涙ぐむアーシャの手を握り返し、今度は大げさでもなんでもなく、心から明るい笑みを浮かべた。

「心配かけてごめんね。でも、本当に良いところだったのよ。まるで、夢でも見ていたみたいに。——聞いてくれる？　私があのお屋敷で、どんな風に過ごしたのか」

それから、私は屋敷での思い出をあれこれとアーシャに話した。

森の奥深くにある屋敷。亜人の使用人たち。変わったエルフの執事に、猫の耳をしたメイドや、私と同じ年頃の、お菓子好きのメイドたち。

厨房を借りてお菓子を作ったこと、プロの料理人にお菓子作りを教えてもらう約束をしたこと、メイドたちとのお茶会が楽しかったこと、目を奪われるほどの花園を見せてもらったこと。

「アーシャにも見せたかったわ。うちの庭にある花園とは全然印象が違ってね、作り物なのに、作り物感がないというのかしら。自然な様子で、虫だけではなく鳥まで集まっていたのよ。花も見たことないものばかり――」

夢中で話をしていると、不意にアーシャがくすくすと笑った。

いつの間にか、燭台《しょくだい》にともしたろうそくがすっかり短くなっている。窓を見れば、東にあったはずの月が、いつの間にか真上に移動していた。

「ご、ごめんなさいアーシャ。私ばっかりしゃべり続けて」

話しているうちに、もう真夜中だ。眠いのに言い出せなかったのではないかと、私は申し訳ない気持ちでアーシャを見やる。

「迷惑じゃなかったかしら。退屈だったりしてない……？」

「お姉さま、楽しそう」

私の不安をよそに、アーシャは小さく笑い続けていた。そう言うアーシャ自身も楽しそうだ。

「お姉さまのそんなお顔、見たことがないわ」

「そ、そんな変な顔しているかしら……？」

「変じゃないわ。すごく嬉しそうな顔。……ブローチがあんなになっていたからびっくりしたけど……公爵家のお屋敷は、お姉さまにとっていい場所だったのね」

――嬉しそう。

その言葉に、私は思わず自分の頬を撫でた。自分で自分の表情はわからないけれど――

「うん。……そうね。そうかも」

公爵家でのことを思い出すと、いつも笑顔になる。思い出があふれて、胸が熱くなる。きっと、アーシャの言う通りなのだろう。

「お姉さまが嬉しいと、わたしも嬉しいわ。お話を聞いているだけで楽しいの。……身代わりにさせてしまって不安だったけど、お姉さまが楽しく過ごせるような場所で良かった」

「……アーシャにとっても楽しい場所だと思うわよ」

私はできるだけ表情を変えないまま、アーシャに向けてそう言った。アーシャはきょとんとした顔で、私を見て瞬《またた》いている。

「身代わりの私でも楽しかったんだもの。屋敷の人たちは、みんな『アーシャ』のことが好きなの」

――ヴォルフ様も。

きゅっとスカートの裾を握る。笑顔が崩れるのを感じて、私は無理に表情を作った。

「ビスハイル公爵は特に『アーシャ』を大切にしてくれたわ。一目見て恋をしたって、運命だとまでおっしゃっていたの。冷血なんて噂は大嘘。本当はびっくりするくらい情熱的なのよ」

「……お姉さま?」

「屋敷に来たばっかりの頃も、いきなり身代わりの私を口説こうとされて――ちょっと手が早くていらっしゃるのが心配だけど、断ればちゃんと引いてくれるから大丈夫。無《む》理《り》強《じ》いをしようとはしないはずだわ」

訝《いぶか》しむアーシャに、私はことさら明るい声を上げた。

さもなければ、きっと、泣いてしまうような気がしたのだ。

「見た目はかなり威圧感があるし、たしかに怖いところもあるけど……噂みたいに残虐でも非道でもないし、怖いばっかりではないのよ。いつも私を気遣って、助けてくれるの。実はやきもちを焼かれることもあって、あとはね、思い悩んで部屋に閉じこもってしまうような、ちょっと情けないところもあるの」

ねえアーシャ、と私は妹に呼びかける。

「私、アーシャに公爵と会ってみてほしいの。きっとあの方は、アーシャにとても優しくしてくれるわ」

アーシャは少しの間、戸惑ったように口元に手を当てた。私の顔を見て、それから私の手の中のブローチを見て、思い悩むように目を伏せる。

「……わたしには、どうかしら」

ねじれたブローチを見たまま、アーシャは小さくつぶやいた。

一度薄ら寒そうに身を震わせ、それから、なにかを振り払うように頭を振る。

「でも、そうね。お姉さまがそこまでおっしゃる方なら……一度会って、どんな方なのか確かめてみたいわ」

「ありがとう、アーシャ。そう言ってくれて良かった」

噂のせいか、アーシャはまだヴォルフ様に恐怖を抱いているようだけど、ひとまず興味を持ってくれたらしいことに、ほっと息を吐く。

ここから先、アーシャがヴォルフ様をどう思ってくれるかはわからないが、まずは顔を合わせないことにははじまらないのだ。

「アーシャがビスハイル公爵に会って、彼を気に入ってくれたら嬉しいわ。……実はね、アーシャ。私、身代わりをやめたいと思っているのよ」

「……身代わりを？」

アーシャは驚いた顔で、私の言葉を繰り返した。その顔が徐々に怯《おび》えに変わっていく。

「お姉さま、本気なの？　そんなことをしたら公爵を怒らせてしまうわ……！」

「そうね」

もちろん、ヴォルフ様はすごく怒るだろう。その後の伯爵家の未来については、身代わりをやめる決意をしてからも、何度も想像した。

嫌われるのは怖かった。その先のことも不安だった。家族や使用人たちを巻き込んでしまうことも考えた。

それでも、私の決意は変わらない。

「だけど、嘘をついているのは私たちだもの。ビスハイル公爵を誤解して、残虐非道だなんて噂を信じて、私もアーシャのためになるならと思って引き受けたけど……やっぱり間違っていたって、公爵家で暮らしていてわかったわ」

「お姉さま……」

「公爵は本気でアーシャのことが好きで、絶対に大切にしてくれるわ。結婚相手としても申し分ない相手よ。アーシャも公爵家にいた方が、今より魔力が安定すると思うわ」

この話は、ヴォルフ様とアーシャの両方にとって幸せな話だ。今のアーシャを見ていると、特にそう思う。きっとあの森の中なら、アーシャはもっとのびやかに過ごすことができるだろう。

「……わたしのことより、お姉さまは大丈夫なの？　だって、あんなに楽しそうに話していらしたのに、本当のことを打ち明けたりなんてしたら……」

「私はいいのよ」

アーシャに微笑みかけて、私は首を横に振る。

「これ以上、あの人を騙していたくないの。だから、これは私のわがままでもあるのよ」

「…………」

アーシャはしばらく無言で私を見つめた。それから、妙に腑に落ちたような顔をする。

「……お姉さま、その方のことが好きになってしまったのね」

…………

「…………えっ」

「嘘をつくのが辛くなってしまったのね。そういうことなら、ええ」

「ま、え、……えっ?」

「お父さまは反対するでしょうけど、わたしは応援するわ。そもそも、嘘をつかせてしまったのはわたしが原因だもの」

顔色は悪いまま、しかしアーシャは明るく笑い、ぐっと両手を握ってみせた。

対する私の顔は、燭台《しょくだい》の暗い光でもわかりそうなほどに上気する。

動揺にしばらく言葉を失くし、戸惑う視線がさまよい、次の言葉に悩んだあと——

「ち、違うわ！　違うのよ！」

なにも違わないのに、私は慌てて否定していた。

――い、いいえ、違わないことはないわ！　だって嘘をつくのが辛いのではなくて、アーシャとヴォルフ様のためだと思ったから！

「ヴォルフ様、じゃなくてビスハイル公爵は！　アーシャにとって本当にいい人だと思ったから！　ちょっと、笑わないで！」

否定する私を、アーシャがくすくすと笑っている。控えめな笑い方なのに、私の言葉を少しも信じていないのだとよくわかった。く、悔しい！

「ほんとにほんとなの！　公爵が本気でアーシャを想っているから、アーシャに会ってもらいたいだけなの！　すごく素敵な人なのよ！　何度も言っているけど、噂と違って優しい人で――」

続きの言葉は口にできなかった。

私たちの会話を遮るように、アーシャの部屋の扉が音を立てて開く。

「――なにが『噂と違って』だ」

ひどく険のあるその声を、私はこの家で嫌になるほど聞いてきた。――不機嫌な父の放つ声だ。

「身代わりをやめる？　代わりにアーシャに行ってこい？　なにを馬鹿なことを」

扉の前には、私を睨む父の姿があった。怒っていることは、顔を見るまでもなかった。いつもならすぐに激昂する父が、声を荒らげずに怒っている。その姿に、私は体を強張らせた。

こういうときの父は怖い。そう、子どもの頃から刷り込まれている。

「見張りから『アーシャの部屋で話し声がする』と呼び出されてきてみれば。まさかお前がそんな話を妹にするとはな、アネッサ」

ふう、と父が首を振る。彼が私に向けるのは、心底軽蔑したような目だ。

「お前から手紙が来たときから、私は嫌な予感がしていたのだ。……ふん、妹をあの化け物に売ろうとするなど、我が娘ながら見下げ果てたやつめ」

「アーシャを……売るって……？」

「自覚もないのか。どうせ公爵に洗脳でもされてきたのだろう。あの悪魔のような男なら、そういうことも平気でするに違いない」

吐き捨てるような父の言葉に、私は奥歯を噛む。

父への恐怖と、ヴォルフ様を侮辱されたことに対する怒りが、胸の中で渦巻いていた。

「だが、所詮は化け物の浅知恵だ。この私の目は誤魔化せん。私の可愛いアーシャを化け物なんぞにくれてやるものか！」

「お父様！　私は――」

恐怖よりも怒りが勝り、私は言い返そうと腰を浮かせた。

だが、それ以上立ち上がることはできなかった。アーシャの手が、私の服の裾を掴んでいたからだ。

「お父さま……お姉さま……やめて…………」

か細い声に目を向けると、胸を押さえて苦しそうに喘《あえ》ぐアーシャが目に入る。

精神的な負担、という言葉がよみがえる。私たちの争う姿に、アーシャが苦しんでいるのだ。

次の言葉を呑み込んだ私に、父が笑った。

「アネッサ、お前は女のくせに仕事ができると浮かれていたようだがな。男に簡単に騙されるあたり、底が知れるというものだ、愚か者め！」

青ざめたアーシャの姿が、父には見えていないのだろうか。彼はベッドで呻《うめ》くアーシャの前で、勝ち誇ったように声を張り上げた。

「父の判断に間違いがあるものか！　身代わりはやめさせん！　私が当主だ！　誰であろうと、私の決めたことに逆らうことは許さんぞ‼」

アーシャの前で延々と説教をされ、解放してもらえたのは空が白みはじめた頃だった。部屋を出ようとする私に、父は険しい顔のまま言った。

「わかっているな、アネッサ。私はなにも、お前が憎いわけではない。すべてお前のためを思って言っているんだ」

「……はい」

否定するとまた父の癇癪《かんしゃく》がはじまるから、私はそう答える他にない。

「お前はお前自身が思っているより頭が悪い。だから簡単に騙されるし、先のことも見通せない。身代わりをやめたらこの家がどうなるか、どうせ考えもしなかったのだろう？　だから感情的に『やめたい』なんて言い出せるんだ」

「……」

「お前は不満だろうが、あとになってみれば私の言葉の方が正しいとわかるはずだ。いいか、私は父として、可愛い娘二人を守るためにここまで言っているんだ。さもなければ、私だってこんなに長々と説教はしたくないのだぞ」

「……はい」

もう反論する気力もなかった。アーシャも憔悴《しょうすい》しきっている。

とにかく早くアーシャの部屋を出たくて、私は「はい」以外の言葉を言えずにいた。

「お前は明日、魔術医の診察を受けろ。あの化け物公爵にどんな魔法をかけられたか確認するんだ」

「はい」

「それが終わったら、家の仕事を手伝え。明日は夕方から、アーシャの回復祈願のパーティだ」

「はい。——はい？」

パーティ？　回復祈願？

聞き慣れない単語の組み合わせに、私は眉をひそめた。

どういうことかとアーシャを見ても、彼女は「聞いていない」と言いたげに首を横に振る。

父だけが一人、呑気な顔であくびをした。

「こんな無駄な手間を取らせて、本当に出来の悪い娘だ。主催者が眠い顔で出るわけにはいかないだろう。私は午後まで寝る。お前は裏方だから先に仕事をして、寝るのはそのあとにしろ」

「は……は、はい⁉」

「まったく、家長というのは苦労する。私のおかげで暮らしていけるのだということを、少しは皆にねぎらってほしいものだ」

言いたいことだけを言うと、父は戸惑う私とアーシャを残し、眠たい顔でさっさと部屋を出ていってしまった。

◆ ◆ ◆

「まったく、出来の悪い娘には苦労をさせられる」

リヴィエール伯爵はワイングラスを傾け、客人である貴族たちと笑い合った。

「仕事もできない。身代わりもできない。しかしいっぱしに親には逆らおうというのだからな。もう十八になるというのに、ああまで聞き分けがないとは。まるで赤子の子守をしている気分だ」

アーシャの回復を願うパーティは盛況だ。アーシャを妻にと望む貴族やその令息があちこちから集まり、誰もが父である伯爵に気に入られようと媚《こび》を売る。

「致し方ありませんよ、リヴィエール伯爵。貴殿の聡明さに敵《かな》う者などいないのですから」

真っ先にそう言って愛想笑いを浮かべるのは、どこぞの男爵令息だ。アーシャを嫁がせるには身分が低すぎて話にならないが、太鼓持ちとしては悪くなかった。

彼につられて、他の貴族も口々に伯爵を称賛する。

「まったくですな。なにせ、あの冷血公爵に目を付けられて、こうも見事にアーシャ嬢を守ってみせたのですからな。さすがはリヴィエール伯爵でいらっしゃる」

「伯爵の知恵にはいつも感服いたしますな。身代わりなど、我々ではとても考え付きませなんだ。おかげでこうして、麗《うるわ》しいアーシャ嬢のために乾杯もできるというものです」

――そうだろう、そうだろう。

伯爵は心地良くワインを呷《あお》り、荒い鼻息を吐く。ここには彼を褒め称《たた》える者しかいない。気分が良かった。

――やはり、私のすることは常に正しいのだ。

己《おのれ》に口答えをする者は、物知らずな馬鹿ばかりだと、伯爵は嘲笑する。

家令も、メイド長も、アネッサなんぞを褒める使用人どもも、例外なく頭が足りなかった。

だが、そんな馬鹿な連中は全員辞めさせた。今では使用人たちの誰もが伯爵を肯定し、妻も息子も彼を慕っている。アーシャは素直に言うことを聞き、こうして客寄せもできる可愛い娘だ。

出来の悪いアネッサは未だに妄言を吐いているようだが、昨晩の説教で懲《こ》りただろう。あれはすぐに増長するから、自身がどれほど不出来であるかをこれからも説き続ける必要がある。

それだけが、今の彼の悩みの種だった。

──なに、どうしようもなければ適当に嫁がせればいいだけだ。化け物のお下がりだからって構うものか。

伯爵家よりも力の弱い子爵にでも男爵にでも、強引に押し付ければいい。文句を言うなら縁を切るまでの話だ。

伯爵のやることに歯向かうような相手など、いくら縁を切っても痛くもかゆくもない。もっとも、今日のパーティを見る限り、とうてい文句が出るとも思えないが。

──ふ、ふ、些末なことだ。これが私の一番の悩みとは。

自分の悩みの小ささに、伯爵は笑った。今の彼には、あまりにも憂いがなさすぎる。

アネッサが仕事から外れたおかげで、無駄な支出も減った。

こちらを嫉妬《しっと》し、邪魔ばかりしてくる仕事相手も切り捨てた。伯爵家に取り入ろうとでも言うのか、親切ぶって口出しをする親戚とも縁を断った。

今付き合いがあるのは、伯爵の優秀さを理解する、実に有能な仲間ばかりである。

——こうも世の中が上手くいくとは。まったく、人生とは不公平なものだな。

媚《こ》びへつらう貴族たちを見回して、伯爵は満ち足りたため息を吐いた。

だが、そこへ水を差す声がする。

「ですが、本当に大丈夫なのでしょうか？　あの公爵に身代わりなどを送って、それがバレたりなどしたら……」

名も知らぬ臆病な貴族がそう言って肩を震わせた。不愉快さに、ふん、と伯爵は鼻を鳴らす。

「あんな化け物ごときに、身代わりに気付く知恵などあるわけがないだろう。半魔なんぞ、力が強いだけのただの劣等種だ。野蛮な性格ゆえに、戦争には役立つようだがな」

公爵は所詮、戦争以外に能のない兵器だ。

人間並みの知能は持たないし、よしんば並みの人間程度の知能を持っていたとしても、優秀な貴族である伯爵自身とは比べるべくもない。

「未だになにも言ってこないのがその証拠だ。一月《ひとつき》近くも傍にいて、アネッサとアーシャの区別もつかないとは。石ころも宝石も、やつにとっては同じということだ。はは、野蛮人らしい！」

「ですが……」

「くどい！　もういい、貴殿にはアーシャへの見舞いの権利はやらん！　貴殿を除いた皆の者を、アーシャの部屋へ案内しよう」

目当てのアーシャに会えると聞いて、会場がわっと盛り上がる。

娘の――ひいては己《おのれ》の人望に、伯爵は目を細めた。

◆　◆　◆

――アーシャをここに置いてはおけないわ!!

父の言う通りに魔術医の診察を受け、パーティの手配をしたあと、柱の陰から会場の様子を見ていた私は、ぞっと背筋を凍らせた。

――あの状況のアーシャにこれだけの人を会わせるって、正気なの……!?

私が公爵邸に行く前は、父はもう少しまともだったはずだ。少なくとも、病気で寝込んでいる娘の部屋に押し入り、見ず知らずの人間に会わせるような真似はしなかった。

それとも、これまでは父の暴走を周囲の人たちが止めてくれていただけなのか。メイド長も家令もいなくなり、信頼できる使用人も一掃され――そうして諫《いさ》める人々がいなくなった今の父が、本当の姿なのだろうか。

いずれにしても、父の傍にアーシャを置いてはおけない。

このままだと、アーシャの魔力を父の称賛の道具に使われるだけだ。どうにかして遠ざけなければ、アーシャは弱っていく一方である。

――でも、今のお父様がアーシャを連れ出すことを許してくれる？　私の言葉を聞いてくれる？

とてもではないが、父を説得できる自信はなかった。私は無力感に唇を噛みしめる。

これでは、身代わりの話どころではない。今の父は、私がなにを言っても耳を貸してくれないだろう。

「――なにをしているのですか、アネッサ。そんな場所でみっともない」

柱に隠れてうつむいている私に、不意に声がかけられる。

顔を上げると、眉間に皺《しわ》を寄せ、苦い顔でこちらを見る母の姿がある。横には母に連れられた弟もいて、不愉快そうに私を睨み付けていた。

「お客様が通る場所ですよ。そんなみすぼらしい格好でいては恥ずかしいでしょう。長女なのだから、マナーくらいきちんとなさい」

「お母様……！」

詰《なじ》られるのも構わず、私は母に駆け寄った。

私に父は説得できなくとも、母の言葉なら聞いてくれるかもしれない。

「お母様、お父様を止めてください！　こんな騒がしさでは、アーシャが余計に具合を悪くしてしまいます！」

「アネッサ？」

「アーシャには落ち着いた静かな場所が必要なんです！　アーシャのことが大切なら、こんなことは止めさせてください！」

「アネッサ……」

母なら、と。そう思ったのが、間違いだったのだろう。

縋《すが》るように頭を下げる私を見下ろし、母は頬に手を当てて——じわりと、涙を滲《にじ》ませた。

「ああ、お父様が言った通りでしたのね……姉が妹に、なんてこと……！」

「お母様……？」

「あなたの言う落ち着いた静かな場所、というのが公爵家なのでしょう？　自分の代わりにアーシャを悪魔のもとへ追いやろうとして、自分だけは助かろうなんて！」

母は泣きながら、私を見て「けがらわしい！」と叫ぶ。

「お父様から聞きました。あなたが公爵に騙されて、アーシャを連れ去ろうとしていることを。自分から身代わりになったのに、今になって妹を犠牲にするなんて……こんな姉がいますか！」

それ以上は言葉も継げないと言うように、母は顔を両手で覆った。

母の隣では、弟が憎しみのこもった目を私に向ける。

「お前なんて、公爵に殺されていれば良かったんだ！　アーシャ姉さまを連れていこうなんて、お前こそ悪魔じゃないか‼」

弟の指が、私をまっすぐに指し示す。罪人でも糾弾するかのように。

「なんで生きてるんだよ！　なんで戻ってきたんだよ！　お前なんかがいるから、アーシャ姉さまが辛い思いをするんだぞ‼」

「……違うわ」

出てきた声は掠《かす》れていた。首を小さく横に振る。足元がよろめき、崩れ落ちそうになる。

――どうしてそうなるの。

私はただ、アーシャを助けたいと思っているだけなのに。どうして！

「どうして私のことを信じてくれないの⁉　どうして聞いてくれないの！　アーシャのためなのよ！　ヴォルフ様はそんな人じゃないのに！」

「『ヴォルフ様』？」

私の言葉を母が聞き咎《とが》める。

はっと口を押さえた私に向けられる目は、それこそ悪魔を見るようだった。

「あなたは悪魔に魂を売り渡したのですね。あなたの無事を喜んだのに……あなたをずっと心配していたのに……あなたのためにこんなに泣いているのに！　あなたは母を裏切るのね!!」

「お母様！　私の話を聞いて！」

「聞く必要はないわ！　あなたなんて、もうわたしの娘じゃない！」

金切り声を上げ、母はその場にうずくまった。慌てて近付こうと足を踏み出す私を、しかし弟が遮る。

「お前なんていなければ良かったんだ。お前なんて死んじゃえ！　死ね!!」

頭の奥がくらりとした。死ね、という声が耳に響き続ける。

体に力が入らない。足がもつれてその場でよろめき、受け身も取れずに倒れた。

頭を変な場所にでもぶつけたのだろうか。それとも、昨日からの寝不足のせいだろうか。母の泣き声と、弟の罵声《ばせい》が遠くなっていく。

私はそのまま、意識が薄れるのを感じた。

「――まだ身代わりをやめることを諦めていなかったのか」

埃《ほこり》くさい私の部屋の中。目覚めた私に、開口一番に父が言った。

「どれほど言葉を尽くして説得しても無意味だったようだな。ここまで頭が悪いとは思わなかった」

まだ、意識がぼんやりとしていた。

なにがあったのかを思い出すのに、しばらく時間がかかる。

あるいは単に、思い出したくないだけなのかもしれない。

「このままお前を公爵のもとに戻すわけにはいかない。どうせお前のことだ、勝手なことを言うつもりだろう」

――お父様……。

そう呼ぶ声は出なかった。

母の言葉が――私を家族として拒絶する言葉が、頭の中に残っている。

「公爵には、お前が体調を崩して戻ることができない旨、私から手紙を出してやろう。どうせあの化け物だ、疑うまいよ。見舞いにも来ないだろう、人間の心なんざ持ってはいないのだからな」

「………」

「しばらくお前は家のことに徹《てっ》しろ。頭が冷えれば、少しは私の言うことも理解するだろう。——私の言うことがどれほど正しく、お前がどれほど馬鹿なことを言っているのかをな」

反論をする気力はなかった。どうせ、聞いてはくれないのだ。誰も、私の言葉を信じない。

「わかったな、アネッサ」

「…………はい」

私が頷くのを見ると、父はふん、と鼻を鳴らして部屋を出ていった。

扉が閉まれば、部屋には私一人きりだ。水を飲もうと水差しを手に取り、空《から》であることに気が付いて、思わず笑ってしまった。この屋敷には、私のために水を換えてくれる人なんていないのだ。

——公爵家にいたときの悪い癖だわ。

あそこでは毎朝新しい水があったから、伯爵家での過ごし方をすっかり忘れてしまっていた。

倒れたら誰かが看病してくれて、起きたら誰かが傍にいて——

『アーシャ嬢』

私を見て、気遣って、話を聞いてくれた人は、もういないんだ。

——だって私はアーシャじゃないもの。

ははは、と笑って、笑って、笑い声が途切れる。

うつむいた目の前がぼやけて、笑い声の代わりに嗚咽《おえつ》が漏れた。

シーツを両手で握りしめ、私は奥歯を噛みしめる。

それでも堪《こら》えきれずぽとぽとと落ちた涙が、シーツの上を濡らしていた。


一晩泣き明かした、翌日の朝、私はベッドの中で今後のことを考えていた。

頭は冴えている。気が済むまで泣いたおかげか、少し気も楽になっていた。

そして、すっかり諦めも付いていた。

——説得するのは無理だわ。

私がなにを言っても聞いてくれないだろうということは、昨日の一件でよくわかった。

父にとって私は馬鹿な娘であり、父に言いくるめられた母と弟にとっては、私こそが悪役だ。

ここで言葉を尽くしたところで、言えば言うほど私の立場が悪くなっていくだろう。

問題は、身代わりの件とアーシャの件だ。

身代わりの件は、できれば家族に納得してもらって身の振り方を決めてから、ヴォルフ様にすべてを明かしたかった。

だが、こうなってはもう不可能だ。伯爵家を潰すことになっても真実を告げたい、という私の気持ちを、家族が少しでも理解してくれることはないだろう。

それから、アーシャの件について。

アーシャは、間違いなくこの家から遠ざけた方がいい。無理矢理にでも家族から引き離さなければ、取り返しのつかないことになる。

だけどあの子は体が弱いから、ただ逃げるだけではいけない。逃げた先でも暮らしていけるように、きちんとした家で、医者や魔術師を呼べる環境に置いてやる必要がある。

親戚は駄目だ。父がほとんど縁を切ってしまっているし、今も付き合いがある家は父と懇意《こんい》で、簡単に連れ戻されてしまう。

アーシャを預けるなら、医者や魔術師を呼べるくらいに裕福で、父が手を出せないような――伯爵家よりも身分の高い人のもとでなければならない。

――裕福で、身分が高くて……アーシャを受け入れてくれる場所。

思い当たる場所が一つだけあった。

身代わりの解消も、アーシャのことも、一気に解決できる場所。

――ヴォルフ様。

縋《すが》るようにシーツを握り、私はうつむいた。

身勝手だろうか。あまりにも都合の良い考えではないだろうか。

……頼ってもいいのだろうか。私が騙してしまった、あの人を。

「…………」

――……迷っている暇はないわ。

ためらい、恐れる心を押し込める。奥歯を強く噛みしめると、覚悟を決めて顔を上げた。

ヴォルフ様を頼るのだとすれば、一刻も早く彼に面会し、本当のことを話す必要がある。

アーシャの体調のためだけではない。

父が、私の代わりに公爵家へ手紙を出すと言ったのだ。体調を崩して戻れない旨を伝える、と言っていたけれど、それだけで済むとは思えない。きっと、あることないことを書き連ねて私の言葉を聞かないように吹き込むつもりだろう。

ならば手紙が届く前に、私の口から本当のことを伝えなければならない。

――図々しいわ。騙しておいて、今度は助けてほしいだなんて。

ヴォルフ様に私の頼みを聞く理由はない。たとえアーシャのことだろうと、見捨てられてしまうかも知れない。

彼が冷たく拒む姿を想像するだけでも、震えてしまう。

迷惑だろう。厄介な話だろう。面倒なことになったと思われてしまうだろう。

それでも。

――頼るのなら。……頼っても許されるなら、私は。

頭に浮かぶのは、私を見て目を細める彼の姿だった。

――私は、ヴォルフ様を頼りたい。

他の誰でもない。彼の手でアーシャを――私たちを救ってほしかった。

――……うん！

ぱちん、と私は両手で自分の頬を叩く。

やることは決まった。私は一刻も早くここを出て、公爵邸に向かう。そこでヴォルフ様に会って、身代わりのことを話して、本物のアーシャが危険な状態であることを伝えるのだ。

上手くいくかどうかは、今は悩まない。とにかく公爵邸に行かないことにははじまらないのだ。

――そうと決まれば……！

必要なのは、移動手段と、お金である。

「――そういうわけで、お金を貸してほしいの」

深夜、家族が寝静まった時間帯。アーシャの部屋に忍び込んだ私は、恥を忍んで頭を下げた。

「公爵家からお借りした馬車はもう帰ってしまったし、私はお金もほとんど持っていなくて……」

公爵邸までは、馬車で急いでも三、四日ほど。徒歩で向かうのは現実的ではなかった。馬車を雇うには、当然ながらお金がかかる。

だけど、父がそうと知って私にお金を貸してくれるはずがなかった。せめて宝飾品でもあれば売って路銀にできるだろうが、ろくに服すら買ってもらえない私が、そんなものを持っているはずがない。

それで思い浮かんだのがアーシャだった。恥ずかしいけれど、私がこの家でお金を借りられる相手なんて、他に誰もいないのだ。

「急な話でごめんなさい。アーシャの魔力も不安定なときに、こんなことを頼むのは申し訳ないのだけど。……お願いできないかしら」

一通り事情を話して頭を下げたあと、私は恐る恐るアーシャを見た。

彼女はベッドに半身を起こし、呆気にとられた顔でぱちぱちと瞬《まばた》きを繰り返している。

いきなり夜に忍び込んで、家を出るからお金を貸してほしいなんて言われれば、誰だって戸惑うだろう。仮にも伯爵家の娘である私は、一人で遠出した経験もない。無茶だと反対されても当然だ。

あるいはもっと単純に、私の考えに反対なのかもしれない。

アーシャは私と違って、家族との仲が悪いわけではない。伯爵家を潰しかねない私の行動は、彼女にとっては不本意ということもあり得る。

――難しいかしら……

不安に駆られる私を、アーシャはしばらくの間、無言で眺めていた。

月明かりに照らされた静かな部屋の中、沈黙だけが流れる。

このまま時が止まるのではないかと思った頃――不意に、アーシャが笑い出した。

「そんな深刻なお顔をされて、なにかと思ったわ。ええ、わたしがお役に立てるのであれば、いくらでも」

「……アーシャ、いいの？　あの、私、返す当てはあまりなくて」

おそらく、今日この家を出たあと、私はもう二度と戻ってくることはできない。

身代わりの告白をすれば伯爵家は取り潰されるだろうし、万が一ヴォルフ様の温情で残ったとしても、父が私を受け入れるはずがないのだ。

そうなれば、私は一人、市井《しせい》で生きていくことになる。手に職のない私が、宝石を買い戻せるほどの生活ができるとは思えなかった。

「いいのよ、お姉さま。わたしもお金はないから、指輪とかネックレスになるけれど……それで良ければ、お姉さまの好きなだけ持っていってください。わたしには、もう必要ないもの」

いつになく明るい声でそう言うと、アーシャは笑いながら、笑いすぎたかのように目の端をぬぐった。

その明るさに、私はかえって困惑する。こんなに笑うアーシャは久しぶりに見た。

「返してくださらなくても大丈夫。お姉さまの役に立てるならなによりだわ。……でも、そうね。お姉さま、代わりにわたしのお願いを聞いてくれます？」

「お願い？」

首を傾げる私に、アーシャは「ふふ」と目を細めた。

それから、立ったままの私を手招きする。

「お姉さま、手を握ってくださる？」

ベッドに近寄る私に、アーシャは自分の手を差し出した。

細くて白くて――不健康なまでに痩《や》せた手だ。

「……アーシャ？」

戸惑う私の手を、アーシャが強引に握る。その力の弱々しさに、私ははっとした。

「お元気で、お姉さま。ずっと応援しているわ」

アーシャの手を握り返すこともできず、呆然とする。

指に伝わるのは、骨ばって、冷たくて――折れそうなほど、細い指の感触だ。

アーシャは笑っていた。笑いすぎた目尻が濡れている。まるで、泣いているように
「お姉さま――きゃっ」

小さな悲鳴も聞かず、私はアーシャの体を抱きしめた。強く抱くのが怖くて、私はそっと、優しく腕を回す。

「待ってて。大丈夫、きっとすぐに迎えに来るから……!」

アーシャの体は、手と同じくひどく痩《や》せていた。呼吸の音さえ弱々しく、今にも消えてしまいそうな気がした。

その不安をかき消すように、私は同じ言葉を繰り返す。

「大丈夫だから……!」

「お姉さまが泣いてしまってどうするの」

くすくすと笑いながら、アーシャは私の体を抱き返した。

私の背中を叩いて、撫でて――それから、かすかに声を震わせて、囁《ささや》いた。

「さようなら、お姉さま――きっと幸せになって」

◆
◆
◆

――ああくそ！　なんで俺がこんなことを！

書類の束を投げ出して、ヴォルフはイライラと頭をかいた。

面倒な領地の管理に、面倒な伯父との交渉。以前と違って使用人も適当に雇うわけにはいかなくなり、書類ばかりが増えていく。

こんな手間暇をかけなくとも、金なんていくらでも――殺して奪えば容易《たやす》く手に入る。

あるいはヴォルフが『他国に行く』とでも言えば、国王である伯父は引き留めるための金を惜しまないだろう。

だが、そうやって得た金を彼女に渡すのは、あまりにも――

――格好悪すぎる。

ヴォルフは苦々しく息を吐き出した。

見栄を張る自分が情けない。しかし張らずにはいられない。どれほど面倒でも、彼女の前では真っ当な公爵らしい顔をしていたいのだ。

――あの小娘、よくも俺をこんな目に……！

自分で投げた書類を拾い上げ、ヴォルフは何日も前に出ていった彼女のことを思い返す。

今頃なにをしているだろうか。伯爵家では、どうやって暮らしているだろうか。

彼女の近況が気になって仕方がないが、今の彼にそれを知る手段はなかった。

――伯爵領に戻って以降、手紙の一つも寄越さないとは。

公爵家を出たのち、伯爵領に戻ったという報告を最後に彼女からの手紙は途絶えていた。

今さら彼女が逃げ出したなどとは思わない。だが、様子がわからないと落ち着かないものだ。

いい加減焦《じ》れて、こちらから手紙を出そうか――と考える自分自身に、ヴォルフは苛立っていた。

――戻ってきたら覚えていろよ。

慣れない仕事と彼女の不在で、どれほど鬱憤《うっぷん》が溜まっているのかを、早く思い知らせたくてたまらなかった。

――アーシャ。

頭の中で名前を呼べば、不本意にも頬が緩む。自分が今どんな表情をしているのか、ヴォルフ自身にもわからなかった。

――いつ戻ってくるだろうか。あとどれくらいで戻ってくるだろうか。

帰ってきた彼女の姿を見たら、冷静でいられる自信がない。きっとすぐにでも捕まえてしまうだろう。どこにも行かないように抱きしめて――

――早く。

キスして脱がして犯《おか》して嬲《なぶ》って犯《おか》して嬲《なぶ》って抉《えぐ》って刻んで傷付けて泣かせて泣かせて泣け泣け泣け泣け泣け泣け泣き喚け!!

――早く、会いたい。

愛しさの中にある、底なし沼のように淫靡《いんび》で邪悪なその笑みに、彼自身さえ気が付いていない。

ふと、コンコンと扉を叩く音で、ヴォルフは我に返った。

すぐに表情を取り繕《つくろ》い、入室の許可を告げる。

「失礼します、ヴォルフ様。ご報告が」

「……手短にしろ。俺は今忙しい」

どうせまた、領地に関することで伯父がごちゃごちゃ言っているのだろう。

兵器であるヴォルフを国に留めたいからか、あるいは罪悪感でも抱いているのか、伯父はやたらとヴォルフの世話を焼きたがっていた。領地を自分で動かすと決めた今、てっきり国からの反発があるかと思いきや、かえってあれやこれやと人や土地を押し付けられている状態だった。

今回もそんなところだろう――と書類を眺めつつ聞き流していたが。

「アーシャ様についてなのですが」

その名前を聞いた途端、ヴォルフは書類から顔を上げ、シメオンの声に振り返る。

あまりにわかりやすい彼の態度に忠実な執事が思わず噴き出したことも、今は気にならなかった。

「アーシャがどうかしたのか？」

ヴォルフの問いかけにシメオンはスッと表情を戻し、わずかに苦く眉根を寄せた。

良い報告ではないのだと、ヴォルフはすぐに察した。嫌な予感がする。

「ヴォルフ様のご命令でリヴィエール伯爵家のことを調べていたのですが……これが、どうにも妙でして――」

第五章　私の居場所

ボロボロの靴に、擦《す》り切れたスカート。ほつれた袖を見て、私は息を一つ吐き出した。

ビスハイル公爵領に入ってから雇った壊れかけの馬車は、今ようやく、見覚えのある森の中を走っていた。

ここまで来るのに、ずいぶんと時間がかかった。急げば三、四日という道のりを、私はその倍以上もかけて移動していた。

不慣れな旅は失敗の連続だった。物の値段も宿の選び方も知らない私は、これでも貴族だったのだと思い知らされた。何度もお金を騙し取られそうになり、実際に騙されたこともあった。

旅の間に路銀は尽きていた。今残っているのは、潰れた銀のブローチだけだ。

目立つドレスは売って、庶民の着るようなワンピースに着替えていた。

動きにくい靴も捨てて旅人が履くような靴を履き、歩いて町を移動したこともあった。

――それでも、やっと。

車輪が歪《ゆが》んだ安い馬車の中、私は窓の外に目を向ける。見えるのは、視界を覆い尽くす深い森だ。

——やっと。

懐かしい鬱蒼《うっそう》とした森の色を、私は感慨深く見上げた。何度も屋敷からこの森を眺めた。馬車で通るのも、これで三度目だ。

初めて屋敷に来たときとは違う意味で、私は緊張に手を握り合わせた。

——やっと、ここまで来た。

あと数時間ほどで、馬車は公爵邸にたどり着く。私が公爵邸に向かっていることは、道中に手紙で知らせてあった。だからきっと、公爵邸の人たちは私を迎えてくれるだろう。ボロボロの私でも迎え入れて、どうしたのかと驚いて……それでも、話を聞いてくれるはずだ。

ヴォルフ様なら、きっと——

——アーシャ。

私は継ぎだらけのスカートを握りしめた。

馬車が進むほどに、期待が胸の中で大きくなる。不安も頭をよぎるけれど、それ以上にヴォルフ様を信じたかった。それだけを頼りに、私は折れずにここまで来ることができたのだ。

祈るように顔を上げ、私は遠く、かすかに見える屋敷の影を見つめた。

――アーシャ、これで助かる。助かるのよ……！

きっとヴォルフ様が助けてくれるから――！


「――おかえり、アーシャ嬢」

屋敷に入ってすぐ、私は笑みを含んだ声に迎えられた。

公爵邸の玄関ホールには、使用人たちが整然と並んでいる。まるで私を待っていたかのように、足を踏み入れた瞬間に、彼らは一糸乱れぬ動きで頭を下げた。

その使用人たちの間から、一人の男の人が悠然と前に歩み出る。

長い青銀の髪に、美貌を隠す冷たい仮面。誰よりも会いたかったその人の姿に、私は喜びもなく息を呑んだ。

仮面の奥、ヴォルフ様の目が薄く細められる。その目の色に、私は動くことさえできなくなった。

威圧感が肌を刺す。歓迎されていないことは、張り詰めた空気が告げていた。

口をつぐみ立ち尽くす私の前で、ヴォルフ様がゆっくりと足を止める。美しい唇は弧を描き、かすかな笑みを湛《たた》えていた。

「君の帰りを、今か今かと待ち侘《わ》びていた。俺の気持ちをわかってくれるだろうか、アーシャ嬢」

そう言ってから、彼はすぐに「いや」と短く否定した。

「――アネッサ。君のことは、そう呼んだ方がいいのかな？」

私を映す瞳には、これまで何度も私に向けてくれた熱はなかった。

底なしの闇のように暗く、凍《い》て付くほどに冷たいヴォルフ様の目には――ただ、深い怒りだけが満ちている。

――……あ。

頭の奥が暗くなっていく。なにもかも終わったのだと、私は理屈ではなく理解した。

バレてしまった。私から明かすよりも先に、ヴォルフ様自身が私の正体を知ってしまった。その結果が、今の彼だ。

弁明の言葉など無意味だ。言い訳の余地は存在しない。彼は私の言葉を聞きはしない。

ヴォルフ様の纏《まと》う冷たさが、私にそう悟らせる。

「君は勇敢な娘だ、アネッサ。俺を見事に騙しきったのに、また戻ってくるとは驚いた」

信じられないくらいに穏やかな声で言うと、ヴォルフ様は笑顔のまま、ゆっくりと足を踏み出した。

「俺を騙すのは楽しかったか？　達成感があるだろう？　君はよくやった。ああ、俺も見事に騙された。だが――」

その足の動き一つに体が震える。恐怖が私の足から力を奪い、私はその場にへたりと崩れ落ちた。腰が抜けて立ち上がれない。頭が重たく、がくりとうなだれたまま、顔を上げることすらできない。

だけど逃げなければ、と本能が叫んでいる。相手はヴォルフ様で、ずっとずっと会いたいと思っていた相手なのに、頭の奥が警鐘を鳴らし続けている。

足音を立てて近付いてくるのは、恐怖そのものだ。

逃げないと、逃げろ、さもなければ――

待っているのは絶望だ。

カツン、と踵を鳴らして、ヴォルフ様が私の前で立ち止まる。

うつむいたまま視線だけを上に向け、私はどうにか彼の様子を窺《うかが》い見た。

彼の姿を見るのは怖く、だけど目を逸らすことはもっと怖かった。

「君は、正体がバレたあとのことは考えていたか？　これでも一応は公爵だ。伯爵家に騙されたと知って、黙って見逃すわけにはいかない」

ヴォルフ様の声は静かだ。決して声を荒らげず、落ち着いているが、それでいて、一言一言に震えるほどの寒気を感じる。

「君は妹である本物の『アーシャ』に成り代わり、『アーシャ』を名乗って俺を騙した。『アーシャ』として結婚の話を進めさせ、俺に告白し、その気にさせて弄《もてあそ》んだ。……なにか、言い訳をすることはあるか？」

言い訳はなにもできなかった。

恐怖で声が出ない、というだけではない。事実として、彼の告げたことがすべてだった。私は嘘をつき、ヴォルフ様を騙していた。そのことは、どうやっても否定できない。

ふ、と笑うような息が頭上から聞こえた。

「ここを出る前に言った言葉を覚えているか？」

腰を抜かし、立ち上がることのできない私の前に、ヴォルフ様が膝を折る。

彼は、顔の高さを合わせて私を見据えた。その顔に浮かぶのは、相変わらず微笑みだ。深い深い藍色の、底抜けに暗い闇のような瞳が、私を捉えている。

「どんな目に遭《あ》っても後悔するな、と。俺はそう言ったはずだ」

覚えている。たしかに彼はそう言って、私はそれを受け入れた。

あのときは、自分から真実を告白するつもりだったのだ。せめてあの場で、自分の口で伝えておけば良かった――そう後悔しても、もう遅い。

「ならば――約束を果たしてもらおうか、アネッサ」

恐怖《ヴォルフ様》が目を細め、私に手を伸ばす。長い指先が、私に触れる――その、直前。

誰かの手が、ヴォルフ様から引きはがすように、背後から私の肩を引っ張った。

「――お、お待ちください……にゃ！」

私の肩に触れる手が震えている。声は怯《おび》え、強張っていた。だけど逃げることなく、ヴォルフ様に向けて言葉を続ける。

「え、え、えええと、アーシャ様――じゃなくて、アネッサ様は長旅でお疲れですから！　一度お休みいただいた方がいいと思いますにゃ！」

呆然としていた私の目は、無意識に背後の声に向かった。

ぺたりと倒れた黒い耳。体に巻き付く怯《おび》えた尻尾。恐怖に青ざめながらも――ロロは私の肩を掴んで自分の方へ引き寄せ、ヴォルフ様を見上げている。

「下がれ。お前とは話をしていない」

彼はロロに見向きもせず、体を押しのけようとする。

しかし、それよりも早く、使用人たちの間から別の少女たちが駆けてきた。

「お、お召し物も替えないといけませんし！」

「御髪《おぐし》も乱れて、と、整えて差し上げないと！」

「お化粧も……されていらっしゃらないんですね⁉　こ、こんな姿でご主人様の前に立っていただくわけにはまいりません！」

口々に言うのは、この屋敷で私と仲良くしてくれたメイドたちだ。彼女たちは私を守るように取り囲み、決死の顔をヴォルフ様に向けていた。

「聞こえなかったか？　下がれと言っているんだ」

その様子を、ヴォルフ様は不快そうに見下ろすだけだ。偽りの笑みさえも消えた、一切感情のない表情を前に、メイドたちがぎゅっと私の体を掴む。

それでも傍を離れずにいてくれる彼女たちに、私は震える唇を噛んだ。

……巻き込んでしまうわ。

このままでは、彼女たちまでヴォルフ様の怒りを買ってしまう。恐怖を押して、私をかばってくれた子たちを、巻き添えにしたくはない。

――立ち上がらないと……！

私は大丈夫だから――そう言って、みんなに下がってもらわないと。私一人を罰するようにと、ヴォルフ様に言わないと。

私は怯《おび》える心を呑み込み、ヴォルフ様を見上げる。

だが、顔を上げた私の目に映ったのは、ヴォルフ様の姿ではなかった。

「……一度、お休みいただきましょう、ヴォルフ様。このメイドの言う通りです」

目の前にあるのは、ヴォルフ様よりも少し背の高い、細くしなやかなシメオンさんの背だった。

膝を折っていたヴォルフ様が立ち上がる。冷たい目が、今度はシメオンさんに向かった。

「忠実な執事ではなかったのか、シメオン。お前も俺を邪魔するのか」

「ヴォルフ様のためにも、そうした方が良いとの判断です」

シメオンさんは怯《ひる》まなかった。私を背にかばいながら彼はヴォルフ様と睨み合う。

二人の間を、凍て付《い》く風が吹き抜けた。背後の扉は、閉じているはずなのに。

「アネッサ様には、まずは部屋で落ち着いていただきましょう。公爵家の執事として、客人に無理強《むりじ》いをさせるわけにはいきません。……ロロ、アネッサ様を案内しろ」

「にゃ、にゃあ……?」

私もメイドたちも、状況を呑み込めていなかった。

誰も動き出せない中、風だけが強くなっていく。睨み合う二人を中心に、玄関ホールを風が音を立てて渦巻いた。

屋内に吹く、肌を刺すような風の感触に、私は心当たりがあった。

私が伯爵家に戻って、最初にアーシャに会ったときの――

――魔力が暴走していたとき、部屋で渦巻いていた風！

そのことに気が付くと同時に、シメオンさんが叫んだ。

「早く行きなさい！」

「にゃ！」

ロロははっとした様子で返事をすると、まだ足に力の入らない私の手を引いた。

走り出した私の背後で、弾けたように魔力の嵐が吹き荒れる。


以前私が使っていた部屋に逃げたあと、少し遅れてシメオンさんも駆け込んできた。

苦々しい顔で部屋の扉に手を当てて一言二言つぶやくと、また一つ風が吹く。

「……ひとまず、この部屋の中にいれば安心です。部屋全体に隠蔽《いんぺい》の魔法をかけましたから、ヴォルフ様の目にはこの部屋が見えないはずです」

疲れたように扉に背を預け、シメオンさんは長い息を吐き出した。

それから、部屋の椅子に呆然と座り込む私を見て、重たく頭を振る。

「本当に……なんてことをしてしまったのですか、あなたは」

「……すみません」

まだ恐怖の余韻が残る中、私は、どうにか短い言葉を伝えた。

他にいろいろ言うべきことはあるだろうに、頭の中がぐちゃぐちゃで言葉にならない。

「……ああ、いえ。良くない言い方でした。リヴィエール伯爵家の状況は、一応こちらでも把握しています」

――伯爵家の。

私は両手でスカートを握りしめる。

うつむいた私に、シメオンさんがどんな表情を向けているのかはわからない。

「あなたが本当はアネッサ様で、本物のアーシャ様の姉君でいらっしゃること。ご家族の中でのお立場と、妹君の身代わりとしてこの屋敷に来ることを、断れる立場ではなかったということも」

「……」

「ヴォルフ様もこれは知っています。同情はいたしますが……正直なところ、ヴォルフ様にとって、あなたの家庭の事情なんてたいして意味はないのですよ」

シメオンさんが一度言葉を切る。

私を見ているのだろう、とはわかるけど、顔を上げることができなかった。

「意味があるのは、あなたがヴォルフ様を騙していたという事実だけです。あの方は魔族の血が濃く、人間らしい感情をほとんど持っていませんでした。その分、反動も大きい」

シメオンさんの声は淡々としていて、怒りも呆れも感じられない。なのに、どうしてか責められているような気がしてしまう。

──ヴォルフ様……

彼から離れ、息もできないほどの恐怖が遠ざかれば、代わりにこみ上げるのは突き刺すような罪悪感だ。

「心を知らないあの方が、初めての恋をした相手に裏切られたのです。今のヴォルフ様に、理屈なんて通じませんよ。……あの方の頭が冷えるまでは、この部屋から出ない方が良いでしょうね」

──初めての。

そうだったんだ、と私は心の中でつぶやく。それほど、好きだったんだ。

──それを私が裏切ったんだ。

私の事情なんて関係ない。ヴォルフ様にとっては当然だ。

だって、どんなきっかけであれ、彼を騙し続けていたのは私自身なのだ。

「謝らないと……私……！」

無意識に椅子から腰が浮く。口から出たのは、掠《かす》れた声だった。

「どんな罰も受けて当たり前だわ。なのに私……！」

怖くて、ヴォルフ様の前で言葉を発することもできなかった。

どんな目に遭《あ》ってもいいと約束したはずなのに、私にはその覚悟さえもなかったのだ。

「せっかく守ってくれたのにごめんなさい。でも私、ヴォルフ様に会って、謝ってきます！」

慌てて立ち上がり、部屋を出ようとする私の肩を、シメオンさんが掴む。

「この部屋から出ない方がいい、と言いましたでしょう！」

女性的な見た目とは裏腹に、彼の力は強い。振り払おうとしてもびくともしなかった。

「今のヴォルフ様は、そういう状態ではありません！　誠心誠意の謝罪なんか、通用するはずがないんですよ！」

「でも！」

「あなたもヴォルフ様のご様子は見たでしょう！　今あの方の前に出るのは、誠意でもなんでもない、ただ無謀なだけです！」

シメオンさんの怒声に、私はびくりと肩を震わせた。

彼の言葉は正論だ。今のヴォルフ様に声が届かないだろうことは、私にもわかっている。

――でも、でも……！

そうとわかっても、私のぐちゃぐちゃの頭が「でも」を繰り返す。後悔と罪悪感と、よくわからない感情がないまぜになって、思考を塗り潰すような焦燥感が生まれていた。

――でも、私も理屈じゃないの！

「無謀でも、謝りたいんです！　たとえそれで、どんなお叱りを受けても！」

「……『お叱り』で済むとお思いですか？」

激昂する私に、シメオンさんは奇妙なくらい静かにそう告げた。

あまりに冷たく突き刺すようなその声が、無我夢中の私の足さえ止めさせる。

「叱られるだけで終わると、本当に思っておいでですか？」

思わない、と答えることはできなかった。

少し前に見たばかりのヴォルフ様を思い出し、知らず体が震えている。

ヴォルフ様が怖い人であることは、紛れもない事実だった。戦争で多くの人を手にかけたことは有名だ。私自身、彼の威圧感に何度も死を覚悟した。使用人の『処理』も知っている。それらについてなんとも思わない、と彼自身が言っている。

ヴォルフ様が優しいのは『アーシャ』にだけ。『アネッサ』の私がどうなるか、考えるまでもない。

「……私……殺されてしまうんです？」

ぎゅっと両手を握る私を見下ろし、シメオンさんは重いため息を吐いた。

「……殺されないですよ、あなたなら」

その言葉に、私を安心させようという響きはない。金の瞳が、どこか憐れむように私を見据えていた。

「死ねた方が、よほどマシですよ」

脅しも誇張もなく淡々と告げる彼の言葉に、膝から力が抜けていく。

彼の言葉が紛れもない真実であるのだと、私は奇妙なほどあっさりと理解した。

それがヴォルフ様なのだ。それが、魔族の血を引くということなのだ。

心から謝れば、せめて言葉だけでも聞いてもらえれば。私が罰を受けてもいいから、せめてアーシャのことだけは――

なんて、甘い考えが通用する相手ではないのだ。

「ヴォルフ様のために、私もあなたを失いたくはないのです。ヴォルフ様には私が対応するので、どうか今は、ここでお待ちください」

シメオンさんの言葉に、私は頷く他になかった。抵抗してまで外に出ようとしていた気持ちはすっかり失せ、疲れだけが体を満たしている。

腰の抜けた私を立ち上がらせると、シメオンさんは椅子に座らせてくれた。

それから、私がここに至るまでの話を聞き、苦々しくため息を吐く。

「――本物のアーシャ様を保護してほしい、と。まあ、私の方で留意はしておきましょう。……ですが、今のヴォルフ様の状況では、期待しない方がよろしいかと」

シメオンさんの反応は芳《かんば》しくない。本物のアーシャのことだというのに、たいして関心を寄せた様子もなく、彼は首を振る。

「まずはヴォルフ様の気を落ち着けることが先決です。今はアネッサ様のお姿を見て血が上ってしまっていますが……とにかく、冷静になっていただくしかありません」

「はい……」

私は力なく頷いた。屋敷に来るまで抱き続けていた希望は失せ、今は顔を上げることもできず、ただボロボロになった靴のつま先を見つめる。

「なるべくこの部屋でお過ごしいただきたいですが、もしも部屋を出たいときは私にお申し付けください。身を隠す魔法を張りますので」

「はい。……すみません、お世話になります」

「いえ。ヴォルフ様のためですから」

――ヴォルフ様のため。

シメオンさんは何度もそう言うけど、偽者《私》を守ることがヴォルフ様のためになるとは思えなかった。私が騙し、怒らせて、ヴォルフ様にも公爵家の人たちにも迷惑をかけてしまったのだ。

――私のせいで。

伯爵家でも公爵家でも、なにもできないどころか状況を悪化させてばかりだ。

必死になればなるだけ周りに迷惑をかけるなんて、まるで疫病神である。

――私なんか。

自分への嫌悪感に、頭の奥が濁っていく。目の前が暗く、つま先さえもよく見えない。

「仮面を外していないあたり、まだ理性は残っているはずです。とりあえずは、話ができる状態になるまで待ちましょう」

「……はい」

それ以外になにも言えない私に、シメオンさんは再びため息を吐いた。

私と話すべきことは、これで終わったのだろう。彼はメイドたちに一言二言告げると、一礼して部屋を出た。そのメイドたちも、いつの間にか部屋からいなくなっている。

一人になった部屋の中で、私は座り込んだ椅子の上から、ずっと動けずにいた。

声も出せず、息をするのも苦しく、頭を上げることも辛かった。

頭に浮かぶのは後悔だった。数え切れない後悔が、ぐるぐると渦を巻き続けている。

──私なんかが。

身代わりをしなければ良かった。告白をしなければ良かった。伯爵家に戻る前に、本当のことを告げていれば良かった。伯爵家を離れなければ良かった。アーシャに期待を持たせるようなことを言わなければ良かった。せめて、アーシャの傍にいてあげれば良かったのに。

考えれば考えるほどに、後悔が増していく。締め付けられるような自己嫌悪に、私は小さく嗚咽《おえつ》を漏らした。

──私は、なんのためにここにいるんだろう。

ずっと戻りたいと願い続けてきた公爵家の、懐かしい部屋の中で、私は一人目を閉じる。穏やかな日々。明るいメイドたちの声。ノックもなしに扉を開け、いきなり入ってくるヴォルフ様の姿が、今は遠い。

『アーシャ嬢』

低く、だけど熱っぽく呼んでくれた彼の姿が思い出せない。底冷えのする声で、私を『アネッサ』と呼ぶ姿に塗り替えられていく。

頭に後悔が満ちる。それは、一番したくない後悔だった。

「……公爵家《こここ》に、戻ってこなければ良かった」

堪《こら》えきれない涙が目からあふれる。あふれてあふれて、乱暴にぬぐって、それでもまだ泣いて。

誰もいない部屋でたった一人、夜が明けるまで泣いても——

いつもみたいに、スッキリしてくれることはなかった。

◆　◆　◆

彼女のことが好きだった。

小さな手も、赤い髪も、すぐに赤くなる頬も。怯《おび》えながらも恐れず、隣にいてくれる彼女が好きで好きで仕方がなかった。

気持ちを自覚し、想いを告げてからの時間は短かったが、ヴォルフはたしかに幸せだった。

たわいない会話が楽しかった。彼女と過ごす時間が好きだった。肌を合わせなくても体をつなげなくても、手を握るだけで満ち足りていた。

あの瞬間。

彼女はずっと嘘をついていたのだ。

――どうして。

灯《あか》りが消えた暗い部屋の中、ヴォルフは机の上に目を落とした。乱雑に散らばっているのは、彼女のために真っ当であろうと、人間らしく集めた無数の書類だ。

領地のこと、屋敷の管理のこと、使用人の資料と――進めていた結婚の準備。

机の上に手を置いて、彼は書類の束をぐしゃりと握り潰す。

目の奥が熱くなるのは、彼にとって初めての経験だった。

――どうして言ってくれなかった。

偽者であると、一言告げてくれれば良かった。きっと咎《とが》めはしなかっただろう。明かしてくれたことを喜び、受け入れたはずだ。

――どうして黙っていた。

想いを告げたとき、告げられたとき、互いに同じ気持ちだと知ったとき。口にする機会はいくらでもあった。

――どうして……。

彼女の事情はヴォルフも聞いている。彼女は単に、リヴィエール伯爵によって生贄役を押し付けられただけ。化け物屋敷を恐れ、逃げた妹の身代わりにされただけだった。

思い悩む姿を、ヴォルフはずっと見てきた。ヴォルフに惹かれ、頬を染め、だけどふとした瞬間に、妙に辛そうな顔をする。その理由が、今ならよくわかる。

彼女は身代わりでいることに苦しみ、思い詰めていたのだ。

——だったら、どうして！

内心でヴォルフは叫ぶ。口から漏れるのは、熱を持った呼気だった。

——どうして、俺を頼ってくれなかった‼

彼女を悩ませる連中を、ヴォルフはみんな消してやれた。彼女が望めば、リヴィエール伯爵も、妹も、彼女を苦しめる連中すべて、手足を千切って彼女の前に転がしていただろう。どんな相手からだって、ヴォルフは彼女を守っただろう。

なのに、彼女は嘘をつき続けることを選択した。ヴォルフが一人で浮かれている間、なにも知らず幸せに浸っている間、彼女はずっとずっと、ヴォルフを裏切っていたのだ。

あのときも、あのときも、あのときも——全部！

頭の奥がぐちゃぐちゃにかき乱されていく。

ヴォルフの脳裏で、幸福だった思い出とともに、可愛い彼女が引き裂かれる。頭の中、ヴォルフによって手足が千切られるのは、リヴィエール伯爵でも彼女の妹でもなく、彼女自身の姿だ。

血にまみれ、泣きながら後悔する彼女を想像するのは、絶望的なまでに心地良かった。

もういいだろう――と頭の奥で声がする。

何度も何度も夢想して、押し込んでいた魔性の欲が覗いている。

――もうやめてしまえ。

見栄を張る必要なんかないだろう?

真っ当な公爵の顔なんて、どうせできはしないのだから。

――わからせてやれ。

魔族の血を引く彼の心を奪うとはどういうことなのか――

――刻んで刻んで刻んで切り刻んででも、思い知らせてやれ!!

「……どうして」

奥歯を噛み、内側からあふれる欲望を飲み込むと、ヴォルフはぽつりと言葉をこぼした。

「俺を信じてくれなかったんだ――アーシャ」

思わず口にした名前が彼女の本当の名でないことに気が付いて、ヴォルフは笑うように顔を歪《ゆが》めた。愛しさを込め、何度も呼んだ名前さえ、偽りだったのだ。

細められた目の奥から熱がこぼれ落ちる。

握りしめた紙を濡らすこの熱が、自分の涙であることに、ヴォルフはしばらく気付かなかった。

いなかった。

◆　◆　◆

公爵家に戻った、その翌日。

身を清めて、服を着替えて、髪を整えて――私は久しぶりに伯爵令嬢らしい格好をした。服は公爵家で借りたものだ。身一つで公爵家に転がり込んだ私は、着替えさえ持って

「……アーシャ様……じゃなくてアネッサ様。調子はいかがです？」

服の着替えを手伝ってくれていたロロが、心配そうにそう尋ねた。部屋には他のメイドたちもいて、みんな気遣わしそうに私を見つめている。

彼女たちに向け、私は首を横に振ってみせた。

「大丈夫。いろいろ迷惑をかけてごめんなさい」

「んにゃあ……」

ロロはか細い鳴き声を上げ、他のメイドたちと顔を見合わせる。

「なにか欲しいものはあります？　やりたいこととか……」

「なにも。気を遣ってくれなくてもいいのよ」

「んん……」

と呻くと、ロロはぺたりと耳を伏せた。力なく垂れた尻尾が、少しの間なにかを考えるように揺れる。

それから、彼女は思い付いたと言うように、ピンと耳を立てた。

「んにゃ！　お外行きましょう、アーシャ……アネッサ様！」

そう言って、彼女は私の手を強く握りしめる。

「気分転換しましょう！　シメオン様に頼んで、ちょっと部屋を出ましょう!!」

「えっ。……迷惑じゃないかしら？」

「シメオン様が、自分で『部屋を出たいときは呼べ』って言ったんだからいいんですにゃ！　アネッサ様、どこに行きたいです!?」

――どこに？

ロロの問いに、私は無意識に窓の外を見た。

日が暮れはじめ、夕方に向かう中庭が見える。緑の深い庭の先には、生垣で囲われた一角があった。あの場所は、いつかヴォルフ様と歩いた――

「……花園」

ぽつりと口にした言葉もまた、無意識に出てきたものだった。

はっと口を押さえた私を見上げ、ロロがニッと笑んでみせる。

「わかりました！　じゃあ、ちょっとシメオン様を呼んでくるにゃ！　待っていてくださいね！」

ロロは明るい声を上げると、そのまま跳ねるように部屋の外へと飛び出していった。


シメオンさんに身を隠す魔法をかけてもらい、中庭に出た頃には、空はすっかり暗くなっていた。

日の暮れた夜の中庭を、私はロロや他のメイドたちと一緒に歩いていた。

手にそれぞれランタンを持ち、光を揺らしながらの散歩は、意外なほどに賑《にぎ》やかだ。

だけど明るくおしゃべりをする彼女たちの態度も、私を元気付けようとしているからだと思うと、楽しさよりも申し訳なさが先に立つ。

「……ごめんね。みんな付き合わせちゃって」

私の謝罪に、「いいんですよぉ」とのんびりした声が答える。

「わたしたち、好きで付いてきているんですから」

そう言ったのは、魔物の血を引くというメイドの一人だ。

彼女の言葉に、横から元気な声が割り込んでくる。

「そうですそうです！　一人にすると心配なんですもん！」

彼女は半人半鳥のハーピーだ。腕の翼を膨らませ、のんびり屋な魔物のメイドと頷き合う。

その様子に、私はかすかに目を細めた。

「ありがとう。そう言ってくれるなら嬉しいわ」

本心だった。屋敷がこんな状況でも、以前のように明るく接してくれる彼女たちが嬉しかった。そして、その分だけ胸が痛かった。

「昨日も、ヴォルフ様からかばってくれてありがとう。私は『アーシャ』じゃないのに、いろいろ助けてもらって、気を遣ってもらって……申し訳ないわ」

――こんなに良くしてもらう資格はないのに。

私は公爵家を騙した偽者で、みんなが好きな『アーシャ』ではない。

アーシャみたいに可愛くもなく、人に好かれる人間でもなく、魔力も持っていない。

みすぼらしくてみっともなくて、人前に出せば家族が恥ずかしがるような、ただの『アネッサ』なのだ。

目を伏せる私の横で、メイドたちが顔を見合わせた。

「……アーシャ様じゃないって言ってもぉ」

「そもそもあたしたち、本物の『アーシャ様』って知らないし」

「それに昨日のあれも、逆にあそこでアネッサ様になにかあった方が大変というか……」

「アネッサ様に手を出したあとのご主人様、絶対にヤバいもんね……」

彼女たちは苦い顔でこそこそと話し合う。怪訝《けげん》な顔で見ていると、のんびり屋のメイドが私の横に立ち、私に柔らかな笑みを向けた。

「ええと、つまりですねぇ。わたしたちにとってみれば、アネッサ様の名前なんて関係ないんですよぉ。だって、ずっとこの屋敷にいたのは『あなた』なんですもん」

「……私？」

意外な言葉を聞いた気がして、私は瞬《またた》いた。……アーシャではなくて？

「使用人はですねぇ、ここにいるわたしたちだけでなく、みんなアネッサ様の味方なんですよぉ。できれば、アネッサ様にはずっとこのお屋敷にいてもらいたいんです」

「そうそう！　あたしたちのためにもいてくれなきゃ困るっていうか！　他にご主人様の相手ができる人なんていないっていうか！」

「……とまあ、打算もあるんですけどぉ」

ハーピーのメイドを押しやって、彼女はちょっと苦笑した。

「単純に、わたしたちがアネッサ様にいてほしいんですよ。わたしたちのこと、怖がらないで仲良くしてくれるでしょう?」

「優しいしね！　お世話してて楽しいの！」

「お菓子もくれますにゃ！」

二人の間にさらに割り込み、ロロが明るい声を上げる。

押しのけられたハーピーのメイドが、からかうようにロロの耳をつついた。

「それも打算って言うのよ！　あなた、お菓子欲しいだけなんでしょ！」

「んにゃ！　違いますぅ！　アネッサ様がくれるのは特別なんですー！」

尻尾の毛を膨らませたロロが、ムキになったように私の腕を引っ張った。思いがけないその行動に、私の体が傾ぐ。足がもつれ尻もちをついた先は、目的地である花園の中だ。

私が転んだ拍子に、腕を掴んでいたロロも倒れてくる。ロロをいじっていたメイドたちも巻き込まれ、ランタンが近くに転がった。

ランタンが照らすのは、ひどい光景だった。

せっかくのドレスが土に汚れ、繊細なレースも台無しだ。整えた髪は乱れ、尻もちをついた拍子に手も泥まみれになってしまった。

「いたた……」とランタンを掴んで身を起こしたロロが、私を見て「あっ！」と明るい声を上げた。

「んにゃ！　笑った！　やっと笑ってくれましたね！」

そう言われて、私はようやく、自分の表情に気が付いた。

しばらく笑って一つ息を吐いた頃、私はその場に座り込んだまま、近くの花に手を伸ばした。

真っ白な花びらを持つ細く可憐な花に、私は屋敷で待つアーシャの姿を思い出す。

転んだ拍子に巻き込まなくて良かった。思わずそう思ってしまうくらいに、愛らしい花だ。

「……アーシャはね、私の妹なの」

花びらを撫でながら、私はぽつりとつぶやいた。

「病弱だけど、優しい子なのよ。私、家族とはあまり仲が良くないのだけど、アーシャだけは私と仲良くしてくれたの。いつも寝込んでいるあの子の部屋に忍び込んで、いたずらしたりもしたわ。でも、あの子はいたずらでも喜んじゃって」

出てくる言葉は取り留めもない。どうしてこんなことを口にしているのか、自分でもよくわからなかった。

だけど、話を止めることはできなかった。思い返して一人で笑う私の話を、みんな黙って聞いていてくれていた。

「いい子なのよ。あの子がいたから、私もがんばることができたわ。今回もね、アーシャが具合を悪くして、公爵家に助けてもらえないかって戻ってきたの。……騙していたのに、図々しいけれど」

でも、ヴォルフ様なら――あの人ならと思っていた。私は本当に甘かった。

「身代わりであることを明かして、本物のアーシャが困っていると知れば、助けてもらえると思ったの。だってここの屋敷の人たちは、みんな『アーシャ』に優しくしてくれたから。私の代わりに、本物のアーシャを迎えてくれるだろうって思ったのよ」

「んにゃ……」

私の傍で、ロロが首を横に振る。

「あたしたちが仕えていたのは、『あなた』ですよ」

「……そうね」

ロロの言葉に、私は素直に頷いた。

彼女たちも、屋敷の人たちも、みんな優しくしてくれた。偽者だとわかった今でも、こんなに気を遣ってくれている。あのとき過ごした日々を、『私』だと認めてくれている。だけど、私自身が彼女たちの言葉を信じられない。だって私は、所詮『アネッサ』だ。

「ありがとう。……でも、アーシャを見たらきっとあの子の方を好きになるわ」

この公爵家はいい場所だ。今は少し混乱しているけど、普段は落ち着いていて、使用人たちも親切にしてくれる。

そういう人たちこそアーシャに相応しい。

優しくされればされるほど、ここにいるべきは私ではないのだと思い知らされる。

「ん」

ロロが喉《のど》を詰まらせたように鳴く。

優しさを無下にしてしまったことに、私は顔を上げられない。だけど彼女たちは、アーシャを知らないからそんなことが言えるのだ。

「んんんん……!!」

フシャー！　と猫の威嚇《いかく》の声とともに、私はうつむいていた両頬をぐっと掴まれた。

目の前にはロロの顔がある。瞳孔の開いた、怒っている猫の目をしていた。

「なぁんでそうなっちゃうんですか！　アーシャ様の話はしてないじゃにゃいですか!!」

頬に鋭い痛みがあった。ロロが爪を立てているのだ、と少し遅れて気が付いた。

「シメオン様も言ってたでしょう！　さっきから言ってるでしょう！　あたしたちは、アネッサ様の家族はどーでもいいんです！　『あなた』のことが好きにゃんだから!!」

「で、でも――」

「でもじゃない！　だいたい、アネッサ様はどうなんです！」

「わ、私……？」

にゃっ！　と鳴くと、ロロは噛み付かんばかりに顔を寄せる。

「いいんですかそれで！　アーシャ様に取って代わられちゃっていいんですか！」

「し、仕方な――」

「くない！　あたしは、アネッサ様がどう思っているか聞いているんです!!」

ロロは私の否定をすべて拒み、言葉を突き付けてくる。

言い訳も誤魔化しも奪って――尋ねるのは、本当に単純な問いかけだった。

「アネッサ様は、ここにいたいと思っているんですか！　ここで暮らしていて楽しかったんですか!?」

私は一瞬、言葉を詰まらせた。

頭をよぎるのは、この屋敷で暮らした一ヶ月間だ。

身代わりとなって、怯《おび》えながら屋敷を訪ねた。風変わりな使用人たちに驚き、ヴォルフ様に震えていたのは、最初のうちだけだ。

良いことばかりではなかった。悩み、苦しみ、怖い目にも遭《あ》ったけれど――

何度だって思い出せる。

春の陽の差す花の園。穏やかだけど騒がしい日々。泣いて、笑って――私はきっと、ここで一生分の幸せを得た。

「……楽しかったわ」

ロロに顔を向けたまま、私は震える声でそう言った。

偽らない言葉は、こんなにも単純だ。

「楽しかった。幸せだった。こんなに楽しいこと、私は知らなかったわ……！」

うつむきたくても、ロロの手が顔を下げることを許してくれない。

くしゃくしゃに歪《ゆが》んだ顔を隠すことも、あふれる涙をぬぐうことさえできない。

「初めてだったの。こんなに優しくしてもらうことも、誰かを好きになることも！　本当に本当に、楽しかったのよ!!」

――だからこそ！

「楽しかったから、辛かったの！」

人前で声を荒らげて、みっともない。

座り込んだまま立ち上がることもできず、恥ずかしい。

私はアーシャの身代わり。人から好かれる人間ではないもの。

そう思っていないと――失うときが怖かった。

だってこの生活はいつまでも続かないと、はじめから決まっていたのだ。

「ずっとここにいられたら良かった。でも、嘘をつき続けるのも本当のことを話すのも怖くて、半端なことをしたわ。ヴォルフ様を傷付けて、アーシャも助けられなくて、私……私！」

「んにゃ……楽しかったんですね」

私の言葉を遮って、ロロが私の頭を撫でる。

余計なことなんて言わなくていい、と言われているようで、また目の前が滲《にじ》んだ。

「私……私ね」

子どものようにぐずぐずと泣きながら、私はつたない言葉を吐き出した。言いたいことはなにもまとまっていない。ただ行き場のない感情だけがあふれてくる。

「私、伯爵家に戻ってから、何度もここでのことを思い出したのよ。辛いときにね、何度も」

ロロは黙って私の頭を撫でていた。

のんびり屋のメイドが私にもたれかかって、元気なハーピーの子も、私の隣で膝を抱えている。他の子もみんな、黙って私の話を聞いてくれている。

「アーシャの病気が悪化して、伯爵家にいられなくなったときにね、私、ここしかないって思ったの。ここなら、ヴォルフ様ならきっと、助けてくれるって。甘い考えだったわ。勝手すぎるわよね。でもね、でも――」

ランタンの火が揺れて、花園をぼんやりと浮かび上がらせる。

いつか、彼と手をつないで見た景色も、今は暗闇の中、涙に濡れている。

「私、甘えたかったの。助けてもらいたかったの」

誰かに甘えたことなんてなかった。

父にも母にも、甘えた記憶もなければ甘えたいと思うこともなかった。

でも、彼なら。他の誰でもない、彼だから。

私を迎え入れて、話を聞いて、安心させてもらいたかった。もう大丈夫だ、と言ってほしかった。

それがきっと、私にとっての希望で、救いだった。

「私、ヴォルフ様に『私』を助けてもらいたかったの……‼」

春の陽の中ではあんなに暖かかった花園も、夏の夜は肌寒い。

震える私を温めるように、ロロがぎゅっと私の頭を抱きしめてくれた。

◆　◆　◆

「……気は落ち着かれましたか？」

花園を囲う生垣の外。生垣に背を向けて立ち尽くしたまま動かないヴォルフに、シメオンが腹立たしいほどすました声をかけた。

「ここに結界を張っておいて良かったですよ。獣避けのつもりでしたが、なにが役に立つかわかりませんね」

「……ふん」

ヴォルフは苛立ちと不快感と、名前も付けられない無数の感情を込めて息を吐き出した。

この生垣の反対側には、彼女――アネッサと、彼女の連れたメイドたちがいる。

今はすすり泣きだけが聞こえているが、その少し前に、彼女が声を震わせながら吐き出した言葉もヴォルフは聞いていた。いや、聞かされたと言った方がいいだろうか。

――なにが忠実な執事だ。

彼がここにいるのは、すべて目の前の胡乱《うろん》なエルフの仕業だった。

アネッサにかけられていた気配を隠す魔法は、今は解かれている。

シメオンが、わざと魔法の効果を『この花園に入るまでの間』と限定したせいだ。

気配を察したヴォルフをおびき出し、いかにもアネッサをかばうように戦うふりをして時間稼ぎをしたあと、彼は頃合いを見て彼女の話を立ち聞きさせた。結界の張られた花園の中で、彼女は外でなにが起こっているかを知らないまま、メイドたちに心情を吐露したのだ。

戦い疲れて冷えた頭に、彼女の声はよく響いた。

慟哭《どうこく》するように張り上げる声も苦しげな嗚咽《おえつ》も聞こえているのに、生垣の向こうの彼女に手が届かない。

「助けて差し上げないのですか？」

「……知ったことか」

「甘えたかったようですが――」

「うるさい！」

彼女の言葉を繰り返すシメオンを、ヴォルフは荒々しく遮った。

顔を上げて睨み付けても、表情一つ変えない男がなおさら忌々《いまいま》しい。

「都合が良すぎるだろう！　怒っているのは俺の方だぞ！」

彼女がどんなに傷付いたところで、ヴォルフにしたことは変わらない。

彼女は偽り、ヴォルフを裏切った。

人を傷付けておいて自分が辛いと嘆くなんて、あまりにも自分勝手すぎる。

「では、『いつものように』なさるんですか？　ええ、思い知らせるのは得意でしょう。きっとアネッサ様も、心から後悔なさりますよ」

ああ、そうだろうとヴォルフは奥歯を噛む。思い知らせるのは簡単だ。

ヴォルフを本気で怒らせて無事に済んだ者はいない。体を切り裂き心を砕き、生きていることを悔いるほどに苦しんでも、なお死ぬことのできない苦しみだけが待っている。

女であるならなおさら。嘲笑《あざわら》いながら蹂躙《じゅうりん》することに、ためらいなんてなかった。

なのに今、彼は背後ですすり泣く小娘一人に、手を伸ばすことさえできずにいた。

――くそっ‼

あの泣き声を聞いていたくなかった。声を出す口を塞いで、泣き濡れる目を覆い、震える体を抱いてやりたかった。

しかしヴォルフは動けなかった。腹の中には怒りが満ちたまま。痛みにも似た屈辱感が、彼の足を地面に縛り付けている。

「――俺が怒っているんだ」

荒い息を吐き出し、ヴォルフは低く囁《ささや》く。

「許せるものか。人間の小娘風情が、ここまで俺を虚仮《こけ》にしておいて、今さら！」

ヴォルフは今まで、これほど腹を立てたことはない。

これほど恨んで、これほど憎んで、これほど傷付いたことはない。

今にも彼女を引き裂いて、思い知らせてやりたいのに！

「どうやって許せばいいって言うんだ！」

目の奥が熱を持ち、吐く息も熱かった。

歯を食いしばるヴォルフを、シメオンが見下ろす。その顔には、殺したくなるほど不愉快な笑みが浮かんでいた。

「難しいことではありません。ヴォルフ様のなさりたいようにすれば良いのですよ」

それだけを言うと、シメオンは一礼して去っていく。

彼の背中が消えたあと、ヴォルフは一人、ずるずるとその場に座り込んだ。

――くそくそくそ!!

生垣を挟んで泣き声が聞こえる。

一つは彼女の声で――もう一つは、ヴォルフ自身の嗚咽《おえつ》だった。

◆　◆　◆

翌朝。目を覚ました私は、妙に頭がスッキリしていることに気が付いた。

これは散々泣いたから――ではない。慰《なぐさ》めてくれたみんなのおかげである。

――恥ずかしいところを見せたわ。

ずいぶんと弱音を吐いて、かなり勝手なことも言って、ひどい泣き顔も見せてしまった。

伯爵家の娘としてみっともない。そんな父の言葉が頭に浮かぶ。みすぼらしい、恥ずかしい、そんなことだからお前は。アーシャだったら――

――いいえ。

泣き腫らした目に手を当てて、私は小さく首を振る。頭にこびりついた考え方を完全に消し去ることはできないけれど、それでも今はうつむかずにいられる。

――もう少し、自信を持たなきゃ。

私はアーシャではない。だけど、アネッサとしての私を認めてくれる人がいる。それなら、私は私で、ここにいていいのだと思いたい。この公爵邸で、私にできることを探したい。

――アーシャではなく、アネッサ《私》にできること。

少し考えるように目を閉じてから、力を込めてベッドから起き上がる。

身支度を整え、髪をまとめ、シメオンさんが部屋に来るのを待ってから――

「――……厨房を貸してほしい？」

訝《いぶか》しむシメオンさんに、私は頷き返した。

昨日の今日で外に出たがる私に、シメオンさんが無表情のまま首を傾げる。

「構いませんが……なにをするおつもりで？」

いつか聞いたことのある問いに、私は笑みを返した。

アーシャではなく、私にできること。それはもちろん――

「お菓子を作るんです！」


人気のない公爵家の厨房で、私は一人、窯《かま》に火を入れる。

なにを作るかは決めていた。

これで、今の状況を解決できるとは思わない。公爵邸の人たちに迷惑をかけてしまった償《つぐな》いにもならない。ヴォルフ様の怒りを、お菓子一つで溶かせるとも考えてはいない。

だけどこれが、今の私にできる精いっぱいの誠意だった。

――楽しかったわ。

窯《かま》に薪《まき》をくべ、無人の厨房を見回す。以前はここも、たくさんの料理人がいた。今はヴォルフ様のこともあり、屋敷内にはほとんど人が歩いていない。彼の怒りに触れないよう、必要なとき以外はみんな部屋に閉じこもっている。

――大好きだわ。このお屋敷も……ヴォルフ様も。

燃える火に薪《まき》を足していく。静けさの中に、ぱちぱちと乾いた木の燃える音がした。窯《かま》の中で揺れる火を見ていると、自然とため息が出てくる。

こんな薪《まき》の音が聞こえないくらい、騒がしい日々が好きだった。目まぐるしくて、楽しくて、本当に幸せだった。

――それを、少しでも伝えたいの。

謝罪と、それ以上の感謝を、屋敷の人全員に伝えたい。

誰よりも、ヴォルフ様に。

――……自己満足だわ。

私は首を振ると、そっと火から目を逸らした。

自分が騒動を起こしておいて、感謝を伝えたいなんて身勝手な話だ。ここをこんなに静かな屋敷にしてしまったのは私自身だというのに。

炎が足元に影を落とす。一度胸に兆《きざ》した不安に気付くと、呑み込まれるように怖くなる。

自信を持ちたいと思ってここまで来たのに、頭は嫌なことばかりを考えてしまう。

拒絶されるかもしれない。かえって怒らせてしまうかもしれない。あるいは、見向きもしてくれないかもしれない。

寂しい厨房で、一人。心細さに足が竦《すく》んだとき――

「……んにゃ、アネッサ様。これはちょーっと作りすぎじゃにゃいですか？　いったいどれだけ配るつもりですかにゃあ」

背後から、猫のような少女の声がする。

「窯《かま》一つじゃ足りないわよねぇ。あっちの窯《かま》にも火を入れてきましょうかぁ？」

のんびりした少女の声がする。

「あー！　じゃああたし行ってくるわ！　最近火の魔法の練習してるの！」

元気な少女の声がする。

驚いて振り向けば、少女――メイドたちが慌ただしく厨房を走っていた。

「魔法はやめろ、馬鹿！」

元気なハーピーのメイドの首根っこを掴み、叱り付けるのは厨房の料理長だ。

慌てたように窯《かま》を守るのは料理人たち。見習いたちが、少なくなっていた薪《まき》を運び込んでいる。

厨房の入り口近くには、従僕や庭師や、見たこともない人たちまでが集まっていて、こちらを覗き込んでいる。

にわかに騒がしくなった厨房の景色に、私は瞬《また》いた。

あちらではメイドたちが騒ぎ立て、こちらでは料理人たちが作りかけだった私のお菓子に手を入れて、外では「手伝うことはないか」とそわそわした人があふれている。

「にゃ」

私の隣で、ロロがつまみ食いをしながら猫のように笑う。

「みんな、アネッサ様がお菓子を作るって聞いて、お手伝いをしに来たんですよ」

「みんなが？　どうして……」

「決まっているでしょう」

ロロは耳をピンと立て、ふふんとどこか自慢げに鼻を鳴らした。

「アネッサ様のことが好きだからですよ。戻ってきてくださって、みーんな嬉しいんです！」

私はすぐに言葉を返すことができなかった。

息を呑み、口をつぐめば、聞こえてくるのは楽しげな人々の声。私が戻りたいと願い続けていた、公爵邸の姿だ。

――ずっと、後悔していたわ。

私が、私なんかが、ここへ来たことを。ここへ戻ってきたことを。

公爵邸に足を踏み入れた瞬間の、張り詰めた空気に、私の帰る場所なんてどこにもないのだと思っていた。

――でも。

ここにある。

私を迎えてくれる人たちがいてくれる。

私がいても、迷惑なんかじゃないんだって、思える。

胸にあふれるのは、言葉にならない感情だ。泣き出しそうだけど、泣きたいわけではない。

くしゃりと歪《ゆが》んだ表情で、私は猫みたいに笑むロロに顔を向けた。

「ロロ、私――」

言葉は見つからず、それでもなにか伝えたくて、口を開いたときだった。

周囲の騒がしさが、突然消え失せる。これだけの人がいながら、まるですべての音がなくなったかのような静寂に支配される。

私は、後悔を否定する言葉を、口にすることはできなかった。

──シメオンさんに、魔法をかけてもらったはずなのに。

背後に、逃げ出したくなるほど恐ろしい威圧感がある。

◆　◆　◆

許せるはずがなかった。

煮えたぎるような怒りを抱え、ヴォルフは彼女のいる厨房へ向かっていた。

生垣を隔てて彼女の声を聞いても、許し方はわからなかった。やりたいようにやれ、と言われてしまえば、ヴォルフにできることは一つだ。

──ああ。……やってやろう。

今はシメオンもいない。そもそもあの忠実な執事は、ヴォルフが本気で望むことを決して止めはしない。今回など、そもそも彼女に身を隠す魔法さえかけなかったのだ。

──償《つぐな》わせてやろう、その身に。

いつものように身を刻んで、心を砕いて、気が済むまで蹂躙《じゅうりん》してやれば──

そうすれば、この怒りも少しは晴れるだろうか。

彼女を許してやることが、できるだろうか。

自分を頼ってここまで来た彼女を優しく抱きしめて、慰《なぐさ》めてやることができるだろうか。普通の人間のように。

慣れ切った魔族の欲望の奥、かすかな葛藤を噛みしめ、ヴォルフは厨房の前に立った。

そこで目にしたのは、思いがけない光景だった。我を忘れるような怒りの中にあってさえ、それは目を瞠《みは》るほどの『異常』だった。

厨房の前を、屋敷中の使用人が囲んでいる。ヴォルフを前にしても、怯《おび》えこそすれ逃げ出さない。中へ入ろうとする彼の前に立ち塞がり、首を横に振る。

「……なんの真似だ」

低い声で問えば、使用人たちは肩を震わせた。自分の前で互いに顔を見合わせる使用人たちに、ヴォルフは冷たい視線を向ける。ピリ、と凍り付く威圧感を放っていることに、自分自身で気付いていた。

「どけ」

一歩足を踏み出し、ヴォルフは短く使用人たちに命じる。己《おのれ》の怖さを、この屋敷の使用人たちはよく知っているはずだ。

ここは化け物屋敷だ。足を踏み入れたら、二度と無事には出られない場所。ヴォルフの手で嬲《なぶ》られ、『処理』された人間たちを、彼らは何度も目にしている。ヴォルフがどれほど残酷で、邪悪な存在であるかも。

だというのに――

「……まだ、どくことはできません」

使用人たちは動かなかった。

「今、窯《かま》に火を入れたところなんです」

「焼き上がりまで、そう時間はかかりません」

「もう少し、もう少しだけお待ちください」

口々の言葉に、ヴォルフの表情が歪《ゆが》んだ。逆らう使用人たちに苛立ち、体からかすかな魔力が漏れる。この場にいる全員をすり潰すことも、彼にとってはわけのないことだ。

だが、彼の足は止まっていた。彼の前に立ち塞がる使用人は、増えていく一方だ。

厨房の奥、遠くにいる彼女を守るように。

――なぜだ。

ここは、化け物屋敷だった。半魔の主人と、亜人の混ざりものの使用人。人間など誰も歓迎しない。元より亜人は、人間に虐《しいた》げられてきた存在だ。

ヴォルフが壊した人間を『処理』するのは彼らの役割だった。その人間に、誰が同情するわけでもない。ヴォルフも彼らも、紛れもない化け物たちだった。

なのに、いつの間に、この屋敷は変わっていたのだろう。

厨房から、甘い香りが流れてくる。

どこかで嗅いだ、チョコレートの香りだ。

◆　◆　◆

ヴォルフ様の行く手を遮り、私を守るように立つ使用人たちの姿に、声も出なかった。

指先が震えているのは、恐怖のせいだけではない。目の奥が熱くなるけれど、ここで泣き崩れるわけにはいかなかった。

窯《かま》から、焼き上がったお菓子の甘い香りがする。上手く動かない手で取り出し、皿の上に載せたところで、ゆっくりと人垣が割れた。

こちらへ向かって歩いてくるのは、凍るほどに冷たい美貌を、仮面で隠した男の人だ。

誰よりも会いたくて、それでいて逃げ出したくなるほど怖くて仕方のない彼の姿に、私はぎゅっと両手を握りしめる。そうしなければ、立っていることさえできなかった。

「……ヴォルフ様」

目の前で立ち止まった彼に、掠《かす》れた声で呼びかける。

息もできない威圧感に潰されてしまいそうだった。私を見下ろす目は冷たく、彼の怒りが少しも溶けていないことがわかってしまう。

「――君は」

私の姿と、皿の上に載ったお菓子を見て、ヴォルフ様は抑揚の少ない声で言った。

「こんなもので、俺を誤魔化せると思ったのか？　菓子の一つで？」

つまらなそうにお菓子から目を離し、彼は呆れたため息を吐く。

「それで俺の怒りが晴れるとでも思ったのか――アネッサ。こんな菓子で」

ヴォルフ様が足を踏み出す。びくりと強張る体が、逃げ出したいと叫んでいる。

明確に、ヴォルフ様は怒っていた。この屋敷に戻ってきたときとは、また違う。

もっと剥《む》き出しの感情が、普段は無表情な彼の顔に満ちていた。

「それは、君が嘘をついたときに寄越したものだろう！」

その通りだった。

皿の上にあるのは、初めて会ったときに彼に渡したお菓子と同じ。ほのかに苦いガトーショコラだ。

ヴォルフ様の表情が歪《ゆが》んでいる。怒りの中に苦痛が見える。まるで、泣き出しそうな表情だった。

「どうして、嘘をついた」

ヴォルフ様が、さらに一歩近付いてくる。手を伸ばせば届く距離。今にも私を引き裂こうと言うように、彼は手を伸ばす。

「どうして、戻ってきた」

一歩。私の肩に手が触れる。肉食獣の爪にかかったような心地がした。

「どうして――」

一歩。そこで彼は立ち止まる。

私の真正面に立ち、彼は力加減を忘れたかのように、痛むくらいに私の肩を握りしめた。

「どうして、まだ逃げずにここにいる！　俺が怖くないのか！」

怖い。否定のしようもなく、怖かった。ヴォルフ様を間近にして、私の血の気は引いている。まっすぐな怒りに、歯の根が噛み合わないほどに怯《おび》えている。

だけど、その歯を噛みしめて、震えを呑み込んで、私は首を横に振る。

「怖くても、ヴォルフ様だから」

それは、いつか告げたのと同じ言葉だ。

「もう一度会いたかったんです。身勝手な願いだとしても」

怯《おび》えた息を吐き出す。あまりに自分本位な言葉だけど、本心だった。どれほどの怒りを買うとわかっていても、きっと私は戻ってきていた。

「嘘をついてごめんなさい。ずっと騙していて、許されるなんて思いません。そのくせ今さら頼りにして、図々しいと思っています」

口にする謝罪は、まるで言い訳めいている。なにを言っても許されないことをした。

ヴォルフ様の怒りは正当で、当然だった。

それでも、と顔を上げる。それでも、この想いは消せなかった。

「私、ヴォルフ様に会いたかった。今度は嘘ではなく、アーシャではなく、アネッサとして」

このガトーショコラを渡したときの私は『アーシャ』だった。

だけど今は『アネッサ』の私が、黒い塊《かたまり》を彼に一つ差し出す。

「ヴォルフ様」

彼の冷たい仮面を見る。その奥に覗く、怒りを宿す瞳を見る。目は逸らさない。どんなに怖くても。

「アネッサ《私》の作ったものを、受け取っていただけますか」

不意に、肩の痛みが消えた。私から手を放したヴォルフ様が、チョコレートをつまんで口に入れる。それから、かすかに表情を歪《ゆが》めた。

「甘い」

だけどその表情が見えたのは一瞬だ。気が付いたときには、私には彼の顔が見えなくなっていた。

代わりに感じるのは、腰に回された腕と、私を包み込む彼の体だ。

「君は甘い。こんなもので償《つぐな》えるとでも思っているのか」

私を抱く腕は強い。だけど痛くはなかった。

「どこまで俺を虚仮《こけ》にする気だ。俺を騙し、怒らせ、許せるはずがないのに――」

青銀の髪が首筋をくすぐる。彼の吐き出す熱い息が、耳に触れた。

「俺をどこまで甘くすれば気が済むんだ！」

くそっ！　とヴォルフ様は吐き捨てる。苦痛を呑むような、かすかな呻《うめ》き声が聞こえる。

私は身じろぎをし、彼の胸に押し付けられた顔をどうにか持ち上げた。

顔を上げた先。見えるのは、迷いを噛み殺すように強く奥歯を噛むヴォルフ様の姿だ。

「君の望みを叶えよう。君の妹を助けてやる。シメオンから話は聞いている。屋敷に迎える手はずを整えよう」

その表情のまま、彼は言葉を絞り出す。淡々と――だけど、確かな声で。

「俺が君を助けてやる」

顔を上げても、ヴォルフ様の姿はよく見えなかった。聞こえた言葉に胸が詰まり、視界がぼやけていく。

「……ここまで、よく一人で来た。もう大丈夫だ――アネッサ」

――あ。

それは、誰よりも彼の口から聞きたかった言葉だった。

耳に響くのは、震えるほどに冷たくて、それでいて優しい声。

言葉は出なかった。感謝の声すらも出せなかった。

背中を抱く腕の感触に、私を受け止める胸の感触に、呼吸をすることさえできなくなる。

――ヴォルフ様。

胸が詰まり、言葉にできない代わりに、彼の服を握り返す。

こんなときでも、彼の腕の中は怖くて――だけど、どこよりも安心できた。

いつの間にか、張り詰めた緊張感は消え、厨房に賑《にぎ》やかさが戻っていた。

屋敷中の使用人が集まった厨房は、信じられないくらいに騒々しい。メイドたちは仕事が終わったと言わんばかりにお菓子をつまみはじめ、料理人たちは大量のお菓子をどう盛り付けるかで言い争い、命知らずな使用人が私を抱き留めるヴォルフ様をはやし立てる。

涙さえも引っ込むほどの騒がしさに、私を抱くヴォルフ様の腕が力を増す。

苛立ったように放たれる威圧感さえ懐かしくて、私は泣きながら笑ってしまった。

◆　◆　◆

翌日。

ヴォルフは久しぶりに、彼女――アネッサの部屋に向かっていた。

廊下を歩くヴォルフの気は急《せ》いていた。なんだかんだといろいろあり、今も彼女への怒りは残っているが、結局のところ、彼の気持ちは変わらない。

いや、むしろここからが本番だろう。これでヴォルフとアネッサの間には、なんの憂いもなくなったのだ。

もう、彼女がヴォルフを拒む理由はない。これからは堂々と恋人同士、思う存分に睦《むつ》み合えるのだ。期待感に、自然と足取りも軽くなる。

――結局。

変わったのはこの屋敷だけではない。なによりも、ヴォルフ自身が彼女の存在によって変えられてしまっていた。

化け物ではなく人間として、彼女の傍にいたい。人間の公爵として、男として、彼女を愛したい。そのためにこそ彼は怒りを呑み、許すことを選択した。いや、選択することができたのだ。

——この俺が、人間の小娘を相手に。

ふ、と息を吐き、彼は小さく首を振った。

小娘ではない。自分の手で女にしてやるのだと、彼は邪悪な笑みを浮かべる。

——どんな目に遭《あ》っても後悔するなと言ったはずだ。その通りのことをしてやろう。

人間の男として、などと考えつつも、まさしく魔族めいた思考で彼はアネッサの部屋の前に立ち、その扉を開け——

人間らしくあろうと思った自分を、後悔した。

部屋の中はもぬけの殻だ。森から吹く夏の風が、カーテンを揺らし、ヴォルフの頬を撫でる。

しばしの沈黙。のち、彼は見る者をことごとく怯《おび》えさせるような凄惨な笑みを浮かべ、息を吸い込んだ。

「あの！　小娘が——!!」

◆　◆　◆

……なんてことはつゆ知らず、私はしばらくぶりの明るい気持ちで、公爵邸の中庭に出ていた。

正確には、中庭にある花園だ。ここで今、私はシメオンさんを手伝って、花の手入れをしている。

「すみません、シメオンさん。花をめちゃくちゃにしてしまって……」

ロロたちと盛大に転んだ晩。暗い中では気が付かなかったが、花園の一部を巻き込んでしまっていた。土がひっくり返り、花が倒れ、折れてしまったものもある。

そのお詫《わ》びとして、せめて花園の手入れを手伝わせてもらえないかと、私から頼んだのだ。

「気にすることはありませんよ。見た目に反して、そう弱い花ではありません」

「そうなんですか?」

「ええ。花は意外に強いものですよ。折れても根があればまた伸びます。すぐに回復するでしょう」

良かった、と安堵を込め、私は細く白い、アーシャに似た花を撫でる。

そのアーシャについては、ヴォルフ様が迎えの準備をしてくれていた。父が文句を言ってこないよう、身代わりの件で脅して、強引に連れ出すつもりでいるらしい。

きっと、この屋敷ならアーシャも安心して過ごせるだろう。医者もいるし、魔力に長《た》けた人も多い。なにより、屋敷にいる人たちはみんないい人ばっかりなのだ。

期待に小さく息を吐き、私は顔を上げた。シメオンさんは、すました顔で他の花の手入れをしている。

「……ありがとうございます、シメオンさん」

彼の白い横顔を見ながら、口にするのは礼の言葉だ。突然の感謝に、シメオンさんが手入れの手を止める。

こちらに振り向く彼の無表情が、なんとなくしらじらしく見えるのは気のせいだろうか。

「どうしました、急に」

「厨房でのこと。私が厨房にいることをみんなが知っていたのも、ヴォルフ様がいらっしゃったのも、シメオンさんのおかげですよね」

厨房を使うことは、シメオンさんにしか言っていない。私に身を隠す魔法をかけたのもシメオンさんだ。だけどその魔法が実際には効いていなくてヴォルフ様に見つかってしまったことを、シメオンさんが知らないとは思えない。

「お気付きでしたか」

私の言葉に、シメオンさんがほんのわずか、口の端を曲げる。エルフの美貌に浮かぶその表情には、どことなくいたずらっぽさがあった。

「礼は必要ありませんよ。ヴォルフ様のためですから」

それから、なぜだか意味深に目を細める。

「アネッサ様に関わると、あの方はとても面白――いえ、珍しい反応をしてくださいますからね」

シメオンさんはそう言うと、私から視線を逸らした。

しらじらしい無表情に戻ったシメオンさんが見つめるのは、私よりもさらに後ろ。花園の入り口がある方向だ。

……背後から、圧を感じる。

「――アネッサ」

底冷えのする声音に、喉《のど》から「ひっ」と悲鳴が漏れた。振り返らずとも、彼の機嫌が肌でわかってしまう。

――か、かつてないほど機嫌を損ねていらっしゃるわ！

いったい今度は、なにをやらかしてしまったのだろう。姿を見るのは怖いが、見ないのはもっと怖くて、私は恐る恐る背後を振り返った。

目に映るのは、長い青銀の髪。端整すぎる顔と、それを隠す冷たい仮面。

そして、その仮面の奥に見える、笑っているのに笑っていない、細められた藍色の目だ。

「君はどうやら、懲《こ》りるということを知らないらしい」

今にも獲物を嬲《なぶ》ろうと言わんばかりの声で、ヴォルフ様はそう言った。

私は身を竦《すく》ませ、表情を強張らせる。救いを求めてシメオンさんに目を向ければ――

彼はエルフのくせに、心底愉快そうな笑みを浮かべていた。

「では、私はこのあたりで失礼いたします」

笑みのまま一礼すると、シメオンさんはさっさと花園を出ていってしまった。

こうなると、つまり――

「さて、アネッサ」

静かな声に、私はぎこちなく顔を上げる。

心臓が破裂しそうなほどにドキドキしている。……ときめきではなく、恐怖的な意味で。

「今からどんな目に遭《あ》っても、後悔するなよ？」

言いながらも、彼はぺろりと唇を舐める。まるで、舌なめずりでもするかのように。

い、今のヴォルフ様と二人っきりになるの、怖すぎるんですけど――!!

鮮やかな夏の空の下。青空に似つかわしくない彼の笑みに、私は心の中でそう叫んだ。

新しいお客様

書き下ろし番外編

この屋敷に新しい『お客様』が来る。

そう聞いたとき、ロロは内心、三日も持てばいい方だろうと思っていた。

だってここは化け物屋敷だ。屋敷の主人であるヴォルフは残虐非道な半魔であり、使用人も獣人や亜人の血を引く者ばかり。ロロを含めて、純粋な人間は屋敷にほとんど存在しない。

『お客様』が若い令嬢のときは、使用人を見ただけで悲鳴を上げることも多かった。そうでなくとも眉をひそめ、不気味そうにロロたちを窺《うかが》い見る。

——このお屋敷の中じゃ、かなーり人間に近い方なんだけどにゃ、あたし。

ロロはよく、『お客様』の案内や世話役を言いつかった。それはロロの容姿が、人間と大きく変わらないからだ。

ロロは獣人の血を引いているけれど、見た目にはあまり特徴が出ていない。一見してわかる人間との違いは、黒猫めいた耳と長い尻尾だけだった。

だけどこの耳と尻尾こそを、人間たちは嫌悪する。

特にこの国は、亜人への差別意識が強い。侮蔑《ぶべつ》の視線も見下すような態度も、もうロロは慣れっこだ。もともと深く考えない性格もあって、他人の反応なんて気にしなくなっていたけれど。

『――だってあなた、少しも不気味に見えないわ』

そう言われると、やっぱりちょっと嬉しかった。

小さな荷物を一つ抱えてやってきた、化け物屋敷の新しい『お客様』。

いつものように案内役として出迎えたロロに『お客様』である彼女が向けたのは、嫌悪感でも恐怖心でもない。貴族の令嬢なのに悲鳴も上げず、ロロの耳を見つめる彼女の目に浮かぶのは、ただ純粋な好奇心だった。

――んにゃ……好感度上がっちゃう……

いかにもいい人そうで、血なまぐささとは縁遠そうで、それだけにロロは気の毒だった。

彼女はこれから、ヴォルフの悪癖《あくへき》の犠牲になる。魔族の持つ残虐な衝動のはけ口とされ、身も心も傷付き果てた末に、他のお客様たち同様に失踪《しっそう》するか、心を壊して実家に送り返されてしまうのだ。

――ご主人様もどうせなら、悪い人とか、嫌な人を狙えばいいのに。

なんて思っても、ロロがヴォルフに口を出せるはずはない。あるいは不満だからと屋敷を出ていったところで、亜人差別はびこるこの国では他に働く当てもなかった。

――まあお仕事だし、しょうがないにゃあ。

結局ロロにできるのは、ほんの数日間、『お客様』のお世話をすることだけだ。だったら、同情したところでどうしようもない。

どうせ彼女も、いつも通りにすぐにいなくなる相手。

それなら思い入れすぎない程度に、まあまあ一生懸命働くくらいがちょうどいい。

ロロは『お客様』を案内しながら、そんな風に考えていた。

だから、こうなるとは思わなかった。

「やだ――――!!」

お客様である『アーシャ』が伯爵家へ帰る日の朝。彼女の部屋で最後の身支度を手伝いながら、ロロはべしょべしょに泣いていた。

頭の黒い耳は伏せ、尻尾は力なく垂れ下がる。瞳は潤みきっていて、『アーシャ』の髪を梳《と》く手元もろくに見えなかった。

「アーシャ様がいなくなるなんてやだー！　なんで帰っちゃうんですかぁ！」

「ロロ、そんな一生の別れじゃないんだから」

髪を梳《と》かれながら、『アーシャ』は視線だけをロロに向け、困ったように苦笑する。

メイドとして失格のロロの態度を、彼女は怒らないし呆れもしない。ただ優しく、見守るような緑の瞳に、ロロの目の前はますます見えなくなっていく。

「そんな顔しないで。大丈夫よ、すぐ……かはわからないけど、絶対に戻ってくるから」

「でもぉ……」

屋敷から逃げようとした人たちは、みんなそう言った。

普通の人間は、誰もが内心では屋敷を嫌がり逃げたがっていた。

彼女の言葉を疑っているわけではない。それでも、どうしても不安だった。外の世界に帰った彼女が、もう戻ってこないのではないのかと。

「ロロ……」

髪を梳《と》く手はすっかり止まっていた。櫛《くし》を握りしめ、ロロは涙目のままぐずぐずと鼻を鳴らす。

そんなロロに、彼女は目を細めた。それからやっぱり優しい顔で、今度は体ごと振り返る。

「……それなら約束をしてくれる？　あのね、私、ロロたちとしたお茶会がすごく楽しかったのよ」

そのまま彼女は、ロロに向けて手を伸ばした。

彼女の手が、ロロの髪をくしゃくしゃと撫でる。耳までお構いなしに巻き込む手付きは、ちょっと雑で無遠慮だ。まるで子猫か、小さな子ども扱いである。

「だから、お屋敷に戻ってきたら、またたくさんお菓子を作るわ。——そのときには、私と一緒にお茶会をしてくれる？」

「うにゃ……する……」

「ありがとう、ロロ。楽しみにしているわ」

でも、嫌な気分ではなかった。

ロロは親兄弟の顔も知らない。物心ついたときにはずっと一人で、家族なんて知らないけれど。

小首を傾げてロロを覗き込む彼女を見ていると、『姉がいたらこんな感じかもしれない』とちょっとだけ思った。

だから、彼女がいなくなった屋敷がこうなるのも当たり前だった。

「……うう……さみしい………」

お客様である『アーシャ』が去ってから半月。

屋敷はすっかり張り合いを失っていた。

まるで、彼女がいたときの方が夢みたいだ。ヴォルフの悪癖《あくへき》は出ず、血なまぐささからは遠ざかり、亜人であるロロたちが、普通の人間のために普通の人間のように働ける夢。

彼女がいたから、屋敷は化け物屋敷ではなくなった。薄暗い森の奥にも日は差して、木漏れ日が落ちるのだと気が付いた。

今、彼女のいなくなった屋敷は冷たい。彼女の使っていた部屋はがらんとして、なにもかも都合のよい幻を見ていたような心地になる。

「んにゃ………」

掃除をしようとやってきた無人の部屋。ロロは掃除用具を手にしたまま、力なくベッドに近付いた。そのままベッドの横に膝をつき、ことんと頭をシーツにのせる。

シーツの上で、スン、とロロは小さく鼻を鳴らした。

もうシーツには、彼女の匂いはほとんど残っていない。獣人であるロロのよく効く鼻で、ようやくわずかに感じ取れるという程度だ。

こうして少しずつ、彼女の痕跡は消えていくのだと思うと、じわりと目の前が滲《にじ》み出した。

「んんにゃ……！　だめだめ！」

その涙を、ロロは慌ててぬぐい取った。すぐに頭を上げて首を振り、シーツに耳の黒い毛が付いていることに気が付くと、大急ぎで手で払う。

「アーシャ様は帰ってくる。約束したんだから！」

だからロロは、それを信じて彼女を待つ。いつ帰ってきてもいいように、毎日部屋の掃除もする。水差しの水を換え、花瓶に花を生け、シーツも埃《ほこり》っぽくならないよう、匂いが消えてもいいから取り換える。

今日でも、明日でも、一年後だとしても。彼女との約束がある限り、ロロは毎日指折り数えながら、彼女が帰ってくる日を待っている。

いつまでだって、待ち続けられる。ロロはそう思っていた。

……だから、こんなことになるなんて思わなかった。

「…………帰ってこないで」

屋敷に暗い影が落ちる。彼女と過ごした鮮やかな日々はもう遠い。なにもかも、幻のように消えてしまった。

お客様『アーシャ』はアーシャではなかった。彼女は嘘をつき、ヴォルフを騙し、それを明かすことなく去っていった。

真実を知ったヴォルフの怒りは激しかった。彼の非道さを何度も目の当《ま》たりにしてきた使用人たちでさえ、今のヴォルフほど恐ろしいと感じたことはない。

それほどまでに、彼女はヴォルフにとって大きな存在だった。

この屋敷に、希望を見せてしまうほどに。

——嘘だったらいいのに。

誰もいない部屋で、ロロは今日も掃除をする。水を換え、花を生け、窓を開けて空気を入れ替え、いつものようにシーツを剥《は》がす。

両手に抱えたシーツからは、もう彼女の匂いはしない。小さな荷物一つを抱えてやってきて、小さな荷物一つで帰っていった『アーシャ』の痕跡は、嘘のように屋敷から消えていた。

いっそ、ぜんぶ嘘であってほしいとロロは思う。『アーシャ』の姿の、なにもかもが偽りであってほしい。ロロに見せた親しみも、明るさも、最後の約束も、嘘をついていてほしい。

本当は、屋敷に帰るつもりなんて最初からない。もう二度と、この地を踏むつもりなんてないのだと、そう思っていてほしい。

「………ふにゃ」

昨日までは、早く帰ってきてほしかった。毎日ずっと、今日は帰ってくるかもしれないと期待していた。

でも今は、帰ってきてほしくない。約束なんて破って、どこか遠い地で『本当は獣人なんて気持ち悪かった』と同じ人間相手に愚痴でも言って、屋敷の日々も忘れて暮らしていたらいいのに。

「ふ……ぇ……」

掃除の手は止まっていた。シーツを抱きしめたまま、ロロは喉《のど》の奥から小さな嗚咽《おえつ》を漏らす。

主のいない、がらんと冷たい寂しい部屋。だけど、いつでも帰ってこられるようにと整えられた部屋。

夢のような思い出に満ちた部屋で、ロロは彼女の匂いの消えたシーツに顔をうずめ、一人静かに泣き声を上げた。

「ふにゃぁあああ………！」

帰ってこないで。

帰ってきちゃ、だめ。

だから……だから……

だから、帰ってきちゃだめだったのに。

「――アーシャ……アネッサ……様」

なにもかも、嫌な方向に進んでいく。ぜんぶがぜんぶ、最悪に向かっていく。

お客様『アーシャ』は帰ってきて、ヴォルフの怒りは爆発した。屋敷には緊張感が満ち、誰もが息を殺して怯《おび》えていた。

以前のような明るさは、屋敷からも彼女からも失われていた。彼女はうつむき、罪悪感と後悔を噛みしめる。待ち望んでいた彼女のいる日々は、ただただ辛く、苦しいだけだった。

きっともう、元には戻らないのだと思った。屋敷には日が差すことはなく、彼女が笑うこともない。

嘘からはじまった夢のような日々は、やっぱりぜんぶ嘘だった。

ただ少し、幸せな幻を見ていただけなのだ。

…………

……………………でも。

ヴォルフの凍《い》て付いた怒りの満ちる屋敷を、ロロはそっと通り抜ける。耳をピンと立て、足音を忍ばせながらも早足に、回廊を抜けて厨房へと向かう。

執事のシメオンから、彼女がそこにいると聞いたからだ。

『……それなら約束をしてくれる？』

厨房に近付くほど、甘い香りが強くなる。香ばしさが漂ってくる。

嗅いだことのある美味しそうな香りに、尻尾が自然と上を向く。

『お屋敷に戻ってきたら、またたくさんお菓子を作るわ』

でも、彼女は約束を破らなかった。

嘘つきな彼女の、その心だけは嘘ではなかった。

消えてしまった幻の日々は、だけどたしかにあったのだ。

「どうして……」

厨房で菓子を作っていた彼女が、呆けたように小さくつぶやく。

視線は厨房をぐるりとめぐる。彼女の緑の瞳に映るのは、ロロと同じようにこっそり厨房へやってきた屋敷中の使用人たちだ。

厨房の主である料理長、彼女に菓子作りを教える約束をした料理人たち、彼女と一緒にお茶会をしたメイドたち。彼女がよく言葉を交わした従僕たちに、花を褒められた庭師や、ねぎらいの言葉をかけられた下働きの人々。あるいは一度も話をしたことはないけれど、彼女のおかげで穏やかに働けるようになった者たちまで。

ヴォルフの怒りに触れると知って、危険を承知で集まった人々に、彼女は戸惑っていた。瞳が揺れ、続く言葉もなく瞬《またた》いている。

だけどロロは戸惑わない。どうしてみんながここにいるのか、ロロにはよくわかっているからだ。

「決まっているでしょう」

鈍い彼女に顔を向け、ロロはむふんと鼻を鳴らした。

暗い空気も吹き飛ぶ賑《にぎ》やかさに、ついつい自慢げになる。自分のことのように胸を張る。

「アネッサ様のことが好きだからですよ。戻ってきてくださって、みーんな嬉しいんです！」

嘘だったらいいのに――なんて思ったのは嘘。帰ってきてほしくない、なんて大嘘。幻でもなんでもない。一時の夢でもない。彼女の存在は、この化け物屋敷を本当に本当にひっくり返してしまったのだ。

だから――

「……ヴォルフ様」

身も竦《すく》むほどの怒りを湛《たた》え、ヴォルフが厨房に来たときも。

「――どうして、嘘をついた」

彼女を壊そうと手を伸ばしたときも。

「俺が怖くないのか！」

我を忘れたような――慟哭《どうこく》めいた問いを口にしたときも。

ロロは、もうなーんにも心配していなかった。

だってこの屋敷は、ヴォルフの屋敷なのだ。この屋敷が変わったということは、主人であるヴォルフが変わったということ。

人の心を持たない半魔のヴォルフにも、『アネッサ』はたしかに光を届けたのだ。

――だから。

折れるのはヴォルフの方。怯《おび》えながらも逃げず、まっすぐ見つめる彼女を手にかけることは、ヴォルフにはできない。木漏れ日めいた緑の瞳をかき消すことはできない。

怒りも悲しみも悔しさもなにもかも呑み込んで、ヴォルフはアネッサを抱き留める。

強く、だけど決して、壊さないように。

「――もう大丈夫だ、アネッサ」

言い聞かせるようなヴォルフの言葉を聞いたとき、厨房からわっと歓声が上がった。

重たい空気が、喜びに塗り替わる。笑い声が上がる。安堵に息を吐く人。二人をはやし立てる声。からかいに苛立つヴォルフも、今は少しも怖くない。

賑《にぎ》やかで、明るくて――彼女がいたときと同じ、夢のように鮮やかな光景に、ロロは自然と目を細めていた。

その目で、ロロは顔を上げる。視線の先には、ヴォルフの腕の中で泣き笑いする彼女が見えた。

「アネッサ様、お茶会しましょうね！」

山のようなお菓子を横目にロロが言えば、彼女は一度瞬《またた》き、すぐに頷きを返してくれる。

そうして、答えてくれる。明るく、優しい声で。

「もちろん！　約束したものね」

ロロと交わしたささやかな約束も、忘れてなんていないとわかる声で。

だから、ロロはニッと猫みたいに笑う。

ロロにはもう、わかっていた。
彼女はきっと、近いうちに『お客様』ではなくなるのだということを！

本書は、2020年12月当社より単行本として刊行されたものに書き下ろしを加えて文庫化したものです。


この作品に対する皆様のご意見・ご感想をお待ちしております。

おハガキ・お手紙は以下の宛先にお送りください。

【宛先】

〒150-6008 東京都渋谷区恵比寿4-20-3 恵比寿ガーデンプレイスタワー 8F
（株）アルファポリス　書籍感想係

メールフォームでのご意見・ご感想は右のＱＲコードから、
あるいは以下のワードで検索をかけてください。

アルファポリス　書籍の感想　検索

ご感想はこちらから

レジーナ文庫

妹《いもうと》ばかり可愛《かわい》がられた伯爵令嬢《はくしゃくれいじょう》、妹《いもうと》の身代《みが》わりにされ残虐非道《ざんぎゃくひどう》な冷血公爵《れいけつこうしゃく》の嫁《よめ》となる 1

赤村《あかむら》咲《さき》

2023年7月20日初版発行

文庫編集－斧木悠子・森 順子
編集長－倉持真理
発行者－梶本雄介
発行所－株式会社アルファポリス
〒150-6008 東京都渋谷区恵比寿4-20-3 恵比寿ガーデンプレイスタワー8階
TEL 03-6277-1601（営業）　03-6277-1602（編集）
URL https://www.alphapolis.co.jp/
発売元－株式会社星雲社（共同出版社・流通責任出版社）
〒112-0005 東京都文京区水道1-3-30
TEL 03-3868-3275
装丁・本文イラスト－RAHWIA（ラフィア）
装丁デザイン－AFTERGLOW
（レーベルフォーマットデザイン－ansyyqdesign）
印刷－中央精版印刷株式会社

ISBN978-4-434-32292-1 C0193